W0329454

ROSTOCK, LETZTE RUNDE

Volker H. Altwasser

ROSTOCK,
letzte Runde

HINSTORFF

Anmerkung:
Nach dem Ende kommt ein Anfang. Mir wurde die Ehre zuteil, Richard R. Roeschs Unterlagen benutzen zu dürfen, um seinen OstseeKrimi namens »Männermorde« zu beenden.

Liebe Leserin, lieber Leser, wir freuen uns über Ihre Bewertung im Internet!

Die Deutsche Nationalbibliothek verzeichnet diese Publikation in der Deutschen Nationalbibliografie; detaillierte bibliografische Daten sind im Internet über
http://dnb.ddb.de abrufbar.

Alle Rechte vorbehalten, Reproduktionen, Speicherungen in Datenverarbeitungsanlagen, Wiedergabe auf fotomechanischen, elektronischen oder ähnlichen Wegen, Vortrag und Funk – auch auszugsweise – nur mit Genehmigung des Verlages.

© Hinstorff Verlag GmbH, Rostock 2015

1. Auflage 2015
Herstellung: Hinstorff Verlag GmbH
Lektorat: Henry Gidom
Titelbild: Enrico Eisert
Druck: GGP Media GmbH, Pößneck
Printed in Germany
ISBN 978-3-356-01993-3

FSC www.fsc.org
MIX
Papier aus verantwortungsvollen Quellen
FSC® C014496

ALS E-BOOK ERHÄLTLICH

Erster Teil – Die Pistole auf der Theke

Prolog, Dritter März Zweitausendsiebzehn.

Kein Ende hält dem Anfang stand. Ich denke nun oft über diesen Satz nach, der sich im Werk *Wie als Greis nicht rasend sein* von W. B. Yeats findet, und ich bin voller Rührung, ob der Zeremonie, die die Betreiber der Rostocker Fliegerkneipe Schallmauer so herzlich wortkarg hinbekommen haben.

Vor etwa drei Wochen brachten wir auf halber Treppe zu den Sanitärräumen eine Gedenktafel über dem Zigarettenautomaten an, mit der wir mein Pseudonym ehren. Es ist eine schlichte Holztafel, südchilenisches Mahagoni von einer im Breitling gesunkenen Segeljacht, die Buchstaben aber sind aus reinem Messing, handpoliert:

In Memoriam Richard R. Roesch.
Schriftsteller, der du warst und hier endest.

Mir fällt es schwer, diesen Mord zu erzählen, der ganz Rostock fassungslos machte. Richard war beliebt in der Hansestadt, auch wenn er sie kaum wahrnahm. Ich erinnere mich, wie er in der *Anderen Buchhandlung* immer eine Tasse Kaffee hingestellt bekam, sobald er unsicher die Geschäftsräume betrat. Blicke auf ihn gerichtet, schmales Gerede mit ihm, das hielt er kaum aus, und so sprang ich Mal um Mal ein, wenn eines seiner Bücher vorgestellt werden musste. Doch wie gern tat ich das!

Richard war der Kauz, der auf den Prachtalleen des Lindenparks flanierte und Hundebesitzer mürrisch musterte, die ihre Tiere nicht angeleint hatten. Er war der Kerl, der weiblichen Joggern, die immer paarweise auftreten, nicht aus dem Weg ging, wenn sie schwatzend und den ganzen Platz einnehmend an ihm vorbei wollten. Und ja, er hat auch schon Senioren mit dem Ellenbogen einen Hieb versetzt, die auf der falschen Seite des Weges schlurften.

Nachlässigkeit machte ihn rasend. Unaufmerksamkeit wütend. Überheblichkeit zornig.

Zeit seines Daseins glaubte er aber auch, unsichtbar zu sein. Wie falsch diese Annahme war, zeigte sich am Tag der Beerdigung, als die alte und ehrwürdige Hanse- und Universitätsstadt Rostock ihren einzig echten Schriftsteller begrub. Sie kennen die Stelle am Roesch-Kai, der sich rechtwinklig zum Kempowski-Ufer findet. An dem Denkmal dort, das sich vor der breiten Holztreppe des alten AIDA-Gebäudes kühn in die Lüfte erhebt, über der Warnow schwebend und im Wind vibrierend wie das Leben selbst, liegen immer Kränze, Kippen und Bierdeckel in trauernder Schwere. – Aber was erzähle ich, Sie wissen es ja! Ich habe Sie alle ja dort schon gesehen.

Das Leben ist die Schatztruhe des Todes. Zum Glück fand ich in der Schublade *X 5* seines Schreibtisches die Hauptfigur seiner Kriminalromanreihe, und auch wenn ich zwar in seinem Namen schreibe, nicht aber in seinem Sinne erzählen kann, so will ich doch mein Bestes tun, seinen Detektiv den Mord an ihm ermitteln zu lassen, denn Richard war mein Pseudonym und er war einer der hartnäckigsten Stammkunden der Schallmauer. Seine Figuren sind meine Figuren, seine Feinde sind meine Feinde. Seine Käuze, meine Käuze.

Ich bin in der Pflicht, die sich damals überstürzenden Ereignisse jener grauenvollen Nacht zum siebzehnten Februar Zweitausendsiebzehn kategorisch zu erzählen.

Ich bin es ihm schuldig; und was Sie unserem Rostocker Original schulden, diese Entscheidung kann Ihnen niemand abnehmen. Er war ein großartiger Rostocker. Die renommierte Ostsee-Zeitung wird es in einem Nachruf so treffend formulieren. Diese Kriminalerzählung jedenfalls kostet keine dreizehn Euro, und ich habe für unseren Rostocker Helden auf Großteile meines Honorars verzichtet, so wahr ich hier trauere. Und was Sie noch sehen: Unser guter, alter Rostocker Verlag hat sich der Sache angenommen, nicht irgendein Platzhirsch aus dem anonymen Berlin. Weil es uns eine Mecklenburger Ehre ist, Richard R. Roeschs Tod aufzuklären.

Erstes Kapitel, Sechzehnter Februar Zweitausendsiebzehn.

Die Form kennen, aber das Formlose suchen. Richard R. Roesch betrat zusammen mit Pawel Höchst die Raucherkneipe wie jeden Donnerstag, um vier kleine Rostocker Dunkel zu trinken, doch an diesem Donnerstag hatte Pawel gar keine Lust, den Autor zu begleiten, das sah man ihm an: Er lächelte mit heruntergezogenen Mundwinkeln. Mehr brauchte man gar nicht zu sehen.

Pawel hatte sich gerade erst wieder mit Susanne versöhnt, mit der er fast dreizehn Jahre verheiratet war. Er wollte zu ihr, er wollte seinen Söhnen »Gute Nacht!« sagen, aber das ist das Schicksal einer Figur, wenn sie Hauptfigur wird: Freiheit ist nur die Freiheit der Nebenfiguren.

»Ich bin die bei der Bahn, die die Aufkleber *Große Abfallbehälter im Vorraum* auf die kleinen klebt«, so hatte sich Stephanie Rickmann vorgestellt, als sie nach ihrer Schicht zum ersten Mal an den Donnerstagsstammtisch trat. Sie hatte mit der Handkante auf die ovale Theke geschlagen, und die Männer hatten aufgehorcht. Dann hatten sie zurückgeklopft, und seitdem kam auch sie donnerstags.

Richard hatte sie aber noch nie wahrgenommen, er stand mit drei anderen Stammgästen immer an der vom Eingang aus gesehen linken Rundung, die als kleiner Fortsatz des Ovalen eine halbrunde Ecke war. Diese drei bis vier Gäste bildeten eine Stammkundenrunde innerhalb der Stammkundenrunde, die sich fast autark verhielt, die nur selten freundlich schaute, die über eigenartige Witze lachte, und zu der sich auch Pawel nicht hingezogen fühlte.

Und Pawel Höchsts Respekt für den menschenscheuen Kauz hielt sich in sehr engen Grenzen. Überhaupt hielt er Autoren und Schriftsteller für stark überbewertet, gerade auch, weil es von ihnen nur so zu wimmeln schien. Pawel Höchst liebte, wie alle Russen, die Gedichte von Sergej Jessenin, die in Russland sooft vertont worden waren. Das war der einzige Dichter, der die russische Seele hatte in Worte fassen können. Auch hatte er trinken können, wie kein anderer Dichter, und dann hatte er noch die Größe, im seelischsten Augenblick seines Lebens selbst Hand an sich zu legen. Gleich doppelt, wie es sich für einen Melancholiker aus Sibirien gehörte! Darauf ließ sich trinken, fand Pawel, immer und immer wieder, auch wenn heute fast die gesamte Industrie Rostocks in russischen Händen lag, auch heute konnte er darauf wieder trinken.

Er hatte zwar vor Richard keinen Respekt, wohl aber vor Stephanie, die unentwegt redete, als gelte es, aus Stroh Gold zu spinnen.

Pawel, Russlanddeutscher und Rostocks einziger Privatdetektiv, hörte ihr zu und kaute den letzten Rest seines mitgebrachten Döners bedächtig. Er wusste, dass sie ihn mochte. Immer stand sie mit dem Rücken zum Haupteingang, und es gab Donnerstage, da hätte sie gern mal ein privates Wort mit Pawel gewechselt, der aber fast immer mit einem Kassierer von Netto und einem freiberuflichen PC-Spezialisten Darts spielte: Maik und Falk. Heute wollte sie das nicht länger dulden, die erstbeste Gelegenheit zum privaten Plausch wollte sie nutzen. *Heut – oder nie!*

Stephanie »Steffi-Pfeffi« Rickmann konnte sich auch des Respekts der anderen Stammkunden, die alle männlich waren, sicher sein, weil sie eine Arbeit hatte, die ihnen reell vorkam. Mit einem Handkantenschlag pfefferte sie die Aufkleber an die Metallbehälter, bis zu fünf in der Minute, und das war etwas, zu dem die Männer gern anerkennend nickten. Weil sie aber am Fließband so wenig reden konnte, tolerierte man hier ihren wöchentlichen Redeschwall. Er würde gegen einundzwanzig Uhr dreiundzwanzig abebben; man kannte sich am Donnerstagsstammtisch der Fliegerkneipe Schallmauer, auch wenn Toleranz noch lange keine Akzeptanz war.

Steffi-Pfeffi war auch an diesem Donnerstag gleich nach Richard in die Raucherkneipe gekommen, während Pawel sich nach der Begrüßung wie immer aufgemacht hatte, sich noch schnell einen Imbiss am Dobi zu gönnen, ehe seine Darts-Partner kamen. Er war die zwei Stufen hinuntergestelzt, hatte einen Blick auf die Postkarten am Eingang geworfen, die hier zum Mitnehmen bereithingen, aber einen besonders originellen Spruch hatte er nicht gefunden. Als er die Tür geöffnet hatte, hatte ein Windstoß sie ihm gegen den Fuß gewummert. ›Beste Grüße von Björn‹, hatte Pawel Höchst gedacht.

Private Ermittlungen, Anfragen verpflichten zur Zahlung eines Vorschusses! – wie es auf der Glastür seines Büros stand, das sich in einem Büroturm des Freihafens befand und beste

Aussicht auf die Gebäude von Veolia Umweltsysteme bot, dem ehemaligen Hauptsponsor von Hansa Rostock. Und dass sie dieses Sponsoring beendet hatten, das konnte Pawel nur allzu gut verstehen: Auch für ihn kam es als Rostocker einer persönlichen Beleidigung gleich, sich mit der fünften Fußballliga abgeben zu sollen. Nein, da war er mitsamt seiner Familie zu Empor Rostock gewechselt, die diesen Winter um die Meisterschaft der zweiten Handballliga spielten. Der Traditionsverein Post Schwerin hatte aufgeben müssen, und so hatte Empor seine Herrschaft über ganz Mecklenburg ausgebaut. Und Vorpommern, hatte Pawel sinniert, während er sich von einem nächsten Windstoß bis direkt auf den Platz hatte schubsen lassen, der im Sommer stets voller Rostocker war. Hierher verirrte sich kein Tourist. Man ließ sie im Glauben, dass die Innenstadt am Motel One endete, denn hier war ja nicht mehr die Innenstadt: Hier war die Vorstadt vor dem berühmten Kröpeliner Tor, mittlerweile für Norddeutschland so prägend wie das Holstentor von Lübeck. Das Kröpeliner Tor hatte es jüngst auf eine Standardbriefmarke – Ein-Euro-Fünfundvierzig – geschafft, nachdem es für fast zwei Millionen Euro saniert worden war. Nachdem die Hamburger Bewerbung für die Olympiade Zweitausendvierundzwanzig erfolgreich war und feststand, dass in Rostock die Turmspringer und die Handballer ihre Wettkämpfe ausfechten würden, war in der *Stadt am Wind* nichts mehr unmöglich. Die Stadt sollte sich rasend verändern. Der Kanonsberg sollte Endpunkt einer Seilbahn sein, die über die Warnow bis nach Gehlsdorf und weiter nach Dierkow gehen sollte. Solche Seilbahnen würde es bald überall entlang der Warnow geben. Dem Architekten hatte dieses Zukunftsprojekt vor ein paar Wochen schon mal den Buenos Aires Award 2017 eingebracht. Aber die Seilbahnen waren nur eine Winzigkeit der größeren Veränderungsvisionen, denn wo Olympia hinkam, da war immer alles möglich. Endlich entwickelten die Rostocker ein Gefühl für ihren Stadthafen, der ihnen in den vielen Dunkeljahren der DDR mittels einer hohen Mauer vorenthalten geblieben war, sodass sie ihn fast vergessen und lange Zeit hatten leer stehen lassen.

Doch nun schüttelten die Rostocker beglückt ihre Köpfe und dachten: ›Dass darauf früher noch niemand gekommen war! Da muss erst ein Venezianer kommen und Luftgondeln planen!‹

Die Seile und Kabinen der Schwebebahnen sollten von innen heraus in den verschiedensten Farben leuchten, so dass es ein Augenschmaus war. Ein Blickfang. Eine Augenweide. Man sollte sie von überall her sehen, diese Buntheit des neuen und strahlenden Rostocks. Auch vom Dobi her, wie der *Helmholtzplatz von Rostock* freundlich genannt wurde, auf dem Pawel vor das Verkaufsfenster des Dönerladens getreten war, der sich an der spitzen Ecke befand, und wieder vergessen hatte, wie man die zusammengerollten, praktisch zu essenden Teile nannte, die in Alufolie eingepackt wurden.

»Türkisch' Pizza?«, hatte die blonde Verkäuferin gefragt.

»Richtig! Ohne Kraut, doppelt Fleisch, extra Käse, scharf.«

Als er mit der wabbeligen Alurolle zurück in die *Schalle* gekommen war, hörte er Stephanie immer noch mit Uta und Ute schwatzen, die heute gemeinsam im ovalen Rund der Theke standen, Gläser polierten und Nachrichten auf Facebook beantworteten: Samstag traten im Hinterzimmer Gogo-Girls auf, und langsam wurden die Plätze knapp. Gerade wurden die letzten zehn bei Ebay versteigert.

»Schon fünfundvierzig Euro pro Platz«, sagte Ute nach einem Blick auf ihr neues Smartphone, das sie am linken Unterarm trug. »Bis siebzig geht's bestimmt noch.«

»Besser siebzig als fünfundsechzig«, sagte Richard mürrisch, aber darauf fiel niemandem eine Antwort ein. Das war hier meistens so, wenn Richard sich zu einem Kommentar aufraffte.

»Steffi? Pfeffi?«, fragte Uta nach einem kurzen Schweigen, woraufhin Stephanie aber den Kopf schüttelte. Die Kellnerinnen Uta und Ute, Mutter und Tochter, unterhielten sich leise und gaben beide zu Protokoll, dass das die letzten Worte des Autors gewesen waren und sie ihm nicht einmal geantwortet hätten. Später schämten sie sich.

Na toll! Wenigstens etwas.

Sie hätten es Pawel und Kevin gern verschwiegen, aber diese beiden Ermittler waren viel zu raffiniert, um falsche oder unwichtige Fragen zu stellen. Sie waren nicht irgendwelche Ermittler! Zu allem Übel hatte sich auch noch Björn angekündigt. Er war schon am Darßer Ort. Pawel hatte weitere seiner ersten Stöße abbekommen, als er zurückgekommen war, die Alurolle hatte er sich aber nicht abjagen lassen.

Während Stephanie weiter monologisierte, war er mit der Rolle in der Hand zum Thekentisch gegangen, hatte sich die Schneeflocken von der Jacke geschüttelt, noch schnell einen Blick zur Tür geworfen, die sich aber nicht geöffnet hatte. Er war zum einzigen Durchgang der Theke gegangen, hatte sich gesetzt und mit dem Essen begonnen, während er vielleicht als einziger Anwesender Stephanie zuhörte, die es registrierte, obwohl er sie mit keinem Blick streifte, denn Pawel mochte es ganz und gar nicht, wenn man ihm beim Essen auf den Teller starrte. Er hatte da so seine Erfahrungen auf den sechs Hochseetrawlern gemacht, auf denen er über zwanzig Jahre zur See gefahren war. Niemand sah ihm zu. Stephanie erzählte von ihrer Arbeit, aber ohne sich groß um den Inhalt ihrer Rede zu kümmern. Und Pawel kaute, ohne zu schmecken.

Stephanie arbeitete in Halle zwei des alten Stellwerks, die sich noch immer hinter dem Hauptbahnhof befand, Ausgang Südstadt, wobei Rostock allerdings keine Nordstadt hatte, denn im Norden war die Warnow und später die Ostsee. Und dann kam auch schon das Wikingerland.

Stephanie war schon vor der Wende Angestellte der Bahn gewesen, die damals Deutsche Reichsbahn hieß, was für die DDR ein Novum gewesen war, denn alles, was mit Deutschem Reich und Drittem Reich und Reich der Deutschen zu tun gehabt hatte, hatte ja übertüncht werden müssen, aber die Namensrechte der Reichsbahn lagen in der Schweiz, und die Schweizer wollten eine so hohe Ablösesumme, dass sie die DDR nicht aufbringen konnte. So blieb es mangels Devisen bei Deutsche Reichsbahn, was aber Stephanie nie gestört hatte. Auch die anderen Hunderttausend Arbeitnehmer und Angestellten hatten sich darum kaum gekümmert, die die Bahn beschäftigt hatte, die jetzt Deutsche Bahn hieß.

Stephanie war mittlerweile unkündbar, aber trotzdem absolvierte sie ihren Fließbandjob zuverlässig und schnell. Sie hatte nur darüber schmunzeln können, als sich ein paar der Stammkunden gewundert hatten, dass so viele Abfallbehälter gebraucht wurden, dass Stephanie permanent kurze und harte Handkantenschläge austeilte, denn es war ja nicht so, dass sie nur deutschsprachige Aufkleber anbrachte. Sie war spezialisiert. Das leuchtete den Männern ein, und als Stephanie dann in vierunddreißig Sprachen sagte, dass die großen Abfallbehälter im Vorraum seien, war sie am Ende zu betrunken, um all die spendierten Pfeffis auszutrinken. Oder wie Falk lauthals gesagt hatte: »Irren ist menschlich, sagte der Igel und stieg von der Haarbürste.«

Halle eins hingegen hatte die Deutsche Post von der Deutschen Bahn gemietet und zur Hauptverteilerstation Rostocks gemacht. Jeden Morgen gegen drei Uhr fünfzig zog ein Heer gelber Fahrräder nebst Angestellten los, um ein dichtes, undurchlässiges Netz von Mahnungen, Forderungen, Vorladungen, Offenbarungseidanordnungen und Glücksspielgewinnverheißungen auszuwerfen, in dem sich mittlerweile so gut wie jeder Rostocker verfangen hatte. Denn die *Stadt am Wind* war endgültig zum *Tor zur Un-*

terwelt geworden und die Schallmauer war die Klinke dieses Tores. Man sah es ihr nur nicht auf den ersten Blick an.

Am zehnten Februar, also vor sieben Tagen, war im Männermagazin Men's Health eine Statistik erschienen, die in ganz Deutschland zitiert worden war. Zusammen mit der Allgemeinen Ortskrankenkasse hatte das Männerheft herausgefunden, dass Rostock die Großstadt mit den meisten Knochenbrüchen war. Die *Stadt am Wind* führte mit großem

Vorsprung vor Magdeburg, Halle, Leipzig, Erfurt, Dresden, Berlin und Chemnitz. Dann erst kamen mit Braunschweig, Saarbrücken und Lübeck die ersten westdeutschen Großstädte. Überhaupt kamen dann nur noch westdeutsche Heimstätten der Knochenbrüche.

Nicht nur an verrotteten Straßen, nicht nur an unbeleuchteten Altstadtgassen, nicht nur an den Liebes-, Heimat- und Freundeskreisen von Hansa und Rostock Piranhas lag es, dass Rostock den Spitzenplatz einnahm, es lag auch an den Dutzenden Schiffen, die hier täglich anlandeten und hungrige Tagelöhner ausspuckten, die schwarz mitgefahren waren. Bis Neunzehnhundertsechsundzwanzig war es allgemeines Seerecht gewesen, dass die Besatzung eines Schiffes blinde Passagiere von Bord werfen konnte, aber seitdem das verboten war, quollen die Freihäfen über. Letztendlich aber hatte genau das die vielen Seestädte Europas reich gemacht. Niemand beschwerte sich, und so kam es, dass auch in Rostock immer mehr Menschen für immer weniger Lohn malochten.

Pawel war keiner von ihnen gewesen, weil er nicht mit leeren Händen gekommen war, gekommen war er dennoch von der Kola-Halbinsel, mit dem Umweg einer zwanzigjährigen Arbeitszeit auf See, in der er ein thüringisches Deutsch gelernt hatte. Zurzeit arbeitete er daran, sich vollendend zu sozialisieren. Dazu brauchte er zwar die Schallmauer, aber noch war er an diesem Abend nicht so weit. Beim Essen sollte man ihn nicht stören, das wussten alle.

Drei der sechs maritimen Denkmäler Rostocks waren verschwunden: Ex-Trawler und Partyschiff STUBNITZ war stiften gegangen, Ex-Frachter BÜCHNER war vor Danzig gesunken, Militärschiff HERMELIN war vor Israel von Meuterern gekapert worden, so dass nur noch das Matrosendenkmal, der letzte Werftkran und der Rumpf der UNDINE an Rostocks große Zeit erinnerten, ans Damals, als die Stadt das Tor zur Welt war, das große Tor der kleinen DDR.

Oder wie Falk gesagt hatte: »Passiert.« Doch nicht im Traum hätte er daran gedacht, dass das Ungeheuer Björn in dieser grauenvollen Nacht den denkmalgeschützten Werftkran auf die denkmalgeschützte Werfthalle schleudern würde, in der sich Edeka und Aldi eingemietet hatten. Niemand in Rostock hatte sich das vorstellen können, bis zur Nacht des sechzehnten Februars siebzehn; also gleich passierend …

Stephanie hörte abrupt mit dem Reden auf und sah Uta und Ute an, die gewohnheitsmäßig nickten und Stephanies letzten Halbsatz wiederholten. Es waren die besten Tresenkräfte, die für Geld zu haben waren. Stephanie redete weiter, die Stimmlage war etwas höher geworden, der Rhythmus etwas harmonischer, doch immer häufiger wurde sie unterbrochen, weil nun nach und nach die anderen Stammgäste eintrudelten, obwohl sie im Bedarfsfall die Tagesschau auch hätten hier sehen können. Donnerstag war die Kneipe ein einziger Stammtisch, mittlerweile kannten sich alle, die donnerstags hierherkamen, denn der Donnerstag war für die Rostocker Gastronomie ein schwieriger Tag. Für die Erlebnisgastronomie, die sich im-

mer auf den Freitag und den Samstag konzentrierte, allemal. Die Raucherkneipe Schallmauer war eine der letzten Vorstadtkneipen, die es hier noch gab. Sie lag lange Zeit gegenüber der Ruine der Schnapsbrennerei, wo vor der Wende der berühmt-berüchtigte Rostocker Kümmel verfertigt wurde. Direkt neben der Kneipe war das Gelände der Brauerei, die dank des Bielefelder Mutterkonzerns überlebt hatte. Die *Schalle* fand sich nur in den Reiseführern von Fliegern und Weltumseglern, weil diese hier eine Runde gratis bekamen, wenn sie auf Durchreise waren, wobei sie sich immer mit demselben Spruch zu erkennen gaben, der wohl in ihren Büchern stehen musste: »Geh mit Gott, aber geh!«

Andere Touristen fanden hier nicht her, schon gar nicht die trägen Kreuzschifffahrer, aber die Weltumsegler und Flieger bekamen hier *Die BESTE Rechnung Rostocks*: »Vier CL Havanna Club plus Coca Cola macht drei fünfzig.«

Und die Stammkunden natürlich. Aber, na gut, Richard hatte da in seinen ersten Aufzeichnungen für seinen dritten Krimi, den er nun nicht mehr schreiben konnte, ein wenig geflunkert, denn jeder bekam diese Rechnung, wenn er sie bestellte. Ich weiß nicht, wie Richard R. Roesch das hatte austangieren wollen. Es geht uns auch nichts an, tobte über der südlichen Ostsee doch das gewaltige Auge Björns. Der Blizzard kam gemächlich schnell auf Rostock zu, und alle waren froh, als sie die Stammkneipe noch trockenen Fußes erreichten: Maik und Falk kamen zusammen, die drei Besitzer der Kneipe auch, genauso wie die fünf Biker der Motorradgang Ewiger Frieden, die drei Stammgäste innerhalb der Stammgäste, die sich direkt zu Richard setzten, fünf Soldaten des Fliegerhorstes Laage, auf dem auch Engländer und Schotten stationiert waren, der Unbekannte und Thomas, der DM genannt wurde. Zusammen mit Pawel, Richard, Stephanie, Ute und Uta waren es nun also – Moment bitte, lasst mich lügen – genau, fünfundzwanzig Leute. Genau, fünfundzwanzig Menschen, von denen jeder Einzelne Richard gut kannte, und doch sollte einer von ihnen ihn ermorden. Unglaublich das alles: *Wenn das Leben logisch wär, dann wär die Logik ganz schön quer.* Das war so ein Satz von Richard, der nun wohl auch bald aus dem kollektiven Gedächtnis verschwinden wird.

Die Biker gingen links zur Balustrade, erklommen die beiden Holzstufen und setzten sich in die Nische des Zehnertisches, von wo aus sie zur Not durch eines der Fenster springen konnten, wenn eine Razzia ausbrechen sollte, aber eigentlich war das noch nie passiert.

Sie schlossen ihre *Feuerstühle* nie an, ließen sie aber auch nie aus den Augen, während sie am Fenster saßen. Rostock war die Großstadt mit den meisten Knochenbrüchen, nicht aber die mit den meisten Diebstählen.

»Eh!«, brüllte Mark, ihr Anführer, aber das war als Begrüßung gemeint, denn ohne Rituale war eine Stammkneipe bekanntlich nur eine Kneipe.

Robert, einer der drei Besitzer der Schallmauer, brüllte zurück. Im Hauptberuf war er Anwalt und hatte nicht nur diese Rockergang unter Vertrag. Doch diese war mit Abstand seine friedfertigste. Die anderen beiden Betreiber waren Piloten eines untergegangenen Staates, die ihre Jagdflugzeuge zu ihrem Leidwesen niemals hatten *richtig durchtreten* können, weil die DDR einfach zu klein gewesen war und weil die Polen sich immer *so affig angestellt* hatten. Dabei hätten die Geschwaderpiloten doch nur mal ein bisschen angeben wollen.

Pawel hatte sein Mahl beendet und ging nun die Runde, um alle Anwesenden zu begrüßen, wie es seine Art war. Meistens dauerte das eine Stunde oder etwas länger. Er sorgte aber sofort für Heiterkeit, als er bemerkte, dass er die Plastikschiene auf den Mittelfinger der linken Hand geschoben hatte, obwohl er sich doch den Ringfinger beim Volleyball angebrochen hatte.

Falk sagte: »Auch nicht schlecht.«

Mit Pawel war das so eine Sache. Um sich im Westen völlig einzuleben, hatte er als guter Nordrusse beschlossen, wie die Westeuropäer zu trinken. So hatte er es vor fünf Jahren, als er an Land geblieben war, zu den anderen Russlanddeutschen gesagt, die sich einmal im Monat trafen, um von der Heimat zu schwafeln, um Wodka zu trinken, um in Zwiebeln und Gurken zu beißen. Pawel, der die letzten zwanzig Jahre heimatlos auf See verbracht hatte, hatte ihnen erklärt, er wolle weder schwafeln noch lamentieren, das Zuhause sei da, wo das Fremde nicht war. Und war hier, in Rostock, etwa das Fremde? Nein! Wenn er Sehnsucht nach Russland gehabt hätte, hätte er ja auch in Russland bleiben können. Er wollte in Deutschland leben, er wollte Deutscher werden, er hatte die letzten Jahrzehnte Deutsch gesprochen, und nun, an Land, wollte er trinken wie die Deutschen. Irgendwer hatte ihm eingeredet, vielleicht war es Richard gewesen, dass die Westeuropäer am liebsten Gin-Cocktails tranken, und so hatte er parallel zu seinen Kriminalfällen begonnen, diese Cocktails zu probieren. Beim ersten Fall hatte er unbedingt einen French 75 trinken wollen, doch über die ganze Ermittlungsarbeit hinweg hatte er keine einzige Gaststätte in Rostock gefunden, die dieses Getränk anbot, bis er dann endlich ans Farelli am Brink geraten war, wo sie ihm fünfzehn Euro dafür abgeknöpft hatten.

Und das war wohl auch der Grund, warum es diesen Drink nur in echten Cocktailbars gab, denn er wurde mit Champagner – nicht mit Sekt – gemixt. Das Problem für den Wirt dabei war, wenn jemand einen French 75 orderte, dann hatte er eine Champagnerflasche, die noch zu drei Viertel gefüllt war, offen. Und offene Flaschen waren überhaupt nicht das, worauf ein echter Champagner aus der Champagne Wert legte. Innerhalb kürzester Zeit wurde er über so eine Frechheit als echter Südfranzose und Fast-Baske richtig sauer, süßsauer sogar.

Pawel kannte die Basken von seiner Fahrzeit auf See her nur allzu gut. Seit Jahrhunderten stellten sie auf den Walfängern die Harpuniere. Von Generation zu Generation hatten diese kleinen, dickbäuchigen Fast-Spanier ihr geheimes Wissen weitergeben, wie man den Wal am besten so harpuniert, dass er schwamm, aber nicht sank, dass er schwach blieb, aber nicht verstarb. Und selbst als der Norweger die elektrische Harpunenkanone erfunden hatte, mit der das Massenmorden der dem Menschen verwandten Wale und Delphine dann wie im Handstreich vonstattenging, hatten die Basken ihre Vormachtstellung an der Harpune der Walfänger nicht eingebüßt. Sie hatten die norwegische Erfindung mit ihrer Metallfeder in ihre Erfahrungen integriert, und Pawel Höchst, Fang- und Verarbeitungsfischer außer Dienst, wusste, wie viel Mut es erforderte, sich einem Basken gegenüberzustellen. Kein Wunder, dass dieses Wagnis kein einziger Rostocker Wirt eingehen wollte. Pawel verstand sie nur allzu gut: Süßsaurer Champagner konnte einem die Lizenz kosten.

Es blieb immer ein Restrisiko, einen Fast-Basken für nur einen Kunden zu öffnen, das kaum ein Wirt auf sich nahm.

Da war man dann doch zu sehr Mecklenburger und verwies lieber auf einen schönen, reellen Klassiker wie Gin-Tonic. Oder doch Rum-Cola? Oder Mann un Fru?

Bei seinem zweiten Fall hatte Pawel es leichter gehabt, aber wie eklig süß schmeckte ein Pink Clover Club! Ganz sicher nur etwas für die weibliche Menschheit im Alter zwischen sechzehn und zweiundzwanzig Jahren. Pawel hatte den Drink kaum herunterbekommen, der ihn aber immerhin auf die Spur dieser jugendlichen Mörderin geführt hatte, die nicht aus Eifersucht, wohl aber aus Liebe getötet hatte, was noch so ein verrücktes Mordmotiv gewesen war: Weil die Liebe zu groß für die Mörderin geworden war, hatte es einen Mord aus Liebe gegeben, den die Fachwissenschaftler in ihre Lehrbücher aufgenommen hatten.

Die Dame aus den Schweriner Oberen Zehndutzend war von ihrer minderjährigen Geliebten getötet worden, weil diese zu sehr unter ihrer eigenen Liebe litt; aber, seien wir ehrlich, das hatte nicht Pawel festgestellt, das hatte Kevin mit seinem Freund herausbekommen. Zwischen Kevin und Pawel stand es jetzt eins zu eins, doch Pawel war immerhin mit dem Probieren aller Gin-Cocktail-Klassiker fertig. Er hatte seine *Siebenerliste*, mit der er sich nun an die westliche Lebensart gewöhnen wollte, endlich fertig.

Es war eine langwierige Probezeit geworden, denn es gab mehr solcher Klassiker, als Pawel sich hatte vorstellen können. Als hätten die Briten in ihrem Weltreich nichts anderes zu tun gehabt! Als würde Gin wirklich gegen Malaria, gegen Heimweh, gegen Knochenbrüche und Finanzbeamte helfen! Als hätten die Engländer die Schotten und die Inder mit Gin regiert! Jede Region ihres verblassten Weltreiches hatte eine andere Gin-Spezialität. Beim Wodka gab es nur vier Variationen, wusste der Nordrusse: Wodka mit Wodka, Wodka mit Flugbenzin, Wodka mit rohen Zwiebeln und für die Gäste Wodka mit Altwasser.

Aber beim Gin!

Doch diese harte Eingewöhnungszeit lag hinter Pawel. Jetzt war er Westeuropäer, der für jeden Tag einen eigenen Cocktail hatte, wie es bei Westeuropäern doch wohl üblich war. Pawel war somit ein Rostocker Vorzeigeeuropäer geworden, ohne es zu wissen. Montags gab es Moon River, dienstags Knock out, mittwochs Kiss in the Dark, donnerstags Red Kiss, freitags Earthquake, samstags Burnside und sonntags Luigi. Selbstredend waren es alles starke Drinks, aber war das nach all dem Aufwand nicht auch irgendwie logisch? Besonders der Freitagsdrink hatte es in sich, von dem es in einem amerikanischen Cocktailbuch hieß, das mitten in der Zeit des Alkoholverbots erschienen war: *Sollte es, während Sie diesen Drink zu sich nehmen, zu einem Erdbeben kommen, so wird es sie kaum beunruhigen.* Ein Teil Gin, ein Teil Whisky, ein Teil Pernod, kräftig schütteln, langsam trinken. Gemächlich nachbestellen.

Beim Burnside hatte Pawel lange überlegt, denn er hatte zum Woodstock tendiert, weil dieser Drink leichter zu artikulieren war, und auch wenn man nur noch eine Silbe herausbekam, konnte der Kellner sich die andere schnell selbst denken, aber letztlich hatte sich Pawel am Riemen gerissen, denn jetzt war er nun mal Westeuropäer, und hatte sich für den Geschmack entschieden, nicht fürs Pragmatische.

Denn ein großer westeuropäischer Philosoph hatte verkündet: *Alles Praktische ist sinnentleert.* Und Pawel kannte sogar den Namen: In der Regel heißt er Hegel.

Pawel bekam nach dem Essen von Uta seine drei zerstoßenen Eiswürfel mit einem Teil trockenen Vermouth, einem halben Teil Gin und einem halben Teil Kirschbrandy hingestellt und meckerte sofort, weil die Cocktailkirsche aus der Zitronenschalenspirale gerutscht war. Sie schwamm im Glas und saugte höchstwahrscheinlich den ganzen, teuren Alkohol auf, der dann nur noch wie Kirsche schmeckte. Da konnte er ja auch gleich Bowle trinken.

Nun hieß es für Pawel eigentlich, schnell zu sein: Er musste die Kirsche aus dem Glas nehmen, sie mit der Zunge gegen den Gaumen quetschen, die Flüssigkeit zurück ins Glas spucken und die Frucht wieder in die Zitronenschalenspirale legen; viel Aufwand und alles andere als ein hübscher Roter Kuss. Er konnte das alles aber auch lassen. Und besonders das mit der Schnelligkeit.

Uta riet: »Mach keine Welle.«

Pawel nickte betroffen.

Uta stellte ihm ein leeres Schälchen hin und ging zurück zu den vier Zapfhähnen: Rostocker Hell, Rostocker Dunkel, Störtebeker Roggenweizen aus Stralsund, und seit Neuestem gab es hier auch das untergärige Rostocker, das sich sofort großer Beliebtheit erfreute, weil es *mal etwas ganz anderes* war.

Die Rostocker Brauerei fand sich gleich hinter der Ruine, die neben der Schallmauer war und sich Peter-Weiß-Haus nannte. In der Ruine ließen es sich Rostocker Jugendgangs gut gehen. Sie fochten Kulturkämpfe aus, ohne eine Hand zu krümmen. Sie kämpften auf Tanzflächen und unter den uralten Bäumen des Freigartens, der aber eine einzige Veralberung war, wie Pawel herausgefunden und beleidigt herausposaunt hatte: Denn im Freigarten gab es gar kein Freibier.

Er nippte an seinem Kuss in Rot und balancierte die Kirsche dazu auf der Oberlippe, direkt auf der Kerbe unter der Nase. Das gelang ihm ganz gut. Bis Falk einen uralten Witz aufpolierte: »Und Pawel ist jetzt also schwul. Was sagt denn seine Frau dazu?«

So plätscherten die Gespräche an diesem unheilvollen Donnerstag vor sich hin, und alles hätte gut bleiben können, wenn sich die Ereignisse nicht überstürzt hätten. Später sagten einige Stammgäste aus, dass ihnen diese Ruhe und Friedfertigkeit zwischen neunzehn und zweiundzwanzig Uhr fünfzehn verdammt niedersächsisch vorgekommen seien. Und das habe nicht allein an der Zerstörungswut Björns gelegen, der in dieser Nacht die ganze KTV auseinandergenommen hatte, als wäre man bei den Chaostagen in Hannover.

Es wurde langsam getrunken, das Essen wurde bei Uta bestellt, die es telefonisch an die Gaststätte Plan B weitergab, die sich auf der anderen Straßenseite befand. Keine zwanzig Minuten später wurde geliefert. Weil aber die Schallmauer eine Raucherkneipe ohne Küchenlizenz war, musste im Hinterzimmer gegessen werden, das der Klubraum des Vereins Rostocker Flotte Fleißige Flieger e.V. und somit nicht an die Kneipenvorschriften gebunden war. Dort konnten samstags auch die Go-go-Girls ungeniert strippen. Mittwochs die Go-go-Boys, denn mittwochs war *Damenwahl.* Doch heute war Donnerstag, und donnerstags fiel höchstens mal ein Sack Reis um. Oder ein Thekenhocker.

»Verdammt«, sagte Falk, »die sind aber auch wackelig!« Er bückte sich und hob seinen Untersatz wieder auf.

Die ovale Theke nahm die ganze Mitte des vorderen Raums ein und hatte nur einen schmalen Zugang, vor dem sich die Stammgäste jeden Donnerstag versammelten, um von hier aus die gegenüberliegende Tür des Haupteingangs immer im Auge zu behalten, der hinter der mächtigen Holzbalustrade des Tresens war. Sollte der Deal mit Alex, stellvertretender Leiter der Polizeidienststelle 1, doch mal platzen, hatte jeder von ihnen die Möglichkeit, noch schnell durch den Nebenausgang zum kleinen Innenhof zu entweichen, der sich linkerhand befand.

Käme hier eine Hundertschaft in Vollmaskierung vorbei, denn in Rostock agierte die Polizei schon lange nicht mehr mit Zehnerstaffeln oder anderen Kleinstgruppen, so könnten die Stammkunden ihrem Fluchtinstinkt freien Lauf lassen, denn Vorsicht war besser als Nachsicht und kostete immer nur die Hälfte.

Auch bestand die Möglichkeit, nach unten zu laufen und durch die Fenster des kleinen Separees zu entweichen, das hausintern *Bumszimmer* genannt wurde. Stammgäste konnten es gelegentlich mit ihren Auserwählten gegen einen kleinen Obolus nutzen, sobald der Alkohol geschmeidig und schön gemacht hatte, was besonders häufig zwischen zwei und drei Uhr morgens der Fall war. Dann wurde es unten herum oft eng und feucht.

Aber eigentlich war auf Alex Verlass. Schon seit vier Jahren, seitdem er nackt auf dem Tresen getanzt hatte, hielt er die *Mauer* aus allen Ermittlungen raus. Die Razzien fanden woanders statt. Montags kam Alex auf einen Kaffee vorbei und bekam Antworten auf seine Fragen, ohne groß eine Welle machen zu müssen. Man war eben in Rostock.

Für Uta und Ute war das alles allerdings eine ungeheure Arbeitserschwernis, denn wenn sich die dickbäuchigen und reaktionsverlangsamten Kerle vor dem einzigen Ausgang der Theke gruppierten, hieß das für die Kellnerinnen, sich jedes Mal mit Tabletts und Rufen einen Weg erkämpfen zu müssen. Der belagernde Pulk konnte fast nie so schnell für einen Durchgang sorgen, wie es gerade die zwanzigjährige Ute, Utas Tochter, gern gehabt hätte. Ihr jugendlicher Arbeitseifer wurde Mal um Mal gestoppt, torpediert oder unbeabsichtigt gebremst; was schon zu bösen Überraschungen geführt hatte. Und zu ganz bösen. Die alle in langwierigen Versöhnungsorgien geendet hatten.

Doch innerhalb der ovalen Theke hatten die beiden Frauen genügend Platz. Zwar stand hier die Musikanlage mitsamt dem Arbeitscomputer, den Falk routinemäßig jeden Dienstag reparierte, weil er am Wochenende zumeist abstürzte, was aber niemanden mehr aus den Socken haute; aber sonst war hier viel Platz.

Die Schallmauer verteidigte ihren Ruf eisenhart, die Kneipe mit den längsten Öffnungszeiten zu sein, sodass viele Angestellte der anderen Gaststätten nach der Schicht noch zu einem Absacker hierherkamen. Und genau das war überlebenswichtig für das Geschäftsprinzip der *Mauer*. Während dann nämlich kollegial die Tageseinnahmen ausgewertet und die Geschäfte verglichen wurden, erhielten die Besitzer der *Schalle* kostbare Informationen über die Zustände der Konkurrenz. Und genau das ermöglichte ein ungefährdetes Kreditnebengeschäft. Wasserdichte Vordrucke lagen griffbereit, auf denen nur noch Laufzeit, Summe, Zinsen und Art der Sicherheit eingetragen werden mussten; Rostocks Wirtschaft funktionierte, auch wenn die Banken neuerdings etwas anderes behaupteten, weil sie schon lange außen vor waren. Und Alex konnte alle paar Jahre einen fiesen Steuersünder hochgehen lassen, der eigenartigerweise immer aus der Gastronomie kam, um seinen Pensionsanspruch zu sichern: *Wer die Klinke des Tors zur Unterwelt drückte, der sollte nicht gleichzeitig den Lichtschalter betätigen.*

Denn wer im Licht stand, der stand bekanntlich nicht im Schatten. Und wer nicht im Schatten stand, der musste sich erklären. Darauf hatten die wenigsten hier Lust, glaubte Robert, auch wenn er wusste, dass sie hier am Stammtisch andauernd etwas erklärten, es war doch nie das, was sie wirklich beschäftigte. Er hörte, wie die anderen auch, dem Radiomoderator erneut zu.

»Antenne emmmvau mit einer Sondermeldung. Orkantief Björn, das augenblicklich noch die südliche Ostsee zerfetzt und den Darß geentert hat, weitet sich zu einem maskulinen Tornado aus. Björn schlägt eine Schneise der Verwüstung, wie man so sagt, auch wenn das auf dem Wasser ja schwer sein dürfte, aber entlang der mecklenburgischen Schönheitsküste ist das kaum zu übersehen. Prognosen zeigen an, dass Björn bei Bad Doberan aufs Landesinnere drehen wird, um dann von Westen her direkt auf Rostock zu marschieren. Stechschritt, allemal. Man rechnet damit, dass Björn sich Rostocks Stadtkern vornehmen wird. Also: Innenstadt, Stadthafen, Kröpeliner-Tor-Vorstadt, all das wird so gefährdet sein wie einst beim Angriff der Gegner von G-Acht. Erinnert euch, dass damals keine einzige Schaufensterscheibe heil geblieben ist. So wird es kommen, ich sage es euch, Leute, so wird es kommen! Zumal fordert das Innenministerium des Landeshauptdorfs Schwerin alle Einwohner der inneren Bezirke Rostocks auf, in ihren Häusern oder in ihren Notunterkünften zu bleiben. Gehen Sie nun nicht mehr außer Haus! Die Versicherungsbranche gibt bekannt, dass sie für Personenschäden auf offener Straße nicht aufkommen wird, die nach dieser Sondermeldung passieren. Das war Antenne emmmvau mit einer krassen Sondermeldung für alle Rostocker Jungs und Mädels da draußen. – Leute, es wird ernst! Dead is coming, ein Song von Marteria.«

»Björn, der Seebär«, sagte Falk und warf einen Blick durchs Fenster auf die Doberaner Straße, wo aber trotz der Ankündigung keine Autoteile durch die Luft flogen. Sicherlich, der Schnee kam quer, zerfloss aber weiter am Sicherheitsglas der *Schalle*.

›Mediengefasel‹, dachte Maik.

»Wollt ihr eure Öfen auf den Hof schieben?«, fragte Molle diagonal durch den Saal, woraufhin zwei Biker den Kopf schüttelten und drei nickten.

»Dann geb ich euch den Hofschlüssel. Mit Björn ist nicht zu spaßen. Die Sau will werfen, soviel ist sicher.«

In diesem Moment erklang ein Hit von Depeche Mode, und sofort vergaßen die meisten der Kerle den Sturm auch schon wieder. Viele erinnerten sich an ihre Jugendzeit, die einen mit gutem Gefühl, die anderen mit schlechtem. War man als Teenager hier Depeche Mode-Fan gewesen, hatte man sich vor Mädchen und jungen Frauen nicht retten können, gerade auch, wenn man die gängige Frisur und Mode trug; war man es aber nicht gewesen, so konnte man nur zu Tode beleidigt zuschauen. Das sorgte noch heute für jede Menge Zündstoff, doch waren die DM-Fans mittlerweile so weise geworden, bei den Liedern nicht einmal mehr einen Seufzer hören zu lassen. Ute hielt die Spannung und die Stille trotzdem nicht aus. Sie stellte das Radio ab und ließ den Zufallsgenerator die Musikauswahl bestimmen.

»Tie änd tie«, brüllte jeder im Kneipensaal kurz darauf mit. *Tieändtie!* Drei Buchstaben, die man sich leicht merken konnte, weil sie ja eigentlich nur ein einziger waren. Beim dritten Mal allerdings wurde jemandem die Kneipentür aus der Hand gerissen. Sie wurde an die Wand geschlagen, ein Schwall feuchtes Weiß fegte in den Vorraum und kam fast bis zum Thekenrand, dann erst konnte sich der Fremde gegen die Tür stemmen und sie schließen. Es war der Moment, als der Titel abrupt endete und ein Lovesong begann. Alle Augen waren auf den Fremden gerichtet, der in der Nähe der Tür stehengeblieben war, auf das Thekenholz klopfte und sagte: »Glotzt nicht so!«

Er zog die Lederjacke aus, hängte sie über einen Hocker, kletterte auf den, der daneben stand, und legte eine Fünfundvierziger auf den Tresen. Daneben stellte er gelassen Patrone um Patrone, bis die zwei Dutzend voll waren.

Der Lovesong aber erreichte seinen Höhepunkt, und unwillkürlich jaulte Falk kurz mit. Dann sagte der Fremde: »Mit jungen Pferden macht man keine geraden Furchen!«

Die fünf Motorradrocker blieben in ihrer Ecke, schraubten aber langsam und unauffällig die Beine vom Tisch, wobei sie sich die Tischplatte auf die Knie legten, so vorsichtig und gelassen, dass das Bier in den Gläsern nur ganz leicht vibrierte. Mark nickte seinen Mannen zu. Sie behielten eine Hand unter der Tischplatte, mit der anderen umfassten sie die schweren Humpen. Keiner der fünf kam auch nur auf die Idee, jetzt einen Schluck zu nehmen.

In ganz großer Seelenruhe sagte der Fremde: »Wer mich vor sieben Jahren verpfiffen hat, das will ich wissen. Und dann will ich, was mir zusteht. Darum bin ich hier.«

Maik sagte: »Er will, was ihm zusteht.«

Falk sagte: »Das will ich auch.«

Mark sagte: »Wer will das nicht.«

Molle meinte, er wisse, wer das sei.

Der Fremde nickte: »War mir klar, dass du mich nicht vergisst. Ute, meine Schönste, gib mir Bockwürste mit Senf und Brötchen, oder hast du deinen Ex schon vergessen?«

Ute wurde kreideweiß, hängte sich über das Abwaschbecken, aber obwohl sie würgte, konnte sie sich nicht erleichtern.

›Nette Begrüßung, muss ich mir merken‹, dachte Richard, aber er hütete sich, jetzt zu stören. Er malte auf einem Stück Papier in Worten.

Es war Uta, die routinemäßig dazwischen ging, als würde sie das täglich machen: »Unser wechselndes Aktionsangebot ist zurzeit: Harzer Roller in Kettwurst neben vier Schliecker Feuersteinen für unschlagbare drei Euro siebzig. Wir haben Hasseröder Werbewoche.«

»Ich warte bis zur Beck's Werbewoche. Ich liebe Labskaus«, fühlte einer der Jungspunde vom Fliegerhorst Laage sich genötigt, sagen zu sollen. Niemand antworte ihm, alle sahen auf den Fremden, der einigen Anwesenden nicht mehr so fremd vorkam, obwohl sie ihn immer noch nicht einordnen konnten. In die Schallmauer kamen bekanntlich viele Leute, und die meisten gingen auch wieder hinaus.

»Bist du schon raus?«, fragte der Unbekannte. »Ich dachte, du hättest ein paar Jahre abzusitzen.«

»Freigang. Bis heute zehn Uhr. Muss gleich wieder los, aber das weiß Uta ja.«

»Frechheit«, brachte Ute endlich heraus. Sich zu übergeben, das hatte sie sich nach alter Schallmauer-Schule nicht.

»Lass mal«, sagte Molle. »Mirko verträgt keinen Käse. Bei Käse kriegt er Pickel und der Hals schwillt ihm zu.«

Mirko nickte. Man sah ihm an, dass er etwas sagen wollte, was ihm auf der Seele brannte, aber er war eben keine Berliner Schnauze. Noch ehe er reagieren konnte, sprang die Tür erneut auf und in bestem Berlinerisch schneite Kevin Hilbig im wahrsten Sinne des Wortes herein. Pawel und Richard fielen fast die Augen aus den Köpfen.

Es ist nicht überliefert, mit welchem Berliner Spruch Kevin die Situation an sich riss, wohl aber ist gesichert, dass nun niemand mehr in die Schallmauer kam. Unbekümmert stieg Kevin die beiden Stufen hoch, schlug dem Fremden auf den Rücken, wobei dessen schöne Patronenreihen umkippten, und klopfte aufs Thekenholz. Alle klopften auf irgendwelchen Hölzern zurück.

Kevin sagte: »Ick glob, ick spinne. – *Ick sitze da un esse Klops. Uff enmal klops. Ick denk: Nanu! Nanu, denk ick. Ick gehe raus und kiecke. Un wer steht draußen? Icke!* – Wollt doch mal sehen, was ihr hier donnerstags immer so treibt. Nett hier!«

Die Mecklenburger sahen sich an. *Nett hier* – sollte das eine Beleidigung sein? Die Männer waren unschlüssig.

Pawel Höchst richtete sich auf den Sprossen des Thekenhockers halb auf und sagte: »Das ist mein Kompagnon. Mit dem löse ich meine Kriminalfälle. Ihr kennt ihn aus der Zeitung.«

»Du meinst, wenn wieder mal eine Katze verschwunden ist?«, fragte Falk, aber das war nur Reflex.

»Komm her und sei still!«, sagte Pawel zu Kevin. »Hier ist gerade die Kacke am Dampfen.«

»Jedenfalls verarscht man mich nicht«, fasste Mirko zusammen, der der Fremde blieb.

»Das ist der Fremde«, flüsterte Pawel.

»Ist das eine Fünfundvierziger, Spezialkaliber?«, flüsterte Polizeianwärter außer Dienst Hilbig zurück.

»Hier wird nicht geflüstert«, flüsterte Uta. »Wer flüstert, der lügt! Und wer lügt, gibt einen aus.«

Molle warf einen Blick zum Boss der Motorradrocker und sagte: »Das ist der Typ, der uns alle verarscht hat. Das war vor neun Jahren. Erinnert euch. – Das ist Mirko!«

»Wegen dem wir alle fast eingefahren wären?«, fragte einer der anderen Rostocker Rocker, der auch gleich näher vorgestellt wird.

Leider überschlugen sich gerade die Ereignisse, sodass man als tiefsinniger und ernsthafter Schriftsteller kaum hinterherkam. Natürlich hätte man als gewiefter Unterhaltungsautor die Namen mit den biografischen Stichworten viel früher einführen sollen, aber vergessen Sie bitte nicht, dass ich nur für Richard R. Roesch eingesprungen bin. Mein Metier ist eigentlich die ernsthafte Literatur, in der Namen nur Schall und Rauch sind – Figuren sowieso –, und in der sich alles um Sprachrhythmus und Metaebene dreht. Ich weiß aber aus den Aufzeichnungen Richards, dass bei einem Kriminalroman ganz anders gerechnet wird. Und, eines ist auch klar, ich bin noch immer, auch wenn das alles nun schon wieder ein paar Wochen her ist, voller Trauer, voller Zweifel, voller Trübsinnigkeit, ob des Mordes.

Genau wie Pawel, man sah es ihm noch lange nach diesem grauenvollen Februartag an. Er lief durch Rostock wie Falschgeld, er wurde von einer tröstenden Hand zur anderen gereicht, aber er hielt es nirgends aus. Immer wieder wechselte er die Gesprächspartner, Susanne konnte ihn nicht trösten, und zu allem Übel verlor Empor Rostock jedes Spiel, das Pawel mit seinen Zwillingen sah. Was sollte aus ihm werden?

»Und jetzt ist er hier.«

Verdammt, das kam aus der linken Ecke, wo der Nebeneingang war, aber wer hatte das gesagt? Wer war das gewesen?

Stammkunde Maik, Kassierer bei Netto im Stadtteil Gehlsdorf, der aber laut Richards Notizen in der Waldemarstraße, der Prachtallee der KTV, wohnte, vielleicht er? Oder Stammkunde Falk, der immer einen alten oder uralten Witz auf den Lippen hatte und der PC-Reparaturen aller Art unter *sofort@sofortheißtsofort.de* annahm und ausführte? Sein Büro war ein weißer Transporter ohne Aufschrift. Er wohnte in der Kneipenmeile der KTV, die sich Fritz-Reuter-Straße nannte. Es konnte auch einer der drei Kneipenbesitzer gewesen sein, von denen Molle sich schon artikuliert hatte, der zusammen mit Erich als Militärflieger eines untergegangen Staates auf deutschem Boden gedient hatte. Ihr dritter Mann aber war Rechtsanwalt, er hieß Robert und vertrat verschiedene Motorradgangs, von denen die Rocker des Ewigen Friedens e. V. noch die friedfertigsten waren. Hatte ich das nicht schon erwähnt? Robert sprach selten, aber wenn, dann war es totenstill im Saal. Er war zwei Meter sieben groß, muskulös, und trug nur Anzüge, maßgeschneidert, die er bei »Harry« in der Langen Straße kaufte, wo auch die Bürgermeister einkauften. Ein Teil von Roberts Klienten, die hier ihren Stammsitz eingerichtet hatten, waren die fünf Biker vom Ewigen Frieden, von denen Mark der Boss war. Im Geschäftsleben war er erfolgreicher Postkartenanbieter. Daher war Falk bei ihm hoch angesehen, weil er dessen Sprüche immer wieder kopierte, ohne allerdings einen Cent herauszurücken. Seine Erfolgsreihe hieß: *Was Falk neulich noch sagte.* Und Falk war bekanntlich nicht einer jener Männer, die eher weniger sagten, auch wenn er aus dem vorpommerschen Demmin stammte.

Unter Mark waren die Biker Hassan, Johannes, Oleg und Lu gleichberechtigt. Hassan aus Jordanien war Buchhändler bei Thalia, Johannes aus Südafrika studierte an der Hochschule für Wirtschaft Vertrieb, Oleg aus der Ukraine arbeitete nebenher als Türsteher, aber eigentlich war er ein ausgebildeter Arzt, dessen Abschluss hier noch nicht anerkannt wurde, aber Robert hatte da schon seine Fühler ausgestreckt. Lus Eltern waren irgendwann mal aus Vietnam nach Lichtenhagen gekommen. Er war Meister der Bäckereiinnung, der seine sieben Angestellten hatte, Ex-Häftlinge, weil die schön billig waren.

Im *Ghetto* war Lu mit dem Rostocker Star Marteria und mit dem Bruder von Jan Ullrich, weltbester Radrennfahrer und Ex-Rostocker, zur Schule gegangen. Er war noch heute mit ihnen befreundet, und *Ghetto* wurden gemeinhin die Neubaugebiete genannt, in die man nach achtzehn Uhr besser nicht mehr hineinging, seitdem die S-Bahn nach Warnemünde nun endgültig bei Bramow in die Erde fuhr und erst wieder kurz vor Warnemünde / Werft herauskam. Natürlich konnte man auch nachts durch die blauen Viertel schlendern, wie sie in Anlehnung an die verabreichten Veilchen genannt wurden, man musste eben nur Lu, Ulle oder Marteria an seiner Seite haben. Lu war in gewisser Weise Pawels Vorbild, denn trotz asiatischer Herkunft hatte er es in seiner Zähigkeit fertiggebracht, das rollende R perfekt wie ein Mecklenburger zu sprechen. Das erstaunte all die Kreuzfahrtschiffsgäste immer wieder, die am Pier sieben noch schnell ein paar Dresdner Stollen mitnahmen, die Lu wie kein anderer Rostocker backen konnte.

Die drei Stammgäste, die zur Richards autarker Runde gehörten und die sich nur wenig fürs Gemeinwohl der Raucherkneipe interessierten, hießen Egbert, Norbert und Biberkopf. Egbert, Ausputzer auf dem Bau, Norbert, selbstständiger Tischler, Biberkopf, Taxifahrer, lachten zusammen mit Richard oftmals laut auf, ohne dass jemand von ihnen zuvor ein Wort gesagt hätte. Sie sahen sich an und hauten ein abfälliges Lachen heraus, meckernd, das schon so manchen neugierigen, zartbesaiteten Studenten vertrieben hatte, der hier eigentlich den Schweiß und den Rauch der Männerwelt erleben wollte, um nach der ganzen Studiererei wieder klar im Kopf zu werden. Andere Studenten aber waren da ganz anders, Egbert hatte es einmal so formuliert: »Man kann die nicht über einen Kamm scheren.«

Der Unbekannte stand in knöchellangem Trenchcoat oft in ihrer Hörweite, und es war ein offenes Geheimnis, dass er darunter nackt war. Der Unbekannte, dessen Namen niemand wissen wollte, hatte schon viele milde Vorstrafen gesammelt, weil er sich immer wieder entblößte, jedoch stets nur vor gestandenen Frauen, nie vor Teenagern oder Kindern, was sein großes Glück sei, wie ein Richter es mal ausgedrückt hatte. Im Grunde war er eine sehr devote Seele, die Freude daran fand, wenn die Frauen bei seinem Anblick Lachanfälle bekamen. Er zog nur blank, um lächerlich zu sein.

Bleiben die fünf Luftwaffensoldaten, die auf dem Fliegerhorst Laage, etwa zwanzig Kilometer südlich von Rostock, stationiert waren. Der Donnerstagsstammtisch der Fliegerkneipe war ihre einzige Abwechslung, weil sich hier niemand um die Geschichte des anderen kümmerte. Hier konnten sie mit den Ex-Fliegern über Flugzeuge und Wracks aus dem Zweiten Weltkrieg palavern und sich anerkannt fühlen.

Thomas wurde DM genannt, weil er auch schon im Handstand alle Songs von Depeche Mode aufgesagt hatte, rückwärts! Er war Anfang dreißig, sah zu Beginn des Stammtisches aber immer bedeutend jünger aus. DM war Investor, der immer wieder Vieraugengespräche führte. Sein Motto war: *Geld besorg ich immer. Die Frage ist nur, wie wir's abrechnen, falls wir es abrechnen.*

Festangestelltes Personal waren Uta und Ute, und Pawel, Richard sowie Stephanie waren ja nun schon zum Glück zur Genüge vorgestellt worden. Sie sollten dem trauernden, pflichtbewussten Leser noch präsent sein, denn ungeplante Wiederholungen sind der Tod der Spannung, geplante hingegen der Schwarze Pfeffer im Gulasch alter Kanonen.

Was aber wussten all diese Neben- und Hauptfiguren vom Fremden und von Kevin?

»Und jetzt ist er hier«, es war also Robert gewesen, der diese Feststellung folgerichtig getroffen hatte, wie ich es nach dieser Inventur mit Bestimmtheit sagen kann. Es gehört zu den Geheimnissen des Lebens, dass man die Großen am leichtesten übersah. Fangfrage: Welchen Job hat Robert?

»Ich will meinen Anteil«, sagte der Fremde. In der Zwischenzeit hatte er die Patronenreihen wieder aufgestellt, jedoch in anderer Anordnung, die Kevins ungestümes Eindringen umgeworfen hatte. Der Fremde sah in die Runde, niemand blickte zurück. Er wiederholte sich. Immer noch ging keiner darauf ein. Die Schallmauer stand eben in Mecklenburg, und in Mecklenburg war das Schweigen eine der leichtesten Übungen. Es wurde quasi mit der Muttermilch gesogen.

»Also, was?«, fragte Uta dann doch, aber eben mit gereiztem Unterton. »Keine Hasseröder Werbewoche? Wir haben noch Rostocker Schinkenknacker, ein Paar auf Brot für fünf Euro siebzig. – Nun entscheide dich mal langsam.«

»Ja, okay, alles klar, nehme ich. Mach zwei Paar auf einem Teller draus«, sagte der Fremde.

»Also, vier Rostocker Schinkenknacker«, sagte Ute und verschwand in der Behelfsküche, wo der nagelneue Dampfkocher stand, denn eine Lücke im Gastronomiegesetz ließ zu, dass Dampfkocher nicht unter Küchenutensilien fielen, weil mit ihnen weder elektrisch noch gasig gekocht werden konnte. Folglich brauchte man für sie auch keine Küchenlizenz. Robert war ein Star unter den Rostocker Rechtsanwälten, mit dem man sich sicher nicht wegen eines Dampfkochers anlegte. Im Veterinäramt wusste das jeder. Robert sagte: »Pickliger, du kriegst deinen Anteil nicht. Das hat dir Molle doch gerade eben schon gesagt.«

»Ich bin weg, sobald ich meinen Anteil habe. – Dann bin ich weg, und ihr habt wieder eure Ruhe.«

»Es ist uns völlig egal, ob du da bist oder ob du nicht da bist«, sagte Biberkopf. »Eigentlich bist du gar nicht da, jedenfalls nicht für uns. Und ob du nun mit deiner Fünfundvierziger rumwedelst oder nicht, ich sag es mal wie Ernst Thälmann: ›Einen Finger kann man brechen, aber nicht die ganze Hand!‹ Du kannst uns gar nicht alle auf einmal umlegen, aber wir alle können dich draußen unter den Schnee schieben. Der Knast hat dir wohl die Birne weichgekocht, aber wir waren nicht im Knast, und also sind unsere Birnen nicht weich. Sie sind hart, eisenhart, werftarbeitereisenhart!«

»Heftig«, sagte Egbert. »So viel hat Biberkopf lange nicht geredet. Heftig, heftig!« Dann meckerte er wieder lachend, und seine Kumpane fielen darin ein.

»Und überhaupt, hier kommt keiner mehr weg. Blizzard Björn lässt uns nicht mehr raus. Er lässt niemanden mehr raus, der sich im Stadtkern befindet. Auch dich nicht«, sagte Norbert, der selbstständige Tischler, der sich schon über all die Aufträge für neue Dachstühle freute. Er grinste als Einziger und gab einen Ratschlag: »Gib lieber einen aus!«

»Ich glaub, ihr nehmt mich nicht ernst. Ich glaub, ich muss dagegen etwas tun. Ich glaub, ich …«

»Seit wann bist du denn raus aus dem Knast in Bützow?«, fragte Biberkopf, der Taxifahrer, ein wenig beruhigt. »Hättest ja ruhig anrufen können, hätte ich eine schöne Tour gehabt!«

»Ich glaub, ich muss erst einmal diese Patronen in dieses Magazin hier stecken. Seht ihr, ich glaub, ich muss diese Waffe erst einmal laden und entsichern. So, seht ihr?«

Alle nickten.

»Aber warum bist du eigentlich eingefahren?«, fragte Uta. »Doch nicht wegen Ute, oder?«

»Weil er dümmer als der Dummkopf war«, sagte Molle. »Er kauft vor Jahren ein Schrottschiff für einen Euro auf. Er bringt es raus in die Dreimeilenzone. Unser Schlaumeier pflanzt in allen Fracht- und Laderäumen Hanf an, schaltet Rotlicht und glaubt ernsthaft, niemand könnte ihm etwas, weil das Schiff ja außerhalb jeder Staatsgrenze liegt. Riesengeneratoren überall auf dem Oberdeck, Dieselgestank bis Dänemark und zurück, und unser Fuchs hier dachte tatsächlich, damit würde er durchkommen. Den fertig geschnittenen Stoff in schwarze Plastiksäcke verpacken und bei günstiger Strömung ans Ufer treiben lassen. Es irgendwo bei Rosenort einsammeln und verkaufen, so hatte er es sich gedacht, dabei fragte sich jeder an Land, was das für ein Schrottdampfer da draußen war. Meilenweit zu sehen! Und die Drogenpolizei hat ihn schön zappeln lassen. Erst drei oder vier Tage vor der Ernte haben sie ihn hochgenommen. – So ein kluger Geschäftsmann ist unser Mann hier. Und dem sollen wir seinen Anteil auszahlen, nein, lieber nicht. Man gibt Kindern kein Feuerzeug zum Spielen.«

»Ich will nicht spielen, ich will investieren.«

»Ja, sag ich doch, du willst spielen.«

Uta sagte: »Verlieren kann nur, wer etwas wagt!«

Verdutzt schwiegen alle, denn es gab nichts, was in ihren Augen wahrer war.

Doch dann explodierte kein Schuss, der sich zufällig gelöst hatte, sondern Marks raue und laute Stimme. Sie kam so schwer durch den Saal, dass einige an der Theke sich unwillkürlich duckten: »Und jetzt steck die Waffe weg, oder besser, gib sie mir!«

»Ich geb dir, was drin ist«, sagte der Fremde. Doch allein Falk lachte, weil er das für einen Witz gehalten hatte. Man ließ ihn lachen, denn der Fremde machte keine Anstalten, seinen Worten auch Taten folgen zu lassen. Er überlegte, er überlegte lange, denn er war es nicht mehr gewohnt, dass so viele Einflüsse auf einmal auf ihn einstürmten. In den Gefängnisjahren war alles übersichtlich für ihn geworden. Oftmals hatte er nur vier Gedanken an einem Tag gehabt, aber jetzt? Jetzt musste er seinen Mann stehen, wenn er sein Geld zurückhaben wollte. Es war überall schwer, ein Fremder zu sein.

Der Boss der Rocker hievte derweil seinen breiten Hintern aus der Sitzecke, wobei seine Kollegen die Tischplatte weiter mit den Knien hielten. Der Fremde sah es, er hob den linken Arm mit der Waffe in der Hand. Langsam kam Mark die beiden Stufen zwischen der Innenbalkonbalustrade herunter und baute sich vor dem Fremden auf. Der Fremde drückte die Mündung auf die Brust des Rockerbosses.

In diesem Moment flog ein Messer quer durch den Raum und steckte mit der Spitze tief in einem der Längsbalken der Theke, die das obere Regal hielten, auf dem die vielen angefangenen Schnapsflaschen standen. Es vibrierte in Kopfhöhe des Fremden.

»Was bist du doch für ein Stratege!«, sagte Mark ruhig. »Erst ein Schrottschiff aufkaufen, dann in den Knast einfahren, dann mit einer Knarre in die *Mauer* kommen, die Knarre einfach so auf die Theke legen; es gibt nicht viele, die dümmer sind als du.«

»Oh Mann«, meinte Steffi-Pfeffi, die lange nichts gesagt hatte, »was soll denn das alles nur? Ich verstehe es nicht so genau, aber ich muss ja auch nichts verstehen. Hauptsache, die Welt ist rechteckig und passt auf einen Abfallbehälter! So ist das doch, so ist das doch immer gewesen! – Ich wollte gerade pinkeln gehen, aber das kann ich jetzt wohl knicken!«

Alle schauten sie an, doch dann war jedem klar, dass das später für all jene ein verdammt guter Running Gag werden würde, die diese Sache heil überstanden. Mark drehte sich wieder zum Fremden und sah ihm in die Augen, bis dieser den Blick senkte. Mark wusste: ›Manchmal sind Männer auch nur wie Hunde.‹

»Mir gefällt das alles nicht, mir gefällt das alles ganz und gar nicht«, sagte Maik, der aus seiner Lethargie erwacht zu sein schien, die er sich an der Kasse von Netto antrainiert hatte. Er krempelte schon mal die Hemdsärmel hoch und gönnte seinem Bauch ein Gürtelloch mehr. Er sagte: »Klassenkeile sind klasse Keile!«

Fünftes Kapitel,
Sechzehnter Februar Zweitausendsiebzehn.

Uta hatte gleich zwei Dutzend Rostocker Schinkenknacker in den nagelneuen Dampfkocher gesteckt, denn sie kannte ihre Mannschaft: Wenn erst einmal einer anfing, dann wollte keiner mehr aufhören.

Fast fraß der Fremde seine Rostocker Schinkenknacker, so sehr schmeckten sie ihm. Er aß beidhändig, und es gab niemanden in der Schallmauer, dem nicht das Wasser im Munde zusammenlief. Das flüssige Fett tropfte dem Fremden vom Kinn oder spritzte geradezu aus der dicken, dicht gestopften Wurst heraus, sobald er hineinbiss. Die Würzmischung aus Kümmel, Pfeffer und etwas Saurem zog den Fremden in einen Fressanfall, von dem er sich nicht mehr befreien konnte. Während die Bestellungen der anderen Männer rasend schnell eintrudelten, vergaß der Fremde seine Knarre und legte sie auf die Theke. Genau darauf aber hatte Uta, die *Füchsin vom KTV-Berg*, gewartet. Blitzschnell schnappte sie sich die Waffe und sagte zum Gefängnisfreigänger, der lange nichts Reelles mehr zwischen die Zähne bekommen hatte: »Das war das und jetzt kommt jenes.«

»Verdammt«, nuschelte der Fremde mit vollem Mund, »mit den Waffen der Frauen!«

»Bekommst du nachher wieder, wenn du wieder abzischst. Wir wollen dich hier nicht«, sagte Uta, die den Ex ihrer Tochter sowieso nie gemocht hatte. Aber das behielt sie als gute Mutter lieber für sich.

Ein wenig resigniert mampfte der Fremde vor sich hin, ehe er noch eine Bestellung aufgab. Er sagte: »Rostocker Schinkenknacker, die bringen mich noch mal um.«

Das Messer, das im Holz steckte, holte Mark selbst und schlug dem Fremden dabei so heftig auf die Schulter, dass er sich verschluckte. Mark sagte: »Einmal Trottel, immer Trottel! Intelligenz säuft, Dummheit frisst. Jetzt wissen wir, wohin du gehörst, Pickliger.«

»Molle«, sagte der Fremde, »ich versteh nicht, warum ihr mir meinen Anteil nicht geben wollt. Er steht mir zu. Ihr habt damals die Kneipe hier nur aufmachen können, weil euch meine Kohle nicht zu schwarz war. Viele Jahre später müsst ihr das doch mehr als viermal raus haben. Ich versteh das alles nicht.«

»Ohne Prinzipien sind wir nicht mehr wert als eine Horde Affen am Baum der Erkenntnis«, sagte Molle und biss in seine Rostocker Schinkenknacker. Er kümmerte sich nicht um das Flüssigfett, das sich in seiner Umgebung verteilte. Maik schon. Er zuckte zurück und wischte es sich vom nackten Unterarm. Ein Fluch lag ihm auf der Zunge, aber da blieb er auch.

»Soll heißen …«, versuchte der Fremde es mit einer Bohrung ins Blaue hinein.

»Sag es ihm endlich«, rief Lu aus der Bikerecke. »Wir werden hier gleich alle Hände voll zu tun haben.«

Molle sah zu ihm rüber. Er überlegte. Dann sagte er: »Warum eigentlich nicht. Hier wissen sowieso alle Bescheid.«

»Mein' ich auch«, sagte Robert, der die Jacke seines anwaltlichen Schweigeanzugs auszog und ebenfalls die Ärmel hochkrempelte. »Wenn jetzt die Lüftung einfriert, dann ersticken wir hier am Nikotin.«

»Fremder, Pickliger, Mirko … egal wie du später mal genannt wirst, wenn wir über dich lachen, du hast hier vor Jahren für viel Unheil gesorgt. Und ich sage dir, wir vergessen, aber wir vergessen nicht alles. Deine schäbige Aktion vergessen wir nicht, weil sie uns fast Kopf und Kragen gekostet hätte. Darum nennen wir dich später vielleicht nur *Vollidiot.*«

»Achso, darum geht's. Darum geht es also noch immer. Wird es darum immer gehen?«

»Vollidiot, vielleicht haben sie dich im Knast zu oft zur Brust genommen, aber falls du es vergessen hast, du hast hier Hausverbot. Auf Lebenszeit. Und auch wenn du hier eine Knarre auf den Tisch legst, dann heißt das noch lange nicht, dass du hier irgendwas zu melden hast. Du hast hier gar nichts zu melden, ich sag es mal so: Gar nichts!«

»Ich will nichts vermelden, ich will nur den Grundstein für mein neues Business legen. Wenn ich in drei Monaten rauskomme, soll mein neues Geschäft stehen, aber dazu muss ich morgen Geld hinterlegen … beim Notar. Richtiges, reelles, nachzählbares Geld, und darum hab ich auch Freigang vom Knast. Damit ich gleich eine Chance hab, wenn ich rauskomme. – Also, vermelden will ich hier gar nichts.«

»Was für ein Geschäft?«, mischte sich DM ein, der gerade nach neuen Investitionsanlagen suchte.

»In sieben Jahren ist in Deutschland Olympia. Hamburg hat bekanntlich den Zuschlag bekommen und einen Teil der Spiele nach Rostock abgegeben. Ich will das Catering für die ganzen Handball- und Turmspringwettbewerbe, die hier ausgetragen werden. Die Bewerbungsfrist läuft morgen elf Uhr aus. Ich will meinen Hut in den Ring werfen.«

»Umsatz? Gewinn?«, fragte DM lauernd.

»Zwei Millionen. Davon bleiben vierhunderttausend.«

»Vierhunderttausend? Glaub ich nicht dran! Ich bin raus!«, sagte DM und verbiss sich ein Lächeln. »Mach weiter, Molle!«

Unter dem morgigen Datum gab er ›Elf Uhr‹ in den Kalender seines elektronischen Irgendwas ein, das er am Handgelenk trug. Dann ging er ins Hinterzimmer, um zu telefonieren: »Schwachsinn, Kurt! – Was ist groß an so einer Bewerbung dran? Konzepte haben wir gespeichert, nimm das vom Autobahndeal und pass es an das Handballzeug an. – Man, das dauert keine zwei Stunden, paar hübsche Bildchen dazu, fertig. – Das ist doch eh nur pro forma, ich telefoniere doch morgen um neun Uhr gleich mit dem Senator. Vergiss bloß nicht, oben links unser Kennzeichen zu setzen, wie immer, damit der Quatsch mit der Anonymität der Bewerbungen uns nicht wieder einen Deal versaut. – Das Geschäft selbst lassen wir dann Falk machen, der braucht die Kohle. – Ich kann hier nicht weg, ich bin in einer Besprechung. – Kurt, was ist los mit dir? Mach mir jetzt hier bloß nicht den Wallander. – Ja, ja, das nächste Mal bin ich dran. – Schick mir die letzte Seite dann aufs iPhone, damit

Falk unterschreiben kann. – Und Kurt! *Trägheit ist der Anfang allen Übels!* – Ich hab zu tun, hab ich doch gesagt! – Besprechung!«

Die letzten Worte sagte er schon wieder im Thekenraum, sodass er gerade noch mitbekam, wie Molle dem Fremden sein Vergehen unter die Nase rieb, das so schwerwiegend sei, wie DM meinte, dass Hausverbot dafür eigentlich nur wie Bewährung sei.

»Wir finden in unserem Urlaub diese kleine Kräuterlikörbrennerei auf Sardinien und verlieben uns in den Myrthe, den sie da wie aus dem Nichts heraus fabrizieren. Wir machen mit den Italienern einen Deal, dass sie uns halbjährlich vier Fässer schicken, unsere Kundschaft mag den Myrthe auch, den wir als Einzige in ganz Rostock anbieten, und was machst du? Du machst einen verdammten Nebendeal mit dem Sohn des Besitzers, der auch so ein Volltrottel ist wie du«, sagte Molle und atmete schwer. »Haschischpakete in den Fässern, auf denen unsere Adresse steht! – Wenn der Zoll das gemerkt hätte, dann wären wir alle geliefert. Zum Glück hat Uta die Pakete gleich im ersten Fass gefunden, sodass wir die Sache schleunigst abstellen konnten. – Zerreißen müsste man dich, in ganz kleine Stücke! – Ganz kleine!«

»Und so einer wollte mal mein Schwiegersohn werden«, sagte Uta, wobei sie Ute ansah, die eifrig Gläser polierte.

»Aber das alles ist doch so lange her«, sagte der Fremde. »Es ist doch überhaupt nichts Schlimmes passiert.«

Robert räusperte sich und sagte: »Für Prinzipien gibt's kein Verfallsdatum. Erst recht nicht hier in Mecklenburg.«

»Und Vorpommern!«, mischte sich Falk ein, der manchmal auf seine Demminer Heimat stolz war.

Der Fremde atmete durch, spielte den Resignierten und erinnerte sich an den Film *Der Pate*, an den zweiten Teil, als er sagte: »Also, meine Freunde, ihr ward wie eine Familie für mich. – Das wollte ich eigentlich nicht tun, was ich jetzt tue. – Ich muss jetzt also wirklich die Kavallerie holen? Muss ich wirklich die ganze *Schalle* zusammenschießen lassen, damit ich mein Geld bekomme?«

»Jetzt ist die Ratte aus dem Sack«, sagte Maik, der schon die ganze Zeit Lust auf eine hübsche Schlägerei hatte. Er stand auf und lockerte sein Genick, wie er es in den Thrillern gesehen hatte. Er sagte: »Der Ratte juckt das Fell. Und ich hab mir an der Kasse bei Netto den ganzen Vormittag das Gesülze der Penner anhören müssen, die natürlich jedes Sternburger einzeln kaufen müssen. Diese Dreckstypen gehen mir manchmal dermaßen auf die Nerven, dass ich …«

»Wir wissen, was du meinst, Maik«, sagte Falk, der plötzlich DMs Umarmung spürte, der ihn zu sich zog, um ihm etwas zuzuflüstern. Kurz darauf nickte Falk und sagte: »Kann ich machen, aber ich schmier keine verdammten Brötchen. Wo? Hier? Okay.«

DM versendete eine Mail mit Anhang und steckte sein Büro zurück ans Handgelenk, sodass die Halterung hörbar einrastete und sein Pulsschlag sofort wieder sichtbar war. DM war ruhig, und verpasst hatte er dabei nur die Drohung des Fremden, dass seine Leute draußen warteten, und falls er sich nicht melden würde, kämen sie hier herein.

Maik sagte: »Je mehr, je besser!«

Völlig emotionslos sagte Mark zu seinen Mannen: »Bindet ihn ans Fenster, dann können ihn seine Leute sehen!«

Zwar nickten die Biker, zwar standen sie auf, aber sie waren viel zu langsam. Die jungen Soldaten vom Fliegerhorst hatten es satt, nur herumzusitzen. Sie waren fast sofort nach Marks Worten beim Fremden, und Felix sagte: »Üben wir also ein paar Seemannsknoten.«

Kaum ein Leser weiß das, aber das Schwierigste für einen Schriftsteller sind Bildbeschreibungen: Weil auf Gemälden so wenig passiert, besteht eine ungeheure Gefahr, dass der Leser schnell die Spannung verliert und sich langweilt, wenn der Schriftsteller ihm mit Alltagsworten wie *oben links, seitlich hinten, unter dem Himmel neben der Kirche gleich an der Birke* kommt. Das Problem war jetzt, dass der Fremde wie auf einem Gemälde kopfüber am Fenster hing und gar nichts versuchte. Hier ist also die Eigenfantasie des Lesers gefragt, der Spaß daran hat, sich auch mal selbst ein eigenes Bild zu machen. Na los, drei Minuten!

Die Soldaten waren über ihre Arbeit jedenfalls zufrieden, und Friedrich goss dem Fremden noch ein wenig Wasser ins Hosenbein, was zu einer allgemeinen Erheiterung führte. Genau das hatte Friedrich mal wieder gebraucht: ein wenig Anerkennung in der Männerwelt. Der Fremde zappelte schlapp, konnte aber nicht verhindern, dass sich die Jeans in Hüfthöhe dunkelblau färbte.

»Von draußen muss sein Arsch gut zu sehen sein«, sagte Pawel. »Die Frage ist nur, ob die Kerle da wild darauf sind.«

»Wieso? Sind doch alles Knastbrüder«, sagte Richard, was aber niemand hörte.

Der Fremde konnte, wenn er sich nur ein wenig anstrengte, trotz gefesselter Arme und Beine, seinen halben Oberkörper aufs Fensterbrett legen, wozu er sich aber ganz schön verbiegen musste. Pawel sah ihm an, dass ihm das nicht gefiel, aber das war wohl immer noch besser, als unnötig viel Blut in den Kopf zu bekommen; und damit sind wir endlich beim entscheidenden Wort dieses Kriminalromans: Blut.

Pawel wusste, dass Richard Blut mochte, austretendes Blut, versickerndes Blut, sich verdickendes Blut, glänzendes und glanzloses Blut, Blut, Blut, Blut, was hatte Pawel in seinen ersten beiden Fällen nicht alles an Blut sehen müssen. Eigentlich hatte er genug Blut gesehen. Rechnete man auch das der Millionen von geköpften, entgräteten und ausgenommenen Fische dazu, die er auf den Hochseetrawlern verarbeitet hatte, so war es mehr, als man überhaupt sehen konnte.

Es war ein Hass, über den Kevin unbekümmert seine Witze gemacht hatte. Er war zum ersten Mal in Pawels Stammkneipe und sah sich den Tresen an, der nach oben hin nicht offen war. Vielmehr hielten eine Menge Rundhölzer ein Regal, auf dem Unmengen von Schnapsflaschen standen und an dem die verschiedensten Arten von Biergläsern an ihren Henkeln hingen. Bis auf die Tulpen, die standen woanders, vermutete Kevin, der sich dann aber nicht sicher war, ob es in dieser Raucherkneipe überhaupt solche Biergläser gab. Vielleicht waren sie für diese Art Männerbünde zu anfällig? Kevin Hilbig zog einen Schmollmund, was ihm oft passierte, wenn er angestrengt nachdachte.

Als er während seiner Ausbildung Streifendienst absolvierte, war dies einer jener Gründe gewesen, der die Menschen so verunsichert hatte. Ein schmollmundziehender Polizist, das war vielen dann doch viel zu liberal gewesen. Aber Kevin Hilbig arbeitete daran. Zur Zeit war er suspendiert, von seiner Ausbildung zum Polizisten freigestellt, obwohl er die theoretischen Prüfungen mit Bravour gemeistert hatte, wozu ihm sein Freund mit einem Dinner im Hotel Rose, das sich auf dem Kurfürstendamm befand, gratuliert hatte. Kevin brauchte nur noch den praktischen Teil hinter sich zu bringen, aber ob er wirklich Beamter werden konnte, das lag jetzt nicht in seinen Händen. Er hatte während seiner Freizeit Pawel geholfen, zwei Mörder zu fassen, das sprach für ihn, er hatte es aber gegen Bestimmungen und Gesetze getan, und das sprach gegen ihn. Kevin hoffte, dass die Entscheidungsträger seiner Berufsschule erst später bemerken würden, dass er zwar ein verdammt guter Polizist, aber ein verdammt schlechter Beamter war, aber eigentlich hatte er da keine große Hoffnung: Seine Vorgesetzten und Ausbilder waren keine Blindgänger.

Die Berufsfachhochschule, an der man auch studieren konnte, war wie alle Polizeischulen hoch angesehen. Es war ein Irrtum, dass jeder Depp Polizist werden konnte, in Wahrheit hatte jeder Polizist ein Abitur und einen Studienabschluss. Dazu kam eine natürliche Grundaggressivität, die aber ausgerechnet Kevin völlig abging. Er bewunderte Pawel

Höchst wegen dieses männlichen Urverhaltens, mit dem der Rostocker Detektiv so manche Situation für sich entschieden hatte. Das war auch der Grund, warum er jetzt, inmitten der Suspendierung, kurzerhand von Berlin nach Rostock gefahren war. Er war jung, er hatte einen roten Porsche, die Nordautobahn war abends immer leer, und diese brachiale Männerwelt, in der der Nordrusse lebte, faszinierte den filigranen Bürgersohn aus dem westlichen Speckgürtel Berlins. Er fand an den Regalstützen und an den Regalbrettern unzählige Postkarten aus allen Winkeln der Welt, aber auch Postkarten mit allen abgedroschenen Witzen Mecklenburgs: *Treffen sich zwei Beamte mit der Kaffeetasse in der Hand auf dem Flur. Fragt der eine besorgt: Kannst du auch nicht schlafen?*

Kevin grinste, was Pawel an seiner Seite bemerkte. Der Fremde hing noch immer ab. Pawel sagte zu Kevin: »Sieht man auch nicht alle Tage, was?«

Kevin schüttelte den Kopf, ehe er fragte, ob denn Pawel gar nicht überrascht sei, dass er hier war.

Pawel schüttelte den Kopf: »Hättest zwar anrufen können von unterwegs, aber ob du es glaubst oder nicht: Ich war auch mal jung, und eigentlich machen alle Menschen immer wieder die gleichen zehn, zwölf Erfahrungen. Das kann sich immer nur niemand vorstellen, dass er weder der Erste noch der Einzige ist.«

»Es gibt keinen Individualismus?«

»Hat es nie gegeben.«

»Das nimmt einem ja fast die ganze Existenzangst ab.«

»Sowieso.«

»Pawel, Seemänner sind die einzig echten Lebensphilosophen.«

»Seefrauen auch, vergiss das nicht, nur weil du schwul bist.«

»Bei Seefrauen denkt man immer gleich an Nixen, und die haben ja auch einen Schwanz. Also, von daher, kein Problem für mich«, sagte Kevin, der es liebte, Pawel mit seiner Intimität in Verlegenheit zu bringen.

Sogleich wurde der Seebär auch rot im Gesicht, ehe er sagte: »An Bord unserer Fischtrawler war die Hälfte der Besatzung weiblich. Die Männer haben gefischt, mit den Riesennetzen auf dem Oberdeck, die Frauen haben verarbeitet, an den Fließbändern unter Deck. Zweischichtsystem. In der Freiwache war neben dem Essenfassen und dem Abschnarchen so manch ein Quickie in den Laderäumen möglich. Das Fischmehl, das aus den Fischresten gewonnen wird, ist wunderbar weich in seinen Hundertzentnersäcken. Weißt du, warum es *Quie-Ckiiieee* heißt?«

»Ich kann es mir denken, so wie du es aussprichst«, sagte Kevin, der über Pawels seicht daherkommenden und plötzlich hart ansetzenden Konter beeindruckt war, denn jetzt hatte er selbst rote Ohren, weil er sich den alten und behaarten Seesack Pawel beim Sex vorstellen musste. Alter Spalter! Er konnte von diesem Kerl so viel lernen, wie matt waren dagegen doch seine Berliner Kreise, die die Zwanzigerjahre imitierten und dem Französisch sprechenden Preußenkönig huldigten. Je öfter er in den Nordosten kam, umso weniger wollte er in die Hauptstadt zurück. Das Milieu dieser

Schallmauer war ihm so fremd, aber er hatte ganz genau gewusst, dass er sich genau danach gesehnt hatte. Einmal kein Schwuler sein, einmal nicht exponiert sein, einmal eine andere Rolle annehmen. Dazu waren Stammkneipen doch da, und darum war er hier. Er wusste, dass Pawel hier jeden Donnerstag seine Biere trank.

»Hast du was gesagt?«, fragte Kevin. »Mir war so, als hätte jemand was gesagt.«

»Ich hab nichts gesagt. Wenn wer etwas gesagt hat, dann war es nicht ich, der etwas gesagt hat, denn der, der etwas gesagt hat, der war nicht ich.«

Kevin nickte und sah nach rechts, am Pulk der Stammgäste vorbei, die noch immer den einzigen Thekenausgang belagerten. Hinter ihnen war die ganze Ecke des Raums mit gerahmten und verglasten Bildern einer Frau dekoriert. Es waren alte Fotos.

»Wer ist denn das? – Die Nackte da?«

»Das ist Rostocks echte Berühmtheit. – Der Sänger Marteria, gut und schön, der Radfahrer Jan Ullrich, gut und schön, aber das, mein Lieber, das ist die Olympiazweite im Turmspringen. Drei Olympiaden hintereinander. Auch sie ist eine Rostockerin.«

»Aha. Turmspringen. Na ja, warum auch nicht. Besser Turmspringen als … ach, weiß auch nicht.«

»Aber dafür ist sie hier in Rostock nicht berühmt geworden. Olympiaasse haben wir hier mehr als genug, schon immer gehabt. Die Bilder, die du da siehst, die sind aus dem Playboy. – Playboy, das sagt dir doch was? Das ist der Original-Playboy.«

»Playboy, klar, kenne ich. Aber wie alt ist denn dieser Playboy? Das sieht ja aus wie …«

»Alt, ziemlich alt, das stimmt. Gleich kurz nach der Wende ist die Nummer mit unserer Rostockerin rausgekommen. Die erste Ostdeutsche, die das geschafft hat. Haben sie damals alle hier gekauft, um ihr Springer-Ass nackt zu sehen. Ich meine, schon die Anfrage an die Sportlerin, ich nenn keine Namen, soll eine Sensation gewesen sein. Kannten sie ja hier alles noch nicht so, so kurz nach der Wende, musste ja alles erst einmal neu eingetaktet werden, das alles. Die Eisprinzessin mit dem roten Parteibuch ist nichts gegen unsere Turmbezwingerin. Ja, als es kurz nach der Wende hier mit allem abwärts ging, da blieb der Stolz auf diese Frau, die sich für den Playboy ausgezogen hatte. So läuft das im Kapitalismus, die Armen haben immer noch die Möglichkeit, sich auszuziehen. Das haben sie hier schnell gelernt. Heute sind die Talentshows das, was Sklavenspiele mal gewesen waren. Gibt es überall. Richard sagt, sogar bei den Literaten.«

»Verstehe. Lokalpatriotismus. All das sind Originalbilder? Und die Texte vergrößert und auch eingerahmt.«

»Soll ja nicht wie im Pornoschuppen aussehen. Soll eine Heidenarbeit gewesen sein. – Haben sie aber gern gemacht Deine Mäusehände hätten sie gut dafür gebrauchen können. Allein, Scheren für Männer, finde so etwas erst mal! – Und ihre Kinder hätten sie diese Sache ja schlecht machen lassen können.«

»War sie mal hier? Die Dame? In der Kneipe?«

Pawel grinste: »Nee, war sie nicht. Das wäre eine ganz schöne Überraschung für sie. Sie weiß das noch nicht mal. – Sie hat sich lange Zeit mit einer eigenen Kneipe oben am Wendländer Schilde herumgeärgert. Die Kneipe war für ihren Montagsstammtisch berühmt. Da kam alles, was wichtig war, zusammen, aber bei sieben Tagen ist ein Tag allein zu wenig für eine Kneipe. Wie die Leipziger sagen: *Das rechnet sich nicht.* Der Gitarrist von dem mit dem Saxophon, der war auch immer da. – Das ganze Geld aus ihren Siegen hat die gute Frau reingesteckt, stand immer selbst hinterm Tresen, aber zum Schluss hatte sie aufgeben müssen. Die GEMA und GEZ, diese Verbrecher, hatten ihr den Genickschuss verpasst, weil sie für Lieder so viel bezahlen sollte, wie sie gar nicht einnehmen konnte. Da muss man doch abstufen und kann nicht einfach Planwirtschaft machen. GEZ, das ist übelster Kommunismus, das sag ich dir. Hunderttausende von kleinen Kneipen haben diese Verbrecherorganisationen auf dem Gewissen, aber stört sie das? Nicht die Bohne! Sie machen immer weiter, immer weiter! Geld eintreiben und mit Programmen nerven, als ob wir blöd, taub und blind zusammen wären. – Aber der Tag wird kommen, mein Freund, an dem durch Deutschland ein ganz heftiger Ruck geht! Der Tag wird kommen, und wir werden ihn erleben, mein Freund, an dem wir Schluss machen mit dieser Erpressung, mit dieser Abzocke, mit diesem Staatsverbrechen! Dann ist Freiheit angesagt, Freiheit für Millionen! Hunderttausende von Arbeitsplätzen hat diese Zwangsabgabe doch schon gekostet, und nur, damit ein paar Wenige ihre dummen Witze auf der Mattscheibe machen können, aber das wird eines Tages vorbei sein. Wir haben Stalin überstanden, wir haben Honecker überstanden, wir haben Putin nach Weißrussland geschickt, und wir werden auch …«

»Wer hat Putin abgesägt? Du doch nicht«, mischte sich Maik ein, der auf die Horde des Fremden wartete, die einfach nicht reinkommen wollte. Maik lauerte und hatte nur mit halbem Ohr zugehört.

Pawel, der jetzt erst bemerkte, wie sehr er in Fahrt gekommen war, schüttelte den Kopf und entschuldigte sich bei Kevin für seinen Ausbruch. Er schwieg.

»Woran denkst du?«, fragte Kevin, dessen Verblüffung sich wieder gelegt hatte.

»An nichts«, antwortete Pawel gewohnheitsmäßig, als hätte ihn seine Frau gefragt, und fügte routiniert hinzu: »Und du?«

»Ans Darten«, antwortete aber nicht Kevin, sondern Falk. »Wollen wir eine Runde riskieren? Dein Spezi kann mitmachen.«

»Später«, sagte Pawel. »Ich glaub, gleich passiert was.«

»Wie lange muss der da jetzt noch am Fenster hängen?«, fragte Kevin Hilbig, der Lust hatte, seinen roten Porsche über die Autobahn zu jagen, aber dagegen hatte Björn was, der in Rostocks City nun niemanden mehr rein- oder rausließ. Kevin, der eigentlich nur auf ein oder zwei Bier hatte nach Rostock kommen wollen, saß fest, wie sie alle festsaßen. Langsam wurde er unruhig. ›Norden gut und schön‹, dachte der Berliner, ›aber doch nicht länger als fünf oder sechs Stunden.‹ Weil Pawel nicht antwortete, fragte er noch einmal, wie lange der Fremde noch am Fenster hängen müsse.

»Bis was passiert«, sagte Pawel. »Also bis gleich.«

»Ach nee! – Wer hätte das gedacht?«

Die Orte der Katastrophenmeldungen von Klaus und Klausen waren dichter gekommen, und erst hatten die beiden lustigen Moderatoren des Senders Antenne MV ihre Späße gemacht, aber dann war selbst diesen hartgesottenen Zynikern immer mehr die Lust am Fabulieren vergangen. Björn war nun offiziell als Jahrhundertorkan eingestuft worden, er war zwischen Heiligendamm und Warnemünde aufs Festland abgedreht und hatte das Dach des Münsters von Bad Doberan abgedeckt, was in dessen tausendvierhundertjähriger Geschichte nur ein einziges Mal vorgekommen war: Im August Sechzehnhundertachtundzwanzig war der größte deutsche Feldherr resigniert und gedemütigt aus Richtung Stralsund gekommen, um wenigstens – wenn ihm schon Pommern verwehrt blieb – dieses kleine Mecklenburg in Besitz zu nehmen, in dem sich aber auch schon die feindlichen Schweden eingerichtet hatten, in Wismar. Er hatte die Bestechungsgelder Rostocks angenommen, war weitermarschiert und hatte, so hielt sich ein Gerücht, das Doberaner Münster abdecken lassen, um Baumaterial für die nächste Belagerung zu gewinnen. Wenn schon nicht das pommersche Stralsund, so doch wenigstens das mecklenburgische Wismar, so dachte Wallenstein der Erste, Herzog von Mecklenburg im August achtundzwanzig; doch Björn war nicht Wallenstein! Björn dachte ganz anders! Björn deckte einfach so ab, er schleuderte die uralten Dachziegel einfach so über die Ebene von Nienhagen bis hin zum Gespensterwald. Sein weißer Hohn rieselte nasskalt in das Münster und legte sich auf all die Kostbarkeiten, dass es Klaus und Klausen fast die Sprache verschlagen hatte. Aber auch nur fast.

Und auch den Zuhörern von Antenne MV war es ganz mulmig geworden, denn niemanden gab es auf diesem Küstenstreifen, der nicht stolz auf das Münster war, das alle Kriege überstanden hatte und sogar die Fremdherrschaft der Sowjets. Pawel spürte als Russlanddeutscher eine gewisse Distanz noch heute, fast dreißig Jahre nach der letzten Vereinigung Deutschlands, aber die Alten starben aus, ihre Augen verloren an Schärfe, ihre Reden an Kraft. Pawel setzte auf Kevins Generation und schlug ihm, als die Radiomoderatoren sich erneut meldeten, auf die Schulter. Es war ein gutes Gefühl, einem jüngeren Kollegen einfach mal auf die Schulter zu hauen und zu wissen, wenn man selbst strauchele, dann werde dieser kleine Bastard schon weitermachen. Wenn auch nicht so gut wie man selbst natürlich.

Kevin murrte und zog die Schulter weg, als Klausen es übernahm, die Einwohner der KTV, die in dieser Nacht berühmt werden sollten, auf einen heftigen Häuserkampf einzuschwören, bei dem es nur einen Sieger geben konnte: der Mensch über die Natur, dafür waren sie hier.

Die KTVer standen für die ganze Menschheit, und die ganze Menschheit Deutschlands blickte auf Rostock, besorgt zwar, aber auch hoffnungsfroh, dass es einer Menschengruppe einmal mehr gelingen möge, sich den Auswüchsen der Natur hartnäckig und grandios entgegenzustellen: »Björn ist auf Höhe des Stadtteils Evershagen in Rostock einmarschiert und hat sich unsere gute alte Warnow als Schneise gewählt, um unmittelbar im alten Werftbecken auf die City von Rostock einzuschlagen, mit solch einer Brutalität, dass der gerade renovierte Werftkran aus Ostzeiten erst nur wankte, aber dann lang hinschlug und die letzte Werfthalle von Rostock-Werftcity mit sich riss. In den dortigen Filialen von Edeka und Aldi brach sofort ein Feuer aus, das auf die schönen, neuen Gebäude, die alle gerade erst ein paar Jahre alt sind, übergegriffen hat. Die Feuerwehr hat keine Möglichkeit, durch die Schneewehen, die Björn auf der Straße Am Strande aufgetürmt hat, durchzukommen. Das Feuer brennt das ganze neue Viertel nieder, und niemand kann es löschen. Es ist so gewaltig, dass der Schnee noch in der Luft darüber verdunstet und wieder nach oben geschickt wird. Die Einwohner der

Luxuseigentumswohnungen stehen auf den Dächern, permanent versuchen Marinehubschrauber aus Hohe Düne Rostockerinnen und Rostocker zu retten, aber immer wieder fegt Björn die Helikopter weg wie Fliegen. – Falls Sie zu unseren Zuhörern gehören und dort oben eingekesselt ausharren: Die Polizei rät Ihnen, schlagen Sie sich zum alten Bunker durch! Der Bunker ist sicher! Der Kulturverein Bunker e.V. hat uns versichert, die Stromzufuhr ist gewährleistet, es gibt heiße Getränke und das Schnapslager ist gefüllt. Bezahlt werden kann später. – Wenn Sie irgendwie Leinen zu Hause haben, helfen Sie sich gegenseitig, von Haus zu Haus, bis Sie am alten Bunker sind! Der wurde seinerzeit von britischen Bombern attackiert, aber erfolglos! Retten Sie Ihr Leben! – Der Bunker hält stand! – Auch wenn das Auge des Orkans über dem alten Werftgelände steht, so haben seine Ausläufer schon jetzt die Doberaner Straße aufgerissen. In den Häusern der Waldemarstraße soll es zu ersten Plünderungen gekommen sein. Ich sage: Das können keine Rostocker sein, die da ihre Nachbarn in größter Not beklauen! Ihr seid es nicht wert, verschwindet; schäbiges Pack! – Nach Prognosen des Katastrophenschutzes – ja, wo schützen sie denn? – werden insbesondere unser guter alter Dobi und der Brink in wenigen Minuten Orte der Verwüstung sein. Liebe Rostockerinnen und Rostocker, die sie die KTV verbarrikadieren, gehen Sie jetzt in Ihre Schutzkeller! Schieben Sie Ihre Klaviere vor die Haustüren und beten Sie zu Rostocks sieben Schutzheiligen! – Wir melden uns gleich wieder. – Wir erfahren gerade, dass ... oh, nein ... dass ... mein Gott ... dass ... oh, mein Gott! ... Björn hat eine zweite Front eröffnet. Das Kröpeliner Tor ist gefallen! Direkt auf das KTV-Center! Alles kaputt, alles vernichtet. Björn kommt von zwei Seiten auf die KTV zu. – Liebe KTVer, helfe Ihnen Gott! Helfe Ihnen Gott persönlich! – Oh, Gott, die mittelalterlichen Geschütze des Kanonsbergs wirbeln gerade durch die Luft! Sie schlagen ins Hafengebäude der Privatbrauerei aus Stralsund ein, die schon siebzehnmal für ihr Roggenweizenbier ausgezeichnet wurde und eine unserer treuesten Werbepartner ist. (Denn sie wissen, was sich lohnt!) – Lassen Sie mich ein persönliches Wort sagen: Kurt! – Kurt! – Es tut uns so leid, Kurt! – Mir fehlen Worte, um all das fassen zu können. – Aus Hamburg, Stettin, Bremen, Kiel und Kopenhagen kommen erste Hilfskonvois. Die Hanse steht zusammen! Liebe KTVer, die Hanse bildet bereits einen Ring der Hilfe hinter dem Ring der Vernichtung! Ihr müsst es nur *überleben*! – Hilfsvorbereitungen laufen in anderen Hansestädten. Ahlen, Dortmund, Thomasfurt an der Oder, Brügge, Kaunas, Visby, Aberdeen, Krakow, Kaliningrad; mein Gott, welche Welle der Solidarität! Von überallher kommen Telegramme! – Ja, Björn, du bist ein Riese, aber du bist ganz allein auf der Welt. – Wir übertragen in wenigen Minuten einen Brennpunkt der Tagesschau. – Alter, ich könnte heulen.«

»Lasst erst einmal den Fremden wieder runter, ich glaube, er hat sich beruhigt«, sagte der Unbekannte nach einer Weile des Schweigens. Molle nickte und Felix ging zum Gefesselten, sah kurz an ihm vorbei nach draußen, aber da klebte schon lange eine dicke Schneeschicht an den Fenstern, was er erst jetzt bemerkte. Als er den Fremden befreite, sagte er: »Da draußen, da kann ihn gar keiner seiner Männer sehen. Der Schnee steht mannshoch auf der Straße.«

»Schade«, sagte Maik. Er rollte sich die Ärmel wieder runter. Aus der Glasvase, die am Ende der Theke stand, holte er sich eines der Päckchen Streichhölzer, auf denen der Werbeaufdruck stand:

Schallmauer – Rostocks Fliegerkneipe
www.facebook.com/SCHALLMAUER.Rostock
Die größte Raucherkneipe Rostocks – Zutritt ab 18 Jahren
Schallmauermathematik – Die BESTE Rechnung in Rostock

Maik nahm die Hölzer heraus, zündete sie alle auf einmal an, sah einen Moment lang dem Aufflammen zu und löschte das Feuer wieder. Er sagte: »Mann, oh Mann! Mann, Mann, Mann! – Echt! – Mann, Mann!«

Molle sagte: »Wir haben beste Kontakte zum Fliegerhorst Detmold. Die Kollegen da haben damals die Deutschen mitten aus dem Feuer der IS geholt, die würden uns auch hier herausholen. Es sind die besten Hubschrauberpiloten, die es in Deutschland gibt. Ein Anruf von mir reicht, dann ist das Geschwader auf dem Weg.«

»Glaubst du dir manchmal eigentlich selbst?«, fragte Robert.

»Einer muss es ja tun«, sagte Molle.

»Warum haben immer die Dümmsten die größten Kartoffeln? Da bekommt der Fremde Freigang, während die ganze Umgebung zusammenbricht. In der nächsten Woche brauchst du dich im Knast von Bützow wohl nicht sehen lassen. Ruf an, dass du später kommst«, sagte Stephanie und lachte leise.

»Eines ist sicher! Hier kommt keiner raus! Jedenfalls nicht in den nächsten Stunden. Wir sollten die *Mauer* sturmfest machen, so gut das jetzt noch geht«, stellte Molle fest.

»Unsere Öfen müssen hier rein«, sagte Mark. Alle sahen sich daraufhin ausgiebig im Gaststättenraum um, als würden sie die schmalen Gänge zwischen den Sitzecken und der ovalen Theke, die die Raummitte einnahm, zum ersten Mal sehen. Niemand von ihnen wollte den Schlaumeier spielen, bis Mark seine Idee dann selbst wieder verwarf: »Wir bringen sie auf den Hof.«

Alle nickten erleichtert, denn Mark hatte nicht den Ruf, sich allzu oft zu revidieren oder sich um die Meinung anderer zu scheren.

»Wenn man bedenkt, dass die ganze KTV, vom Dobi bis zum Theater, von der Frauenklinik bis runter zum Hafen vierstöckig unterkellert ist, riesige Lagerhallen der ehemaligen Brauereien und Brennereien, in denen unsere Kids Anfang der Neunzigerjahre ihre Ankerpartys gefeiert haben, wenn man bedenkt, dass wir hier auf Luft und nichts als auf Luft sitzen, dann können einem schon verdammt dumme Gedanken kommen«, sagte einer der vier Stammgäste, die mit Richard die eigene Gruppe bildeten. Es war Egbert.

»Na, er wieder!«, sagte Falk, aber mehr sagte er auch nicht. Wieder schwieg man, und die Anwesenheit des Fremden hatte das Bedrohliche völlig eingebüßt.

Der Knastbruder hing auf einem der Barhocker und stierte vor sich hin. Er dachte: ›Es hätte alles so einfach sein können. So einfach, aber nein, immer kommt irgendwas dazwischen, immer, was für ein Leben, was für ein Leben muss

ich doch aushalten. Ein Schnaps würde mir guttun, aber wie soll ich die Kraft für eine Bestellung aufbringen, wie nur? Ach, wie schwer doch alles ist, wie schwer!‹

Ohne ein Wort zu sagen, stellte ihm Uta einen Myrthe vor die Nase. Das sei einer der großen und magischen Momente, wegen denen die Männer in ihre schäbigen Kaschemmen kamen, Woche für Woche, überall auf der Erde, noch in dem kleinsten Kaff, noch in der nobelsten Stadt. Manche Kaschemmen seien nach außen hin prachtvolle Restaurants, manche Männer trügen sechshundert Euro teure Lederschuhe, aber sobald sich ein Mann an eine Theke setze, sei er einfach nur noch ein Mann. Selbst wenn er eine Frau sei, selbst wenn er homosexuell sei, sobald er das Tresenholz unter seinen Fingern spüre, die Serviette oder das schmale Handtuch zurechtrücke, das vor ihm liege, dann lasse er ab von Zukunftsängsten, von Vergangenheitsanalysen und von Plänen aller Art. Wenn ihm die Tresenkraft ungefragt ein Glas vor die Nase stelle, dann streichele er es kurz, dann sei er glücklich, dann fühle er sich mehr geborgen als in seinem ältesten Auto. Pawel wusste, wovon er dachte.

Er hatte nur das kurze Leuchten in den müden Augen des Fremden sehen müssen, da war ihm schon klar geworden, dass von diesem Mann nun keine Gefahr mehr ausging. Die Atmosphäre der Stammkneipe hatte ihn eingelullt. Pawel hob sein Cocktailglas und prostete dem Heimgekehrten quer über die Theke zu. Der Fremde hob sein Schnapsglas, gab die Geste zurück und lächelte für einen Augenblick ganz schmal.

Pawel sagte zu Kevin: »Alles bestens. So kann es bleiben. Egal was draußen abgeht, es geht eben nicht drinnen ab!«

Aber wie sehr sollte er sich irren, der gute Pawel, der sich doch in seinem langen Seemannsleben so wenig geirrt hatte.

Klaus und Klausen unterbrachen schon wieder die laufende Sendung, um neue Solidaritätsbotschaften zu übersenden, die aus aller Welt nach Rostock kamen. Sogar der Ministerpräsident Bayerns, der mit der geografischen Lage ostdeutscher Städte immer seine Probleme hatte, wurde zitiert. Er bot ein Benefizspiel der Basketballer von Bayern München an, aber leider hatte die *Stadt am Wind* keine solche Mannschaft mehr. Aber das konnte der Bayernkönig nicht wissen, war man sich sofort in der *Schalle* einig. Obwohl … Etwas anzubieten, was der andere gar nicht annehmen könne, sei das nicht doch bayerischer Humor?

Björns Zweifrontenangriff entfaltete seine volle Wirkung, das Tragische daran aber war, dass er sich mit seinem Orkanauge direkt über der KTV aufhielt. Er dachte gar nicht daran, den Stadtteil zu verlassen. Seine Wirbel kreiselten. Die Rostockerinnen und Rostocker waren gern gastfreundlich, aber die Gäste mussten sich doch auch heimisch benehmen und durften nicht so kreisen! Das war doch keine Art, war man sich in der *Schalle* auch schnell einig.

Das Gebäude der Frieda dreiundzwanzig: aufgerissen wie eine Fischbüchse von RoKo! Dänisch-Netto, der daneben stand, war in den Tunnel gestürzt, der sich vom Stadthafen bis hinauf zur Brauerei und zur *Schalle* zog, obwohl er einst mit Flüssigzement vollgepumpt worden war, gerade damit diese neuen Gebäude dort gebaut werden konnten; aber welcher Bauleiter ging schon davon aus, dass so gewaltige Wassermassen von oben, unten und von den Seiten her den Zement in so kurzer Zeit so brüchig und rissig machen konnten, dass jede Statikerplanung zum Witz wurde?

Das Wasser unterspülte die KTV, der Schnee überdeckte sie langsam völlig und nur die Frauenklinik, die auf dem Berggipfel thronte, sollte bald als einzige Insel sichtbar sein.

Die Schallmauer ging zwar unter, soff aber nicht ab, weil sie wasserdicht renoviert worden war. Die Besitzer hatten das vor Jahren angeordnet, damit sie nicht in Verlegenheit kämen, aufgeben zu müssen, falls sie von ein paar Wasserwerfern beschossen würden. Am Ende bekam eben immer alles einen Sinn. Aber jetzt saßen die Stammgäste erst einmal in der Falle und hörten sich das Chaos an, das sich um sie herum ausbreitete. Sie waren sicher, solange sie blieben, wo sie waren. So viel war sicher.

Das Problem war nur, dass der Sauerstoff knapp wurde. Eigentlich müssten sie mit dem Rauchen aufhören, überlegte Kevin sich, aber ein Blick auf die nikotinsüchtigen Gesichter sagte ihm, dass er besser an einer anderen Lösung arbeiten sollte. Viele rauchten jetzt Kette; aber die wenigstens bemerkten es auch.

Jeder Ort wurde erst dadurch bewohnbar, dass er Wahrzeichen und Symbole hatte. Björn zerfetzte sie hier, und Rostock – *Stadt am Wind* wankte, wackelte, zerbrach aber nicht: In den sieben Jahren bis zu Olympia Zwanzigvierundzwanzig sollte auf den Trümmern ein gigantischer, harmonisch konzipierter, ökologisch wertvoller und einzigartiger Arbeits- und Lebensraum entstehen, der die KTV, die Innenstadt und den bis dahin brachliegenden alten Stadthafen zusammen mit dem Bahnhofsviertel und der Südstadt umfasste. Gelder aus den Olympiafonds werden alsbald sinnvoll mit den Geldern aus dem Katastrophenprogramm des Bundes und des Landes zusammen mit Privatgeldern der Rostocker Giganten AIDA, comX und Nordex so genutzt, dass eine Vorzeigestadt aus Grün, Metall und Glas entstehen und in der es nicht eine einzige Eigentumswohnung geben wird, einzig bezahlbare Mietwohnungen, wo jetzt alles in Schutt und Asche lag. Und die Einwohner sollten so glücklich werden, dass es in vierzig darauffolgenden Jahren nicht zu einem einzigen Graffiti kommen könnte. Und niemand würde mehr die PDS wählen. Alles solle in etwa so wie das jetzige Zusammenspiel von Deutscher Med, Stadtgraben und Motel One aussehen; soweit die Visionen, mit denen man sich in der Schallmauer die Zeit vertrieb. Geraucht wurde weiterhin Kette.

Dann aber brach eine Wehmut aus, denn der Nordrusse Pawel begann zu singen, erst leiser, dann lauter:

»Der Tag war grau, der Tag war schwer
und stürmisch ging die See.
Nun klart es auf, von Westen her,
die Brandung glänzt wie Schnee.

*

Wir hielten noch so manche Wacht
und fanden keine Ruh'. – Keine Ruh'!
Das Schiff hat große Fahrt gemacht,
nun geht's der Heimat zu. – Der Heimat zu!

*

Wenn einmal mich die See behält,
dann nimm es nicht so schwer.
Kommt alles so wie's Gott gefällt
und Seeleut' gibt's noch mehr. – Noch mehr!

*

Und fanden keine Ruh' – keine Ruh',
nun geht's der Heimat zu – der Heimat zu!«

Zuerst sang Pawel sein altes Seefahrerlied ganz allein. Als Kevin und Richard dann aber wenigstens in den Refrain einfielen, ließen sich bald darauf auch alle anderen Stammgäste nicht lumpen.

Es war ein Krächzen und Jaulen und vielleicht war es dieses Lied, welches sie alle so ablenkte, sodass sie den Mord an dem armen Richard gar nicht mitbekamen.

Für Privatdetektiv Pawel Höchst und Polizeianwärter außer Dienst Kevin Hilbig wird dieser Umstand bei ihren Ermittlungen von entscheidender Bedeutung sein, weil auch ich selbst mit Singen kurz abgelenkt war.

Wir können jetzt einzig nur auf die Hauptdelden bauen, auf die Privatdetektive Pawel Höchst und Kevin Hilbig, Ex-Hochseefischer aus Rostock und Ex-Polizeianwärter aus Berlin, die bereits durch ihre hochprofessionelle Aufklärungsarbeit bei den Fällen *French 75* und *Pink Clover Club* bekannt geworden sind, wie die vielen Interviews in der BILD-Zeitung und in anderen eindeutig belegen. Vertrauen wir! Vertrauen wir ihnen!

Epilog, Vierundzwanzigster März Zweitausendsiebzehn.

Punkt, fertig, raus. Richards Schreibbüro abschließen, in dem ich nur der Vertreter bin. Kurzurlaub im heimischen Leipzig, der Flixbus fährt in vierzig Minuten! Überstunden abfeiern!

Das muss geschafft werden, den Bus zu erreichen! Das wird geschafft werden.

Sehr geehrter Besucher, die Kriminalschreibmanufaktur von Richard R. Roesch, vertreten durch den Diplomlyriker Volker Harry Altwasser, ist bis zum ersten April Zweitausendsiebzehn nicht besetzt. Der Manufakturstellvertreter, vierundzwanzigster März Zweitausendsiebzehn, noch fix an die Tür gepinnt.

Richards Handy ausschalten – ganz wichtig!

Sprint!

Zweiter Teil – Der Tote und der Keller

Prolog, Erster April Zweitausendsiebzehn.

Wie niedergeschlagen Rostock noch immer ist! Gemeinsam ziehen die Einwohner durch die Straßen. Die Verwüstungen durch den Blizzard Björn sind das eine. Das sind sie fast schon gewohnt, denn wie oft wird eine Stadt am Küstenwind von Naturkatastrophen heimgesucht.

Ich versuche Trost zu spenden. Ich erkläre die Ereignisse des schwarzen Februars aufzuschreiben, denn nur was ausgesprochen wird, ist wahr und kann verarbeitet werden.

Ist der Schmerz über einen Verlust auch noch so groß, erst wenn man ihn in das Gesicht eines anderen Menschen spricht, dann kann man ihn überwinden; ich sage, ich erzähle für alle, ich befreie alle von ihrem Leid, das nicht vergehen will. Richard R. Roesch ist tot.

Der Aufbau nach Björn und vor Olympia Zwanzigvierundzwanzig schreitet sehr gut voran. Alle packen mit an. Regionale Baufirmen rechnen nicht jede Kleinigkeit ab, regionale Banken vergeben unbürokratisch und zinslos Darlehen, die Hansestadt Rostock will zeigen, was sie kann. Es sind nur Regionalbetriebe, die das Neue allein hochziehen.

Das soll später unter dem *Willkommen zur Olympiade* stehen: *Gemacht in Rostock – Geliebt von Europa.*

DM hat das Cateringgeschäft für Falk eingefädelt, der wirklich keine Brötchen schmieren wird, sondern Dozenten, weil sowieso alle Studenten in den beiden Wochen beschäftigt sein werden. Im Großen und Ganzen läuft alles seinen mecklenburgischen Gang in Rostock, aber im Kleinen und Halben? Auf dem Denkmal am Roesch-Kai tobten nach einem Spiel St. Pauli-Fans so herum, dass die *Schwebende Welle* zerbrach. Dafür wurden sie alle krankenhausreif geschlagen. Im Nordmagazin hieß es, dass es Fußballrandale waren; wer aber braucht denn noch die ARD, das ZDF, die GEZ, die GEMA? Wir glauben diesen Erpressern nicht, die von unserem Geld leben, denn wir wissen, wie es wirklich war.

Mein Vorschuss auf den ersten Teil ist ausgegeben, ich muss nun wieder ran an die Manufakturtische des Schreibbüros, den zweiten Teil zu verfertigen, damit ich recht bald wieder was zwischen die Zähne bekomme. – Aber wie schwer ist es doch, sich der Vergangenheit zu stellen, gerade der unmittelbaren!

Seit jenen Ereignissen der Nacht zum siebzehnten Februar waren weder Pawel noch Falk noch irgendein Stammkunde in der Schallmauer gewesen; sie konnten es nicht. Das hörte ich auch von anderen Männern, die gar keine Donnerstagsstammkunden waren: Es war am Donnerstag einfach zu voll.

Der Donnerstag soll nun zum umsatzstärksten Tag geworden sein, weil es so viele Neugierige gibt, die immer denken:

Wo ein Mord geschieht, da geschieht auch bald ein zweiter. Und so belauert man sich donnerstags dort; für die alten Hasen ist das keine Option.

Immerhin legen die Neugierigen Blumen auf den Zigarettenautomaten unter dem Gedächtnis für Richard nieder.

Der Tourismus blüht weiterhin, denn findige Geschäftsleute verfrachten die Urlauber auf *Krimireisen*. Nach der Erkundung der Stelle, an der Störtebeker geköpft wurde, geht es von Hamburg nach Rostock, um Roeschs Sterbeort zu präsentieren. Dann nach Stralsund, wo der größte deutsche Feldherr Wallenstein vor Wut angeblich in den pommerschen Stein gebissen haben und was noch heute zu sehen sein soll.

Na gut, genug gejammert, jetzt wird wieder geklotzt. Nicht aus Pflichtbewusstsein, wohl aber aus Trauer. Aus Trauer und Respekt.

Früher gab es mal einen Erster-Mai-Demonstrationsspruch, der hier oben, im verschlafenen Norden der DDR, immer wieder gern gerufen wurde und der noch heute seltsam motivierend wirkt: *Vorwärts Kameraden – wir müssen zurück!*

Also dann, springen wir wieder in die Ereignisse des Abends des sechzehnten Februars, die sich unmittelbar vor der Ermordung abgespielt haben. Ich weiß, ich weiß – aber es muss doch getan werden! Man darf doch den Tod nicht triumphieren lassen, man muss doch lieben. Und das Leben verehren.

Ein Mann macht seine Arbeit dort, wo er vom Schicksal hingestellt wird. Auch das war etwas, das Kevin von Pawel im Verlauf des Abends lernen sollte.

Die Wände der Schallmauer waren über und über mit Metallschildern alter Flugzeugtypen verziert und vollgestellt. Dazwischen hingen zumeist vergilbte Ankündigungen von Flugshows, die in ganz Europa stattgefunden hatten. Manchmal zeugte auch nur noch eine Eintrittskarte von ihnen. Und was es noch gab, waren Mützenbändchen oder Oberarmaufnäher von Militärfliegern und Militärmatrosen, die sich hier verewigt hatten. Wie viel Militär schon in Rostock gewesen war! Und alle waren sie in der *Mauer* gewesen, weil es den Internationalen Seemannsklub oben am Wendländer Schilde schon so lange nicht mehr gab. Von mir stammte der Aufnäher Fregatte BREMEN, aber wie geschlagen verbrachte ich jenen Abend, als mir ein Obermaat der Fregatte BAYERN erzählte, dass dieser einstige Stolz der modernen Fregatten-Reihe ausgemustert in Wilhelmshaven dümpelte. Die BREMEN war wohl noch als Besucherschiff zu besichtigen, aber das trifft einen Seemann schon, wenn er hört, dass sein Schiff, mit dem er in der halben Welt gewesen war, nun für immer festgemacht hat. Pawel ist dieses Schicksal zum Glück erspart geblieben; es scheint, als würden Hochseetrawler ewig auf See sein.

Pawel fuhr zuletzt auf der SAUDADE, bevor er vor fünf Jahren abgemustert und seinen Bordnamen *Uralter*

Richard zurückgegeben hatte. Er war auf jenem Schiff, dem Stolz der DDR, das zuvor JUNGE GARDE hieß. Beim Zusammenbruch des Staates gehörte sie zur modernsten Fischereiflotte der Welt. Er verfluchte die Treuhand, die all die Schiffe ohne Not verkauft oder verschrottet hatte, denn die Küstenfischer des Westens hatten Angst vor der Konkurrenz. Und damals kam hier oben wieder der Spruch auf, wonach der Sieger den Besiegten diktiere. So fühlte man sich, als die Treuhand mit einem Schlag hunderttausend Hochseefischer über Nacht arbeitslos gemacht hat: von Sassnitz bis Wismar und zurück. Diese Treuhand, das war damals wie heute der Widerhaken der Wende, der zentnerweise Fleisch herausgerissen hatte und den man bis heute nicht herausbekommen hat. Diese Treuhand, die einzig dazu da gewesen war, den westdeutschen Betrieben die wenige Konkurrenz aus dem Osten von den Märkten fernzuhalten. So und nicht anders hört man es an den Stammtischen der Kneipen, denn ein Stammtisch vergisst nie. Niemals.

Die JUNGE GARDE wurde also nach Portugal verkauft, das größte Fang- und Verarbeitungsschiff der Welt, gebaut in den Sechzigerjahren in Wismar, aber all das findet sich in dem Jahrhundertepos *Letzte Fischer*, das schon von so vielen Freizeitkapitänen auf ihren Jachten verschlungen worden ist. Unvermittelt erkennen sie sich wieder und alles fügt sich harmonisch. Fast so harmonisch wie die Wanddekoration der Schallmauer: Nichts passt zusammen, aber alles zusammen passt!

Vom Hauptraum führte ein Nebenausgang auf den kleinen Hof, durch den es direkt auf die Straße ging. Im Sommer standen hier ein paar Bänke, ein Grill, ein Flachbildfernseher hing an der hinteren Wand, der nach vierundzwanzig Uhr Sport 1 übertrug.

Ganz hinten, versteckt, führte eine Tür, die nur halbhoch war, zu einem Kellergewölbe, durch den es nach einem winzigen Raum direkt in das hintere Klubzimmer ging, wo der Darts-Automat hing, zu dem Pawel noch immer nicht wollte, obwohl Falk und Maik schon zweimal gefragt hatten. Pawel war klar, dass etwas in der Luft lag. Denn für Pawel gab es keine Zufälle, hatte es sie nie geben.

Im hinteren Klubraum stand eine zweite Theke, die aber nur während der Partys besetzt war. Dahinter war jenes Zimmer von etwa zehn Quadratmetern, durch das es über eine Steintreppe zum Hof ging. Dieser Raum hatte ein uraltes Waschbecken, eine nackte, funktionstüchtige Glühbirne und ein altes Metallwerbeschild der Astra Limonadenfabrik, die vor den Kriegen ihre Fabrik auf einem der Innenhöfe der Fritz-Reuter-Straße hatte. Neben der Kneipe mit dem Waschsalon befand sich noch immer die Einfahrt, die Gebäude der Limonadenfabrik aber gab es nicht mehr. Auch die Limonade nicht mehr, wohl aber das Bier, das nach dem letzten Krieg nach Hamburg umgesiedelt war, wo es als uralte Hamburger Marke gefeiert wurde. Die kleinen, bauchigen Bierflaschen gab es mittlerweile nun auch wieder in Rostock, doch so richtig Kult wurden sie nicht. Zu schwer war den Rostockern dieser Verlust, und vielleicht hatte das

Metallwerbeschild von Astra Rostock nur überlebt, weil es im hintersten Hinterzimmer Rostocks hing. Niemand war bisher auf die Idee gekommen, es abzunehmen oder es wenigstens mal zu polieren. Aber, war Pawel sich sicher, als er zum ersten Mal in diesem winzigen Raum gewesen war, was nicht ist, das könne immerhin noch werden.

Vom Klubraum ging ein schmaler Gang, der links und rechts Sitznischen für zwei oder vier Personen hatte, zum Hauptraum, in der sich die ovale Theke befand. Doch bevor der Gang in ihm mündete, weitete er sich erst noch einmal wie die Oder zum Achterwasser, ehe sie in die Ostsee floss; und in dieser Weite stand der Ehrfurcht einflößende, runde, bis zu dreizehn Personen Platz bietende Stammtisch, der durch eine Wand vom Rest der Kneipe abgeschirmt war. An ihm fand man sich aber immer erst kurz nach zwei Uhr nachts ein. Hier hingen unter Glas unglaubliche Pokerhände, datiert und durch Unterschriften Dritter bezeugt. Dumme Sprüche hingen natürlich auch hier an den Wänden: *Weißt du, wer gestern nach dir gefragt hat? Den ganzen Abend? – Keine Sau!*

Neben dem Stammtischraum befand sich die Kochnische mit dem Dampfkocher und hinter ihr der Abstieg zu den Sanitärräumen. Daneben über Eck der Hofausgang, an den sich die Fensterfront anschloss, die zur Straße zeigte und vom Haupteingang durchbrochen war. Ihr zur Rechten erstreckte sich die Wand des langen Gangs zum Hinterzimmer, ohne ein einziges Fenster, denn das *hätte doof ausgesehen*, wie Falk mal sinniert hatte. Hinter der Wand lag das Wohnhaus mit der Gaststätte Butterblume im Erdgeschoss, die aber schon vor einem knappen Jahrzehnt pleitegegangen war. Eigentlich konnte sich niemand mehr erinnern, wie es in der Butterblume ausgesehen hatte; bis auf DM, denn der wohnte praktischerweise mit der Schallmauer fast Wand an Wand. Ein Investor war eben nur so gut wie seine Informanten. Manch einer meinte sogar, es gäbe eine Kameraverbindung von ihr bis zu DMs Arbeitszimmer, andere meinten dagegen, das wäre *Quatsch mit Soße*, aber alle hatten eine Meinung. Auch hinten gab es keine Fenster, und so war die Schallmauer ein sicherer Fuchsbau mit zwei Ausgängen. Zwar wurden die Wände überall feucht, das konnten die Stammgäste feststellen, wenn sie die Hände ans Mauerwerk hielten, aber sie blieben wasserdicht, während draußen das aufsteigende Wasser schon ab und an über das Dach der Schallmauer schwappte.

Jetzt kamen die Menschen mehr und mehr zur Frauenklinik, die hinter der Brauerei thronte, um nicht zu ertrinken. Sie war das höchste Gebäude weit und breit, aber wie lange war die Klinik noch sicher? Vergeblich versuchten Hubschrauber zu ihr zu gelangen, Björn ließ sie nicht, wie die Radiomeldungen viertelstündlich verkündeten. Solange, bis man in der *Mauer* entnervt das Radio ausstellte. Wer hatte den Medien nur eingeredet, dass das Informieren eine gute Sache sei? Wer hatte ihnen nur eingeredet, dass sie einen wichtigen Job hätten? Kurzzeitig war das das Gesprächsthema an der Theke gewesen, ehe man ein Spiel ohne Namen spielte: Jemand sagte einen Tiernamen und der nächste musste einen neuen Tiernamen finden, der mit dem letzten Buchstaben des alten begann. Es wurde andauernd gelacht. Zum Glück hielt die Internetverbindung via Funk, sodass Problemfälle gegoogelt werden konnten, denn Medien konnten lügen, aber Google niemals, war man sich sicher. Und so kam es, dass als eigenständige Tiergattung auch *Erdmännchenweibchen* akzeptiert wurde, auch wenn es verwirrend klang.

Nur Uta brachte ihren Unmut über den Fremden noch einige Male zur Sprache: »Da kommt er hier ohne Voranmeldung nach all den Jahren rein und legt eine Knarre auf meine Theke! Als wäre es das Normalste der Welt! Sind wir in Los Angeles oder irgendwo anders in Mexiko?«

Ute legte ihrer Mutter erneut beruhigend die Hand auf die Schulter und fragte, ob der Fremde denn vom Knast aus hätte anrufen sollen?

Auch darüber lachten all die Spieler, deren Tiernamen immer länger wurden. Sogar die Rocker aus der Nische machten nun mit. Ute aber reagierte nicht auf das Lachen, sie beruhigte weiter ihre Mutter, wischte immer wieder und mit ungebrochenem Eifer über die schmale, ovale Theke, die schon beim letzten Durchgang vor zehn Minuten geglänzt hatte.

Aus reiner Nervosität schaltete Uta das Radio erneut ein. Die Zahl der Erfrorenen wurde nach oben korrigiert. Es war eine nüchterne Frauenstimme, die sonst immer die Windstärken und die Windrichtungen auf See ansagte. Zum Schluss meinte der Radiomoderator sagen zu müssen, Björn mache keine Gefangenen. Doch über so etwas lachte nun schon lange niemand mehr.

Immerhin antwortete ihm einer der Biker: »Scheint so.«

Mark packte plötzlich die Wut, so ansatzlos, dass die meisten Männer die Hälse in die Schultern drückten. Er riss das Fenster auf, an dem er saß, ganz langsam kippte die gefrorene Lage Schnee, die sich davor aufgebaut hatte, zusammen und in den Raum, die aber von Mark mit ein paar Faustschläge auseinandergenommen wurde, noch ehe sie auf dem Tisch landete. Eis splitterte und taute schnell auf. Ein paar Mal amtete Mark die Kaltfrontluft ein, er grinste nur, als sie in seinen Lungenflügeln zu piken begann. Er dachte: ›Ist das alles, was du kannst? Mehr hast du nicht drauf? Ich mach dich fertig, du Windei!‹

Die ganze Zeit hatte er schon an Björn denken müssen, als immer wieder vom *Orkan Björn* die Rede war, doch nun sah er die Ereignisse wieder vor sich, die ihn vor Jahrzehnten in seiner Heimatstadt Altentreptow berüchtigt gemacht hatten.

Er muss da siebzehn Jahre gewesen sein, oder sechzehn? Jedenfalls hatte er noch kein Motorrad gehabt, oder doch schon die Eins-Fünfer? Auf jeden Fall hatte er noch kein richtiges Motorrad gehabt. So viel war sicher.

Altentreptow war eine Kleinstadt, durch die sich die Fernverkehrsstraße sechsundneunzig wie ein Messer durch einen Käse schnitt, die von Stockholm über Rügen, Berlin, Prag, Budapest bis tief in den Osten führte. Vielleicht war es diese Fernverkehrsstraße gewesen, die ihm die Sehnsucht nach der Ferne, die Sehnsucht nach der Fremde eingegeben hatte, Mark hatte sich darüber nie Gedanken gemacht. Er hatte die

Kleinstadt mit siebzehn Jahren verlassen, war im Prenzlauer Berg untergetaucht und hatte auf Hinterhöfen mit gebrauchten Jeans aus dem Westen gehandelt, bis die Staatssicherheit ihm staatsfeindliches Verhalten vorgeworfen hatte. Vorgewarnt war er ja schon gewesen, als er diesen kleinen, stillen Björn mit dem Gürtel an den Fahnenmast gebunden und ihn hochgezogen hatte. Der Mast befand sich vor der Kaufhalle, gegenüber war die Erster-Mai-Tribüne, und Mark hatte es fertiggebracht, dass selbst die treuesten Parteisoldaten nicht den ganzen Vorbeimarsch lang zur Tribüne starrten, sondern ein paar Mal den Kopf drehten, um den zappelnden Jungen zu sehen, der der Sohn eines Parteibonzen war. Immerhin, der Junge hatte nicht geschrien, er hatte da oben sogar versucht, Würde zu bewahren. Pioniergruß, beidhändig! Er hatte Mark nicht einmal angezeigt, was er auch gar nicht brauchte, denn Mark war schon immer Mark gewesen. Er grinste. In Hohenschönhausen dealte er dann mit Zigaretten. Als die Wende die Gefängnistore öffnete, erkannte er sofort seine Chance und stellte sich als Opfer der Staatssicherheit dar, wie so viele andere seiner Zunft. Aber nur in Kneipen. Er prahlte nicht, er besorgte sich einen ordentlichen Feuerstuhl und kurvte in Westdeutschland herum, ehe er sich in Rostock ansiedelte, der Großstadt, die seiner Heimatstadt am nächsten war. Schnell wurde er Anführer der Gang Ewiger Frieden, hielt seinen Ruf als Dissident aufrecht, kassierte seit ein paar Monaten DDR-Opfer-Rente, auch wenn er dieses Wort hasste, und war verantwortlich für den hinteren Klubraum der Schallmauer, der der offizielle Veranstaltungsort ihrer Zusammenkünfte war. Irgendwie gehörte ihm daher auch ein Teil der *Mauer*, auch wenn er sich an keinen finanziellen Transaktionen oder an der Lösung von organisatorischen Fragen beteiligte. Er hielt die anderen Rocker aus der Kneipe raus, und das war viel in Rostock, dem *Tor zur Unterwelt*, aber all das interessierte ihn jetzt nicht. Er bekam das Bild nicht aus dem Kopf, wie der Gürtel des Jungen am Fahnenmast langsam riss, der Dreizehnjährige mit dem Kopf auf den Asphalt donnerte und seitdem querschnittsgelähmt war. Wenn Mark daran dachte, dann musste er immer sofort auf sein Bike, um Kilometer zu fressen, aber genau das ging jetzt nicht! Genau deswegen hämmerte er auf den vereisten Schnee vor dem offenen Fenster ein, bis er unerwartet einen Lenker der verschwundenen Motorräder traf.

Er drehte sich zu seinen Männern um und sagte, man müsse »die Dreckschleudern in den Hof bugsieren«. Er setzte jetzt vor jedes Wort das Wort *Dreck*, ganz klar war ihm aber nicht, dass er sich damit nur selbst meinte. Er ahnte es aber. Nicht auszudenken, wenn sie hier in der Schallmauer etwas von seiner Vergangenheit erführen oder über den Umstand, dass er heimlich jene Rente kassierte, die man nur DOR nannte und die im Jahresrhythmus aufgestockt wurde. Es war ungefähr so, wie bei der Pflegeversicherung, einmal beantragt und genehmigt, wurde man eine Nummer im Zahlungsverkehr, bloß dass Mark alles andere als pflegebedürftig aussah. Er wusste, was das für einen Eindruck machte, wenn herauskam, dass der Chef der Gang ein Rentner war, denn darauf lief es hinaus. Ehe er das

Fenster wieder schloss, versuchte er durch das herausgeprügelte Loch nach oben zu sehen, aber unter dem Rostocker Himmel war die Eiszeit hereingebrochen. Er dachte: ›Dreck, verdammter Dreck.‹

Seine Männer tranken die Biergläser mit einem Mal aus und legten die Pappdeckel auf die Gläser, denn sie hatten nun eine Aufgabe.

»Also, wohin mit den Rädern?«, fragte Johannes, der die Finanzen der Gang ordnete und die beiden Bücher führte. »Mark hat recht, wenn wir sie stehen lassen, kann es passieren, dass die verdammten Schneeschieber sie ruinieren.«

Hassan sagte: »Auf den Hof und eine Plane rüber. – Und wenn die Plane irgendwann unter der Schneelast einknickt, dann – keine Ahnung, Volksfürsorge!«

»Das heißt also, Schnee schippen. Von den Rädern zum Hof«, sagte Oleg. »Wer soll das machen?«

»Immer der, der fragt«, sagte Mark, woraufhin alle bis auf Oleg grinsten.

Oleg schüttelte den Kopf: »Das wird alles schön im Arbeitsjournal dokumentiert!« Er drehte sich zur Theke und rief: »Uta, die Würfel bitte-danke!«

Johannes nickte und holte das große Notizbuch aus seiner Kutte. Er legte es vor sich und schrieb das Datum dieses sechzehnten Februars oben rechts auf eine leere Seite, wie er es in der Schule gelernt hatte. Auf seinem Kugelschreiber stand: *Neid ist Ruhm – Ihre Deutsche Bank!*

In diesem Moment kam der zerfledderte Lederbecher mit den Würfeln geflogen, den Oleg mit einer Hand so gekonnt auffing, dass keiner der Würfel hinausgeschleudert wurde. Er sagte: »Für's Protokoll, ich nehme den roten Würfel.«

Mark bekam den gelben, Hassan den blauen Würfel, Lu den grünen, Johannes den schwarzen, was kurz darauf auch korrekt dokumentiert war.

Die Würfel verschwanden im braunen Becher, Mark schüttelte ihn lange, bevor er ihn auf die Tischplatte donnerte. Er ließ seine Hand auf dem Becherboden und sah seine Männer an. Dann hob er den Becher hoch und sagte:

»Fürs Protokoll: Blau fünf, Rot zwei, Gelb drei, Grün sechs, Schwarz vier. – Oleg, ab dafür! – Hab ich doch gesagt: Immer der, der fragt!«

Hassan beneidete Oleg ein wenig, weil er sich ganz gern mal unter einem Vorwand die Beine vertreten hätte, aber das konnte er hier als ganzer Kerl ja schlecht zugeben, denn Schneeschieben gehörte ganz bestimmt nicht zu den Dingen, für die ein Biker Ruhm ernten konnte, auch wenn die ganze Welt auf ihn neidisch wäre. Hassan konnte jedoch nicht anders und musste Oleg, als der sich schweigend die Jacke überwarf, noch einen mitgeben: »Wie sieht das denn aus, wenn du mit der Kutte malochst? Lass die hier, oder bist du eine Memme?«

Oleg antwortete: »Am Arsch hängt der Hammer!« Es war eine Drohung vom Bau, wo die Tischler immer mit ihren Werkzeugen am Gürtel herumliefen und jederzeit den Hammer ziehen konnten, sobald ihnen einer wie Hassan blöd kam. Hassan lachte und drehte Oleg den Rücken zu, der sich erhoben hatte und zum Ausgang stolzierte. Bevor er hinausging, bestellte er fünf Nordhäuser Doppelkorn und trank sie alle selbst.

Die Tür ging nach innen auf, doch dann wurde es ernst für Oleg. Mit dem Barhocker, den er mitgenommen hatte, schlug, hämmerte und kratzte er eine Bresche in den Schnee, die alsbald zum rechtwinkligen Gang wurde. Als er das erste Hinterrad erreicht hatte, drehte er um und kämpfte sich vom Kneipenausgang zur Hofeinfahrt durch. Er stand einem Problem gegenüber, dem er sich dort nicht stellen konnte. Auch der Hof war bis obenhin mit Schnee und Eis gefüllt. Hatte er den Schnee aus dem geschippten Gang noch irgendwie wegbringen können, schüttelte er jetzt nur noch mit dem Kopf. Er drehte sich um, schloss wenig später die Kneipentür und rief noch aus dem kleinen, viereckigen Vorraum: »Keine Chance! Es gibt keine freien Ecken mehr. Du kriegst den Schnee nirgends mehr hin. – Wir sind so was von eingeschlossen, das glaubt ihr gar nicht!«

Dann kam er in den Raum, warf die Lederjacke zu seinen Leuten und umrundete die halbe Theke, um zum Niedergang zu kommen, der zu den Toiletten führte.

Während oben diskutiert wurde, blieb Oleg nach ein paar Stufen wie angewurzelt stehen und traute seinen Augen nicht. Das Sekundenlicht schaltete sich ab, schnell drückte er wieder auf den Schalter: Merkwürdig verrenkt lag Richard direkt vor dem Zigarettenautomaten. Am Automaten, an den Wänden, auf dem Boden und selbst an der Decke war Blut. Blutspritzer. Überall. Sogar auf den unteren Stufen. Das hätte Richard gefallen.

Oleg ging rückwärts, erneut erlosch das Flurlicht, doch diesmal schaltete er es nicht wieder ein. Er warf die Pendeltür zurück, drehte sich zu den Stammkunden um, bemerkte jetzt erst die Lücke, die Richard hinterlassen hatte. Niemand achtete auf ihn – und doch war unter ihnen einer, der nur so tat. Das ging Oleg durch den Kopf, ehe er Luft holte und brüllte: »Richard ist kalt!«

Niemand verstand das, und Uta erwiderte: »Der Kerl macht auch immer nur Ärger!«

»Nein«, sagte Oleg, denn brüllen musste er nun nicht mehr, »was ich sagen wollte, das ist … dass Richard tot ist. Vor dem Automaten, man kommt gar nicht mehr an die Zigaretten ran! … und Blut ist auch überall!«

Zur Bestätigung nickte Oleg in die Stille hinein. Dann sahen sich alle gegenseitig an. Allen fiel der leere Platz auf. Niemand verhielt sich merkwürdig. Pawel räusperte sich, aber es war der junge Kevin, der in der abgebrühtesten Art und Weise, die man nur alten Zynikern und englischen Lords zutraute, feststellte: »Schätze, Arbeit für uns, Pawel!«

Pawel schüttelte den Kopf: »Nicht hier! Nicht bei meinen Kumpels. Ich will von euren Privatleben gar nichts wissen. – Nicht hier! – Kevin, das musst du allein machen! Ich mache keine Verhöre hier, auf gar keinen Fall! Nicht ein einziges, nicht hier! – Ich bin doch nicht selbstmordgefährdet.«

Uta entschuldigte sich, ohne recht bei der Sache zu sein, weil sie Falk das Bierglas nicht mit dem Brauereiwappen nach vorn hingestellt hatte. Sie drehte es, aber Falk sagte nur in das Schweigen hinein: »Egal, Hauptsache, oben ist offen.«

Zum Lachen aber war niemandem. Noch immer sahen die meisten den Verkünder der schlechten Nachricht an, der sich richtig mies fühlte. Einige sahen jedoch auch Kevin an und auch Pawel wurde von den Ersten gemustert. In diesem Moment veränderte sich vieles in der Schallmauer, ohne dass es den Menschen wirklich auffiel.

Sie wussten, warum Pawel nicht ermitteln wollte, nicht in ihren Privatleben, jeder von ihnen hatte seine Gründe, und sie wussten, dass der Mann damit recht hatte, sich besser nicht in ihr Leben außerhalb der Schallmauer einzumischen. Ihnen war klar, dass dieser Mord viel mehr ans Licht bringen würde, als einfach nur einen Mörder zu entlarven. – Und so gut wie jeder von ihnen war jetzt auf den Mörder sauer, bis auf den einen Menschen, der der Mörder war. Konnte er aber nicht auch sauer auf sich selbst sein? War es eine Affekthandlung gewesen? Dieses Wort setzte sich in den ersten Köpfen bereits fest, es war das Wort, das sich vor Gericht immer so gut machte. Zuerst plädierte man auf *Affekt*, das wusste doch jeder.

Die ersten Männer erhoben sich halb, sackten dann aber wieder auf die Stühle und Hocker zurück. Kein Entkommen, Oleg hatte es ja gerade noch selbst gesagt. Niemand konnte jetzt die Fliege machen, Björn hatte sich draußen eingerichtet – und sie eingesperrt. Männer, die sich eigentlich nicht einsperren ließen, hockten eingepfercht zusammen und schwiegen erst einmal gründlich und gewissenhaft.

Schließlich sagte Kevin: »Allein schaff ich das alles nicht. Eines kann ich jetzt schon feststellen: Da sich hier alle untereinander gut kennen, muss das Motiv ein persönliches sein. Und darum brauchen wir eher einen Insider als einen Outsider. Es wird zwischen sechs oder sieben Motiven unterschieden, je nachdem, welches Lehrbuch man nimmt. Zwei davon sind persönliche Motive: Eifersucht und Rache. Jesses Kategorie ist: Mord aus Habgier, aus Rache, zur Vertuschung und Entledigung, aus Eifersucht, aus Überzeugung, aus Mordlust. Lane fügt noch die siebte Möglichkeit, aus reinem Nervenkitzel, hinzu, ich aber denke, dass das zur Mordlust gehört. Lane will auch die rassistischen oder homophoben Motive extra aufteilen, aber ich denke, die gehören wiederum zu den Überzeugungen. – Jedenfalls, da man alle Mordfälle der Welt nach diesen Motivarten unterscheiden kann, kann man hier, in dieser speziellen Situation, vier Motive direkt aussparen: Habgier, Vertuschung, Überzeugung und Mordlust.«

»Nicht so schnell, Freundchen«, sagte Robert, der sich als erfolgreicher Rechtsanwalt genötigt fühlte, etwas zu sagen, »Überzeugung und Mordlust sind auch hier möglich. – Meiner Meinung nach sind auch das persönlich motivierte Dinge. Jesse und Lane hin oder her!«

Kurz überlegte Ex-Polizeianwärter Kevin Hilbig, ehe er nickend zustimmte, und Robert, einer der drei Chefs der Schallmauer, hatte sich bereits festgelegt. Er sagte: »Wir machen es so: Weil dieser Kevin noch zu jung ist und weil Pawel nicht die Verantwortung haben will, wird Kevin ermitteln und Pawel wird ihm – Verdammte Scheiße, was ist denn hier bloß los heute? – helfen! Die beiden haben ab jetzt das Sagen. Wer hat was dagegen?«

»Ich«, sagte Pawel. »Ich verhöre meine Kumpels nicht. Ich will nichts von euch wissen, was ihr nicht freiwillig erzählt. Wenn ich alles von euch weiß, werde ich nie wieder in diese Kneipe kommen können, weil ich dann nicht mehr zu euch gehöre.«

»Du musst!«, sagte Molle. »Eine Wahl hast du nicht.«

Oleg fügte an: »Und beeilt euch, ich muss nämlich pinkeln!«

»Pinkeln werden alle bald müssen! Und alles wegen Richard!« Pawel schüttelte den Kopf.

»Wir machen ausgiebig Fotos vom Tatort, dann können wir die Leiche in den Schnee schieben. Da bleibt sie frisch«, sagte Kevin. Er stand auf, ging zu Oleg, der immer noch an der Tür stand, und sagte mit der größten Selbstverständlichkeit: »Sie halten das Sekundenlicht am Leuchten, solange wir da unten beschäftigt sind. Das ist eine Anordnung.« Dann drehte er sich um und rief: »Na los, Pawel. – Abflug!« Pawel erhob sich widerwillig. Kevin, schon auf der zweiten Stufe stehend, fügte hinzu: »Ach ja, bevor ich es vergesse! Jeder von Ihnen trägt ab jetzt Handschuhe, damit das klar ist! Das ist für die spätere Rekonstruktion wichtig, wenn meine Kollegen hier sind.«

Und all die kräftigen Kerle fügten sich anstandslos den Forderungen des Filigranen. Jeder suchte seine Stoffhandschuhe in den Jackentaschen, man holte die Handschuhe aus Fallschirmseide hervor, die eigentlich nur Dekoration waren, Uta verteilte Einweghandschuhe, die eigentlich nur zum Putzen und Spülen gedacht waren, und die fünf Biker hatten ihr eigenes Leder um die Pranken gezogen.

Bald saßen die großspurigen Männer der Schallmauer da, schweigend, wartend, und sahen auf ihre Hände und auf die des Nachbarn. Jedem von ihnen ging die gleiche Frage durch den Kopf. Doch niemand sprach sie aus.

›Es sah schlimm aus, ich meine, es sah richtig schlimm aus‹, diese Worte des Paten aus dem dritten Teil gingen Pawel Höchst durch den Kopf, als er von den obersten Stufen auf den Fall sah, der nicht seiner werden sollte. Kevin war schon unten am Tatort und suchte eine Stelle des Bodens, die nicht mit Blut bespritzt war, um einen Stand zu haben.

Er hockte sich auf die Zehenspitzen, drehte sich von der verstümmelten Leiche weg und sah nach oben: »Zu so was ist einer von euch fähig?«

»Passiert nicht so selten hier in Rostock. Im letzten Jahr gab es siebenundneunzig Vergewaltigungen, Kategorie B wie ›Brutal‹, und neunzehn Mordfälle. – Aber in der Schallmauer ist noch nie etwas passiert, jedenfalls nicht, das ich es wüsste.«

Kevin zog seinen *Alleskönner* aus der Tasche und fotografierte die Leiche aus jedem Winkel ab. Dann verewigte er den Zigarettenautomaten, die Wände, die Decke, den Boden – und vergaß auch nicht den Gratispostkartenständer. Ein dicker Blutfleck prangte auf einer Karte, die zur nächsten öffentlichen Bürgerschaftssitzung einlud, in der es um die Frage ging: *Wie viele Schauspieler braucht ein Stadttheater?* Man konnte schon jetzt ankreuzen: *zehn, zwölf, siebenundsechzig*, denn mittlerweile waren nach einem jahrzehntelangen Streit um das Volkstheater und die Finanzen sämtliche Rostocker Spezialisten in Sachen Theater. *Immer Theater mit dem Theater*, so hieß es dann auch auf der Rückseite der Postkarte.

»Was habt ihr gegen Theater?«, fragte Kevin. »Ich mag Opern und Operetten.«

»Rechnet sich nicht. Lieber Schriftsteller unterstützen, das ist billiger«, antwortete Pawel, ehe ihm klar wurde, dass das Richards Worte waren.

Der Tote war zwar bekannt in der größten Stadt Mecklenburg-Vorpommerns, die hauptsächlich aus Zentren bestand, die sich unabhängig voneinander entwickelten, aber reich war er deswegen noch lange nicht. Er schlug sich durch mit einer Mischung aus Vorschüssen, Stipendien und Wohngeld. Durch einen besonderen Deal hatte er für sein Büro einen guten Mietpreis herausschlagen können. Der Tote lebte seit fast zehn Jahren Jahr für Jahr unter der Steuerfreibetragsgrenze und so weit Pawel es mitbekommen hatte, fühlte er sich gut, unter dem Radar zu fliegen. Die Anlage seiner Steuererklärung bestand aus einem neuen Verlagsvertrag und dem Wohngeldbewilligungsbescheid. Richard hatte aufgehört, Quittungen zu sammeln, die er ja doch nie absetzen konnte. Er lebte wie so viele Rostocker am unteren Ende der Mittelschicht, es durfte eben nur nichts passieren. Allein die Erhöhung des Mietpreisspiegels um zwei Prozent hätte ein mittelstarkes Erdbeben ausgelöst, es gab also überhaupt keinen Grund, Richard aus Habgier zu ermorden. – Oder doch? – Konnte ein Mann wirklich so lange von so wenig Geld leben?

Pawel war klar, dass er der Sache nachgehen musste. Er sollte das Leben dieses Autors auf links drehen, es war nicht das, was er am liebsten tat.

»Ich komm jetzt runter«, sagte er zu Kevin und wies Oleg an, den Lichtschalter gedrückt zu halten. Auf dem vergossenen und verspritzen Blut waren weder Hand-, noch Fuß-, noch Schuhabdrücke, das war das Erste, was Pawel auffiel.

»Jemand muss eine Menge Wut auf ihn gehabt haben«, sagte Kevin. »Richtig heiße, unbezähmbare Wut.«

»Aber oben waren doch alle friedlich! Wir haben die ganze Zeit doch nur rumgedödelt und dumme Witze gemacht. – Ich versteh das nicht«, sagte Pawel. »Keinem von denen traue ich es zu, seine Emotionen so gut verstecken zu können.«

»Der Fremde war wütend!«, sagte Kevin.

»Ach, der Fremde. – Wut ist sein Alltag«, sagte Privatdetektiv Pawel Höchst.

»Ja, deswegen.« Kevin ging wieder in die Hocke, musterte das zermatschte Gesicht, von dem nicht mehr viel übrig war: Der halbe Mund war zu sehen, eines der Augen war gut davongekommen, aber wenn man es nicht besser wüsste, dann hätte das hier auch eine Schweinehälfte sein können, meinte Kevin.

»Was meinst du?«

»Ich meine: kein besonderes Motiv. Wut, die sich entlädt, die braucht nicht zielgerichtet zu sein. – Könnte auch einer sein, der was gegen das Theater hat.«

»Nein, komm mir jetzt nicht mit diesem Geklimper vom falschen Ort zur falschen Zeit.«

»Was spricht dagegen?«

Pawel setzte sich auf eine der unteren Stufen und sah Kevin an: »Dagegen spricht, dass wir keine Schreie gehört haben.«

»Du meinst, Richard wusste, warum er totgeprügelt wurde, er war überzeugt, dass der Täter einen guten Grund dazu hatte, er hielt sozusagen seine Wangen hin, damit da eine Rechnung beglichen werden konnte? – Dann konnte es tatsächlich nicht der Fremde sein, denn der war ja seit Ewigkeiten im Knast.«

»Überprüfen müssen wir es trotzdem.«

»Wie?«

»Nimm deinen *Alleskönner* und finde raus, ob der Fremde in letzter Zeit Besuch oder Briefe von Richard bekommen hat. Da in Bützow wird alles registriert. Frag nach Monika, die hilft immer gern. Sag ihr, ich komm sie bald mal wieder besuchen.«

»Okay, aber du weißt schon, dass ich von den Kneipenchefs beauftragt wurde, den Fall zu lösen. Du bist nur mein *Spezi.*«

»Na klar doch, Junge, ist doch alles nur ein Ratschlag.«

»Ich will es mal so sagen: So schlecht ist der Rat nicht, ich werde ihn befolgen. – Fass nichts an, ich bin gleich wieder da.«

Pawel nickte, ließ Kevin vorbei und blieb allein mit der Leiche des Autors zurück. Oben achtete Oleg darauf, keine Sekunde Dunkelheit zuzulassen.

Richard war schnell mal laut geworden, nicht während des Donnerstagsstammtisches, aber immer dann, wenn es um die Eigenständigkeit seines Metiers ging, die Eigenständigkeit der Literatur. Ständig forderte er, die Literatur nicht für gesellschaftliche, politische oder soziale Dinge zu missbrauchen. Die Förderungspraxis in Rostock und im ganzen Bundesland, wonach nicht einfach nur die Literatur und Kunst gefördert werden sollten, sondern mit ihr auch gleich noch Kämpfe gegen Extremismus, Kämpfe für Frauenquoten, Kämpfe für eine verbesserte Stellung von Armen, all das widerte ihn deshalb an, weil das alles gar nicht die Aufgabe von Literatur war. Staatliche Fördereinrichtungen zwangen den Autoren und Künstlern Dinge auf, ganz so wie im Sozialismus, und nur Privatförderungen waren diejenigen, die seriös und wirklich im Sinne der Kunst und Literatur auftraten. Plötzlich mussten Literaten Sozialarbeiter sein, ausgerechnet Literaten, die doch von Hause aus Einzelgänger waren, was zur Folge hatte, dass immer mehr Sozialarbeiter und immer weniger Literaten unterstützt wurden. Die Freiheit der Kunst war in Gefahr, so sah es Richard, und so hatte er es immer und immer wieder gesagt, geschrieben, gefordert: Er meinte es nicht ernst, er machte ernst. *Das Gutmenschentum vernichtet die Kunst, denn gute Menschen machen keine gute Kunst*, so hatte er es oft vor sich hingemurmelt, verängstigt, sogleich ein *Radikaler* genannt zu werden.

So hatte er sich immer mehr isoliert. Die freundlichsten Ausdrücke in den Kulturbetriebseinrichtungen waren noch, dass er *verschroben bis verrückt* sei. Pawel fragte sich, ob da das Mordmotiv lag? Denn wo das Motiv war, da hockte auch der Mörder. Auf der ganzen Welt hatte es nie einen einzigen motivlosen Mord gegeben, das hatten bedeutende Wissenschaftler herausgefunden. Und so hatte es der Ex-Hochseefischer auch in seinem Fernlehrgang *Privatdetektiv in fünf Monaten* der Hochschule Bayreuth gelernt. Dieses Fernlehrgangsdiplom bildete zusammen mit dem Studium diverser Privatdetektivfilme Pawels gesunde theoretische Basis. Und natürlich auch Kevin Hilbigs Studiumswissen. Was konnte er jetzt damit anfangen?

Richard war also in der Öffentlichkeit oft laut und polternd aufgetreten, war aber im Privaten zumeist still geblieben. Bei seinem Tod war er still gewesen. Ein guter Rechtsanwalt wie Robert konnte diese glasklare Indizienkette natürlich auseinanderreißen, aber nicht, wenn sie von mehreren Fäden umgarnt war. Pawel legte sich fest: Der Mörder war im privaten Umfeld zu suchen.

Genau das hatte Kevin zwar als Erstes formuliert, aber Pawel war nicht einer jener Männer, die einfach die Gedanken von anderen übernahmen. Man konnte auf zwei Arten lernen: durch Erkenntnis und durch Erfahrung.

Erkenntnisse waren immer die, die von anderen gemacht und einfach übernommen wurden. Erfahrungen waren immer die, die man selbst machte, anwandte und weitergab. Diesen Unterschied von theoretischem und praktischem Lernen hatte Pawel aus einem Pädagogikbuch, das er gründlichst studiert hatte, als er sich für den richtigen Erziehungsweg hatte entscheiden wollen: Mädchen lernten eher aus Erkenntnis und Jungs lieber aus Erfahrung. Das war der Grund, warum Mädchen in den Schulen besser zurechtkamen, denn es gab in kaum einem Schulfach die Möglichkeiten, eigene Erfahrungen zu machen. Pawel wusste, dass das siebte Schuljahr für einen Jungen das härteste war. Es war die Zeit, in der sein Entdeckerwillen mit dem Schulplan kollidierte. In jenem Jahr sollte er also seinen Jungs nicht die Schuld allein geben. Pawel war vorbereitet, so gut es als Vater eben ging. Ihm war aber klar, dass Richard völlig unvorbereitet im Leben herummarschiert war. Der Tote war einst ohne Eltern aufgewachsen, er hatte keine Beziehungsvorbilder gehabt und es dann auch nie für möglich gehalten, eine Beziehung zu leiten und zu führen. Zeit seines Lebens hatte er sich als Schatten gefühlt, und Gefühlsschatten waren nun überhaupt nicht das, worauf Frauen scharf waren. Was wusste er noch vom Toten? Pawel nahm sein Notizbuch heraus und machte ein paar Stichpunkte zu den letzten Gedanken. Die Punkte zum Vorleben des Ermordeten kamen auf die linke Seite, rechts schrieb er: ›Wann genau hat Molle die Musik laut gestellt und bis wann? Und warum?‹

Gab es eine Tätergruppe? Nichts schien Pawel unwahrscheinlich, und das war das Unglaubliche an diesem Fall. Er machte sich daran, den Leichnam zu entkleiden, um ihn fotografisch zu archivieren.

Er fand ein paar Messereinstiche auf dem Rücken, und das war der Moment, in dem Pawel aus Leibeskräften rief: »Kevin, komm schnell runter!«

Es dauerte nur Sekunden, als der Junge neben ihm fragte: »Was? Was gibt's, Kollege?«

»Flache Einstiche von hinten. – Verprügelt wurde er aber von vorne. – Der *Töter* wollte sichergehen, dass Richard wusste, wer ihn da zusammenfaltete und kaltmachte.«

»Aber aus den Einstichen ist kaum Blut gedrungen. – Das bedeutet, dass sie post mortem beigefügt worden sind.«

»Kevin, das allerdings ist ja nun komplett verrückt!«

»Allerdings, Pawel, das kannst du laut sagen.«

»Hab ich doch.«

»Stimmt. – Du, wir kommen hier nicht weiter. Ich denke, wir haben alles gesehen. Es bleibt uns nur, alle zu verhören und sie in Widersprüche zu verstricken.«

»Schade. Das wollte ich umgehen. Ich will nichts von den dunklen Geheimnissen meiner Saufkumpane wissen.«

»Aber ohne dich kann ich sie nicht verhören. – Die nehmen mich doch nicht für voll.«

»Ich weiß.«

»Herzlichen Dank auch.«

Die Schuhe und Socken hatte Pawel dem Toten nicht auszuziehen brauchen, das war schon erledigt worden. Ein paar Zehen schienen zerquetscht worden zu sein, ein paar Finger auch. Die Nase war zu Brei geschlagen worden, ein Auge hatte überhaupt nichts abbekommen. Auch das notierte Pawel sich links in sein Buch. Das andere Auge war breitgeschlagen worden, wurde aber weder grün noch blau. Pawel fotografierte das noch einmal selbst.

»Ich kann mir beim besten Willen nicht erklären, wie die Blutspritzer bis an die Decke gekommen sind«, sagte Kevin.

»Auf den ersten Blick sieht alles immer einfach aus, aber wehe, man fängt mit den Details an.«

Bekümmert nickte Pawel. Die beiden Schuhe fand er hinten im Gang, der in den beiden Toilettenräumen mündete. Rechts vor ihnen war die Tür zum Separee. Die Schuhe waren auch über und über mit Blut beschmiert. Als hätte der *Töter* sie in hohem Bogen weggeschleudert, meinte Pawel, doch Kevin sagte: »Sieht aus, als wären sie ihm dort ausgezogen worden. Und dann wurde er hierhin geprügelt.«

»Auch möglich«, sagte Pawel. Dann knipste er die Schuhe ab. Nichts fanden sie in der Männertoilette, keine Spur in der Frauentoilette, gar keine Hinweise im Separee.

Das rote Rollo des Zimmers war heruntergelassen worden, die kleine Stehlampe verteilte rotgelbes Licht, das Laken des Wasserbetts war zerwühlt, Kopfkissen und Zudecke lagen auf dem Boden, Prosecco und Edelbranntwein der Minibar waren nicht angerührt worden, auf der Liste, die an der Innenseite der Tür hing, hatte Maik als letzter seinen Strich gemacht. Im Einweckglas lag ein *Fuffi* für die Reinigung.

Kevin schaute hinter das Rollo, aber das schmale Kellerfenster war geschlossen. Er stellte den Lautsprecher aus, über den die Musik vom Tresen auch hier gehört werden konnte, und Pawel sagte: »Dann fangen wir mit Maik an! Maik hat auch bestimmt nichts zu verbergen. Oder nur wenig.«

»Abwarten«, sagte Kevin. Sie gingen zurück und gaben dem verdutzten Oleg den Befehl, die Leiche einzupacken und in den Schnee zu bringen.

Oleg ließ den Lichtschalter in Ruhe und rief seine Kollegen herbei. Die vier Biker machten, was sie nicht zum ersten Mal machten, aber das brauchte nun überhaupt niemand zu wissen.

Ein Stammtisch funktionierte nur über eine längere Zeit hinweg gut, wenn die einzelnen Teile zu keinem Gesamt zusammengeschraubt wurden. Einzelheiten mussten Einzelheiten bleiben, gerade wenn es sich um Menschen handelte, die nur zusammen trinken wollten. Pawel hasste in diesem Augenblick seinen Job so, wie er ihn noch nie gehasst hatte. Er stand mit Kevin an der Theke und ließ seinen Blick schweifen. Hinter ihm bugsierten die Biker den in Klarsichtfolie verpackten Leichnam so unauffällig auf den Hof, dass es fast niemanden störte.

›Es ist immer gut, wenn man Spezialisten kennt‹, dachte Molle.

Als Pawel seinen halb ausgetrunkenen Red Kiss sah, musste er wieder an das viele Blut Richards denken. Pawel bestellte schnell ein Untergäriges vom Fass.

Wer hatte Richard rot geküsst, wer von ihnen war es gewesen? Kevin sah sich die Männer an. Die Runde starrte zurück, nicht feindselig, aber auch nicht gerade freundlich. Sie starre durch und durch mecklenburgisch, beruhigte sich der Berliner. Starren, das sei einfach ihre Natur. Er stand auf dem anderen Ufer des Flusses *Alltag*, das wusste er, aber Kevin war hier nun ganz sicher nicht der, der den Fluss überqueren musste. Er meinte, die Männer wüssten das und sagte: »Also, die Tatortbesichtigung ist offiziell abgeschlossen. Es wurde alles ordnungsgemäß archiviert. Jeder, der will, kann ab jetzt wieder die Toiletten besuchen.« Er dachte, ein Witz würde die Stimmung aufhellen: »Aber bitte spülen!«

Doch keine Reaktion erfolgte. Weiter blieb er in diesem merkwürdigen Starren gefangen. Mit jeder Sekunde fiel es Kevin schwerer, sich zu bewegen, dann sah er aus den Augenwinkeln, dass Pawel an seiner Seite nickte: »Wir machen das so: Uta, kommst du bitte mit. Wir machen den kleinen Abstellraum hinter dem Klubzimmer frei, an dem die Metallwerbung für die Astra Limonadenfabrik Rostock hängt. Da richten wir das Verhörzimmer ein. Alles raus, nur einen Tisch und drei Stühle, die nackte Glühbirne oben kann bleiben. – Und, liebe Leute, das noch einmal zum Mitschreiben: Es nervt mich außerordentlich, dass ich euch jetzt zusammen mit meinem Kompagnon verhören muss. Ich will eure Geheimnisse nicht kennen, ich will nicht, dass später ein betretenes Schweigen an die Theke kommt, wenn ich mich setze, aber es bleibt uns keine Wahl! Es scheint, der Mörder muss ein ziemlich verrückter und gewalttätiger Mensch sein. Das heißt, er könnte durchdrehen, wenn wir hier noch länger von Björn festgehalten werden, und danach sieht es ja leider aus. Alles in allem: Wir müssen ihn jetzt überführen, sonst könnte es sein, dass wir alle draufgehen. Wie in einem schlechten Film aus Kalifornien.«

Molle sagte: »Pawel, Kevin, ihr bringt uns den Typen, egal wer es ist. Wir dachten hier alle, wir kennen uns, aber so kann man sich irren. Wir müssen ihn aus dem Verkehr ziehen, Pawel, an unserer Freundschaft hier wird sich nichts, aber auch gar nichts ändern, darauf hast du Brief und Siegel.

Wir wollen hier nur keinen Mörder an unserem Tisch sitzen haben, das ist alles. Das versteht jeder. Wenn irgendwann wieder die Straßen befahrbar sind, kutschieren wir ihn zu Alex, der holt die Leiche ab. Und überhaupt wird niemand da mit reingezogen, der es nicht will. Ihr könnt alle abhauen, wenn der Typ überführt ist. Zur Not sagen Pawel, Kevin, Uta und ich, dass wir allein hier waren. Wer also nicht von der Polizei befragt werden will, der kann dann verschwinden, denn die Schallmauer ist dafür bekannt, Probleme selbst zu lösen. – Aber eines geht ganz und gar nicht: Pawel oder Kevin anlügen. – Leute, verscherzt es euch nicht mit Robert, Erich, Mark und mir! Die Bullen könnt ihr anlügen, macht ja jeder, aber nicht uns! Macht keiner.«

Eine Erleichterung ging durch die Reihen der Männer. Auch das Starren auf Kevin verschwand, der sich endlich wieder rühren konnte. Er folgte Pawel und Uta, die durch den schmalen Gang zum Klubraum liefen, den Darts-Automaten links stehen ließen, zu der T-förmigen Theke hinüber, auf der vorne die Mädchen mit den Hüften wackeln konnten, wenn mal wieder Samstag war. Das Dach vom T nahm hingegen der gesamte Tresen ein, hinter dem es eine Spiegelverkleidung und Kühlschränke mit kleinen Flaschen gab, denn das war der Nachteil eines Klubraumes: Man hatte hier keine Ausschanklizenz, sodass kein Bier gezapft werden durfte. Aber das war noch das kleinste Problem, weil man das Bier ja aus der *Schalle* mitbringen konnte. Robert, der Rechtsanwalt, hatte es einmal so formuliert: »Gesetzestexte werden gemacht, um die Lücken im Gesetz festzuschreiben.«

Der Saal war leer, noch nicht einmal das Licht war eingeschaltet worden, jedoch arbeitete die Heizung mit voller Kraft. Das war der Nachteil, über den sich jeder in der Schallmauer schon aufgeregt hatte: den höchsten Bierpreis der ganzen KTV nehmen, aber zu geizig sein, ein paar Ventile vor die alten Heizkörper zu setzen. Man schwitzte mehr als in einer Sauna, denn in einer Sauna gab es bekanntlich kein Bier. Auch Pawel verstand nicht, warum die Besitzer da nie aktiv geworden waren. Was steckte dahinter? Warum wollten sie nicht, dass sich jemand an ihrer Heizungsanlage zu schaffen machte? Hatte das etwa mit dem Fall zu tun? Pawel schüttelte den Kopf. Er wusste: *Unmöglich ist nur das Unmögliche.*

Kevin sagte ihm, dass seine kleine Sofortrecherche nichts gebracht habe. Der Fremde sei weder besucht worden, noch seien Briefe mit dem Absender Richard R. Roesch eingegangen. Wenigstens nicht in den letzten beiden Jahren. Die beiden Männer hatten auf den ersten Blick nichts miteinander zu tun, schlussfolgerte Kevin, worauf Pawel nichts sagte. Wieder nickte er nur und stellte fest, dass das auch gar keine schlechte Arbeitsatmosphäre war, wenn man Leute hatte, die Dinge regelten, und wenn man selbst nur abnicken musste. Er nickte noch einmal, obwohl Kevin nichts gesagt hatte.

Uta hatte das Deckenlicht eingeschaltet und damit auch gleich den Automaten, der sofort blinkte und lärmte. Pawel hatte Lust, ein paar Pfeile zu werfen, aber er hielt sich zurück.

Sie gingen durch den schmalen Eingang der Theke und Uta schloss die unscheinbare Tür auf, die gut versteckt in die Wandverkleidung eingebaut worden war. Der Raum dahinter war drei Meter vierundachtzig lang, einen Meter zwölf breit und knapp zwei Meter hoch. Er war fensterlos, hatte aber eine weitere Tür, die zu einer verborgenen Treppe führte, auf der es auf nur wenigen Stufen zum Hof ging, durch den man zur Straße flüchten konnte – wenn einmal kein Schnee übermannshoch liegen würde, was ziemlich oft im Jahr der Fall war, nur eben nicht in der Mitte dieses verrückten Februars. Pawel sah sich im Raum um, nahm das Metallwerbeschild ab und gab es Uta. Er sagte: »Keine Ablenkung, keine waffenähnlichen Gegenstände.«

Sie nickte: »Du nimmst es aber genau! – Finde ich gut so.«

»Eigentlich ist es als Verhörzimmer zu klein, der Delinquent kann viel zu schnell beim Verhörenden sein, aber was soll man machen! Wir müssen sie dann wohl fesseln. – Na ja, abwarten.«

Die drei brachten einen der Tische aus dem Klubraum in das Verhörzimmer, stellten ihn von der Tür soweit wie möglich weg und holten drei Stühle. Einen stellten sie zwischen Tisch und Wand, die anderen beiden vor den Tisch. So hatten sie aus einfachsten Mitteln eine Art Verhörzelle gebaut, war doch der Platz zwischen Tisch und Seitenwänden so schmal, dass da kein Mensch durchbrechen konnte. Wenn der Verhörte erst einmal hinterm Tisch saß, musste er sich wie eingesperrt vorkommen. Und wer sich so vorkam, hatte Kevin gelernt, der war schnell zu Kompromissen bereit.

Als alles hergerichtet war und sie sich kurz umsahen, sagte Pawel: »Ich werde mal Molle fragen, ob ich das nicht auch für andere Fälle als Verhörzimmer nutzen kann. Steht doch eh nur leer. Es müsste nur schalldicht gemacht werden, damit man sich im Klubraum nicht gestört fühlt.«

»Molle hat bestimmt nichts dagegen«, sagte Uta. »Molle hilft immer gern.«

»Okay, Uta, dann lass uns mal allein und sag bitte Maik Bescheid, dass er der Erste ist.«

Für einen Moment blieben Kevin und Pawel in dem schmalen, engen Raum allein, dessen nackte Backsteinwände nur von einer schirmlosen Glühbirne beleuchtet wurden. Hinten links befand sich ein Emaillewaschbecken aus der Zeit vor den Kriegen, doch Kevin fand schnell heraus, dass das Wasser abgedreht war. Er hatte gehofft, noch schnell einen nervenden, tropfenden Wasserhahn hinzubekommen oder einen ganz feinen Wasserstrahl, der die Verhörten zum Pinkeln animierte, aber dem war leider nicht so. Er dachte: ›Fehlanzeige‹.

Wie recht Pawel mit seiner Skepsis hatte, sollte ich später erfahren, als ich Richards Unterlagen ordnete. Über Maik hatte er herausgefunden, dass er nach Rostock gekommen war, um sich hier ein neues Leben aufzubauen. Maik war schwer krebskrank, aber das wollte er in seiner neuen Heimat nicht ausposaunt wissen. Er war auch jener Mann, dessen Ehefrau deutschlandweit bekannt geworden war. Die Geschichte hatte die Medien beherrscht, nachdem herausgekommen war, dass sie ihren Ehemann über Jahre hinweg immer mehr vergiftet hatte, damit sein Tod nicht auffiel. Maik hatte unendliche Qualen aushalten müssen, bis er dann ins Krankenhaus eingeliefert und die Sache endlich ans Licht gekommen war. Sein Leben verdankte er der damaligen Nachbarin, die die Polizei geholt hatte, nachdem sie ihn hilflos im Treppenflur gefunden hatte. Es war die Frau, die er später geheiratet hatte und mit der er nach Rostock gekommen war, während seine Exfrau im Gefängnis schmorte. Sie hatte ihn umbringen wollen, weil sie keinen Krebskranken zum Mann haben wollte, aber all das lag nun hinter Maik. Er glaubte es wenigstens. Wie auch die anderen, über die Richard je eine Akte angelegt hatte, die ich später fand. Ich konnte Pawel nur recht geben, wenn er ahnte, dass es schwer werden würde, all seine Bekanntschaften zu verhören, denn es gab viele Akten, die Richard recherchiert hatte, erstaunlich viele. Als würde die Schallmauer Frauen und Männer mit dunkler Vergangenheit anziehen, doch ob da das Motiv für den Mord zu suchen war? Pawel hielt Maik die Tür auf und schloss sie hinter seinem alten Darts-Spielgefährten.

Kevin zeigte auf den Stuhl hinterm Tisch, Maik nickte. Er lächelte ernst, eine Mimik, die nur er beherrschte. Pawel sagte zu ihm, als sie zu dritt am Tisch saßen: »Wollen wir anfangen? Wir müssen dich zuerst befragen.«

Maik nickte, sah die beiden Männer an, die ihm gegenübersaßen, und fragte, ob man rauchen dürfe.

»Man darf«, sagte Kevin.

»Also, was gibt's? Was wollt ihr wissen? Ich hab gar nichts zu verheimlichen.« Maik steckte sich eine Zigarette an, inhalierte und sah Pawel durch den Rauch hindurch an. Was sollte er ihm erzählen? Was würde er fragen? Er drückte die Kippe in den Aschenbecher und beobachtete Pawel genau, der endlich den Mund aufmachte. Maik hatte bemerkt, wie Pawel nach einem Anfang suchte, und das hatte ihn nervöser als alles andere gemacht. Unwillkürlich fragte er sich, was Pawel wisse, obwohl er sich doch sicher war, dass niemand hier irgendetwas wusste. ›Muss ihm ganz schön peinlich sein‹, dachte Maik und sagte: »Egal was es ist, frag einfach nach.«

»Vorhin kamst du gar nicht von draußen, du hast nur den kleinen Umweg über den Hof gemacht, als noch nicht alles verschneit war und die Kneipe gerade geöffnet worden war. Wir dachten alle, du kommst von zu Hause zum Stammtisch, aber in Wirklichkeit warst du unten im Bumszimmer.«

»Ach, das ist es«, sagte der Supermarktkassierer, der zum einen erleichtert war, zum anderen aber auch besorgt.

»Ja, das ist es«, mischte sich Kevin Hilbig ein. »Sie wissen ja, uns entgeht nichts!« Diesen kurzen Satz hatte er von seinem Mentor in der Berufsfachhochschule gelernt, der meinte, dieser Spruch sei *mehr wert als jedes Berufsabzeichen*.

»Ich hab ja auch fein säuberlich meinen Strich gemacht und die fünfzig Euro für die Reinigung in die Kiste gehauen«, sagte Maik, während er sich zurücklehnte. Ihm stand ein peinliches Geständnis bevor, wie gern hätte er das alles für sich behalten.

»Du warst einer der Letzten, die unten waren, bevor Roesch hopsgegangen ist. – Mit wem warst du unten? – Und von wann bis wann warst du dort?«

»Alter, meinst du, ich stoppe die Zeit?«

»Mein' ich nicht. Maik, das ist auch für mich eine blöde Situation. – Lass es uns einfach hinter uns bringen. – So unpersönlich wie möglich. – Egal was du sagst, ab morgen ist es wieder vergessen, wenn es nichts mit dem Fall zu tun hat.«

Maik nickte und meinte, dass es wohl nicht anders gehe. Dann sah er Pawel direkt an, danach Kevin, der sich dabei ertappte, wie er den Blick senkte. Maik zitierte: »*Was in Las Vegas passiert, das bleibt in Las Vegas?*«

»Absolut, diese vier Wände verlässt kein Wort, das nicht für die Ermittlungen wichtig ist. Ich meine, ihr wolltet es so.«

»Stimmt, wir wollten es so.«

»Also?«

»Ich liebe meine Frau!«

»Sicher. – Tun wir alle. – Aber sie ist jetzt nicht hier. – Mit wem warst du unten?«

»Ich liebe meine Kinder, ich liebe mein Haus, ich liebe mein Auto, ich liebe mein Guthaben und meine Arbeit, was ich sagen will: Es muss alles bleiben, wie es ist. – Das schließt auch mein Vorleben mit ein. Pawel, hör zu. Kevin!«

»Ich bin ganz Ohr«, sagte Kevin, der den Kopf tatsächlich ein wenig drehte, um eines seiner Ohren zu präsentieren, das auch ganz bestimmt ganz offen war.

»Spinnst du, Pawel? Leg den Kuli weg! Du schreibst nicht ein Wort mit, kapiert? – So was Blödes.«

»Okay, okay, ich schreib nichts mit.«

»Ich bin aus dem Ruhrpott hergekommen. Eine Stadt, nennen wir sie B.«

»Hört man gar nicht, Maik. Hätte auch B. im Norden sein können.«

»Jedenfalls, mit Luise, meiner zweiten Frau, bin ich hergekommen. Wir haben drei Kinder, ich eines aus erster Ehe, sie zwei aus erster Ehe. Sie hat hier ihre Stelle als Lehrerin, ich arbeite nur halbtags, weil ich schwer krebs-

krank bin. – Halt die Schnauze, egal was du sagen willst. Hör einfach zu. – Vor fünf Jahren war das groß in der dämlichen BILD-Zeitung gewesen, im Ruhrkurier und einfach überall: Meine erste Frau wollte mich umbringen, sie vergiftete mich über Jahre hinweg, immer ein wenig mehr, und lange kam es nicht raus. Sie wollte mein Erbe früher haben, ich hab nämlich ein bisschen was übrigbehalten aus dem Verkauf der kleinen Schraubenfabrik meines Vaters an Bosch. – Jedenfalls flog die Sache auf, wegen einer Operation, da merkte man, wie vergiftet ich schon war. – Meine erste Frau hatte kein gutes Haar mehr an mir gelassen, sobald sie gemerkt hatte, dass ich schwach wurde. Sie entwickelte sich richtig zur Tyrannin, aber geliebt habe ich sie immer noch, auch während der einjährigen Gerichtsverhandlung. Bei der Verhandlung selbst habe ich dann meine zweite Frau kennengelernt, die mich aus dem Dunstkreis meiner ersten geholt und mir so wahrscheinlich das Leben gerettet hat. Denn ich muss eines sagen: Ich muss sagen, dass ich meiner ersten

Frau verfallen war; alleine wäre ich nicht von ihr weggekommen. – Klingt peinlich, ist peinlich. – Später wurde sie verurteilt, für drei Jahre. Nach anderthalb kam sie frei, da waren wir schon hier. – Und jetzt, Pawel, altes Schlitzohr, jetzt kommt der richtig peinliche Teil: Hoffentlich kriegt der Junge keine heißen Ohren!«

Kevin sagte: »Ich glaub nicht.«

Doch Pawel war schon weiter: »Du schläfst hier immer noch mit deiner ersten Frau. Du bist von ihr noch immer nicht losgekommen, sie hat weiter Macht über dich. Du benutzt uns nur, um ein Alibi als Donnerstagstammtisch zu haben.«

»Ja, Pawel, danke, dass du es mir so leicht machst. Ich meine, als ich begriffen habe, dass es in der Schallmauer einen Stammtisch gibt, in einer der letzten Männerbastionen, wohin sich nur wenige Frauen verirren, und dass es eine Etage tiefer die *Bumsbude* gibt, die wir nutzen können, wie wir wollen, da dachte ich nur: *Wie geil ist das denn!* – Das ist aus dem Film …«

»Egal aus welchem Film. – Praktisch ist es auf jeden Fall, aber du bist lange nicht der Einzige, der das darum macht«, sagte Pawel. »Glaubst du, wir haben das Zimmer wirklich nur für die Zufallsbekanntschaften?«

»Wirklich? Wer denn noch alles? Na ja, geht mich nichts an. Ich muss mich jedenfalls in keine Hotelzimmer schleichen, Erika braucht keinen falschen Namen. Und so weiter und sofort. Donnerstags fliegt Germanwings von Köln nach Rostock, freitags von Rostock nach Köln. Hin und

Rück kostet im Durchschnitt siebzig bis hundert Euro – geschenkt! Flugzeit eine Stunde zwanzig, ich meine, ich liebe Germanwings!«

»Aber flieg bloß nie mit *Lametta*, die gehört zum Kleinstteil Molle und … also jeden Donnerstag? Ich hab nie etwas gemerkt.«

»Nie? – Danke«, sagte Maik und sah Pawel abwartend an. »Wenn sogar dem Herrn Privatdetektiv nichts aufgefallen ist, dann sind wir wohl gut eingespielt.«

Pawel nickte und meinte, es sei Zeit für eine Beruhigung: »Gegen Frauen kann unsereins sowieso nichts ausrichten. Bist ihr ins Netz gegangen, und ich sage, genieße die Gefangenschaft, bevor sie dich dann doch irgendwann schlachten wird. Wenn sie es einmal versucht, dann versucht sie es auch zweimal.«

»Ja, sie hat mich völlig in der Hand: ein Anruf bei Luise, und schon … aber, Pawel, der Sex mit Erika ist unglaublich! Beim Sex passen wir zusammen, das findest du selten auf dieser Welt. Wenn wir beide …«

»Verstehe, verstehe.«

»Wirklich?«

»Diese Art Details muss ich nicht wissen. Denke schon, dass ich es verstehe. Sieht man mir vielleicht nicht an, aber ich weiß auch, was guter Sex ist, Maik! Das weiß sogar unser junger Kevin hier, wenn auch auf eine andere Art.«

»He, so meinte ich es nicht.«

»War auch nur ein Witz. Ich verstehe bloß nicht, wie du sie Donnerstag für Donnerstag hier reinbekommst. Mir ist deine Erika noch nicht ein einziges Mal aufgefallen. Ich hab gar kein Gesicht vor Augen.«

Maik grinste über das ganze Gesicht. Er lehnte sich zurück und sagte: »Auf den Trick sind wir auch bisschen stolz.«

»Erzähl!«

»Ist dir noch nie die Frau aufgefallen, die hier immer reinkommt, um die Gratispostkarten zu verteilen?«

»Nein! – Doch!«

»Erst ganz in Ruhe am Eingang, dann grüßt sie kurz zur Theke und geht runter zu dem anderen Ständer, der bei den Toiletten ist.«

»Die sieht gut aus!«

»Danke!«

»Verdammt gut.«

»Ja. So ist das wohl.«

»Aber die Postkartenfirma hat doch *Opi*, dem wäre doch aufgefallen, wenn sie alte Teile hier reinhängt.«

»Das ist ja das Geile! Sie macht den Job wirklich! Eben nur in der Schallmauer und auf der Doberaner Straße. Auf Honorarbasis. Sie hat hier ein Revier, sozusagen. Nach dem Flug holt sie die Postkarten ab, verteilt sie fix und kommt zum Schluss in die *Schalle*. Die ist als Pauschalkraft richtig bei *Opi* angestellt.«

»Und alles nur wegen Sex?«

»Ob das Liebe ist, Pawel?«

»Das ist mehr als Liebe, das ist krank!«

»Ja, das ist es wohl … wohl auch.«

»Andersrum ist Liebe ja auch eine Art Krankheit. – Dann haben wir das also geklärt. Danke für deine Offenheit! Ich sag gar nichts weiter. Ich muss nur noch die genaue Uhrzeit wissen und ob du was gehört oder gesehen hast.«

»Sag ich dir, sag ich dir gleich, ich muss nur erst mal durchschnaufen. Wenn man einem anderen so etwas erzählt, dann hört man selbst erst, wie beknackt das klingt.«

»He, wir sind Männer! Wenn einer von uns eine Frau rumkriegen will, dann halten wir alle zusammen! – Ehrensache.«

»Ehrensache. Natürlich.«

Maik erhob sich, kam aber nicht aus der kleinen Ecke hinter dem provisorischen Verhörtisch heraus, in dessen Holz jemand geschnitzt hatte: *Neid ist Ruhm.*

Sonst stand der Gaststättentisch in der zweiten Nische, gegenüber der Theke. Da saßen zumeist Gelegenheitsbesucher.

»Also?«, fragte Kevin, der mitbekommen hatte, dass Maik gern aus der Nische herauswollte, aber er ließ ihn noch nicht.

Er machte keine Anstalten, mit dem Stuhl nach hinten zu den Türen zu rutschen und den Tisch zu sich zu ziehen. Auch Privatdetektiv Pawel Höchst wollte Antworten. Und Maik verstand das.

Er sagte: »Mal sehen, um achtzehn Uhr macht die *Schalle* auf. Ich hab wie immer mein kleines Dunkles getrunken. Ein gut Gezapftes braucht sieben Minuten und drei zum Trinken. Dann hab ich das zweite Bier bestellt, das auch gleich kam. Gleichzeitig kam Erika, wir nickten uns kurz zu, und als ich runter ging, da muss es dann so ziemlich genau achtzehn Uhr dreißig gewesen sein. Ich meine, so früh ist halt wenig los. Die meisten kommen ja erst nach der Tagesschau, wenn die Kinder im Bett sind. Richard war aber auch schon da, der kommt auch immer früh. Na ja, als Single!«

»Achtzehn Uhr dreißig also«, sagte Pawel leise. Dann sagte er noch leiser: »Ich frag mich, was in unserer Kneipe eigentlich alles abgeht, ohne das der eine vom anderen überhaupt etwas weiß.«

»Will ich gar nicht erst wissen«, sagte Maik. »Du tust mir ehrlich leid, du wirst jetzt alles hören müssen!«

»Wie lange habt ihr rumgemacht?«, fragte Kevin Hilbig, der nicht mehr auf das *Sie* der offiziellen Verhöre bestand.

»Ich bin wie immer sieben Mal gekommen, wenn du das meinst, also muss das…«

»Nein, im Ernst. Mir reicht eine Uhrzeit.«

»Woher soll ich das wissen? Ich hab keine Ahnung, wann ich da raus bin.«

»Das kriegen wir jetzt raus«, sagte Pawel. »Machst du den Strich auf der Liste immer davor oder danach?«

»Danach.«

»Sehr gut. – Hast du den *Fuffi* für die Reinigungskraft passend gehabt?«

»Ja. Immer.«

»Hast du ihn aus der Geldbörse geholt?«

»Ja.«

»War die Geldbörse in der Innentasche der Jacke?«

»Wie immer.«

»Kamst du gleich an sie heran?«

»Nein, warte, ich musste das Handy wegnehmen.«

»Richtig! – Du musst es immer erst wegnehmen, das hab ich bei dir schon oft beobachtet. Hab mich schon oft gefragt, warum du nicht einfach die andere Tasche nimmst.«

»Ich bin eben Linkshänder. Alles auf einer Seite zu haben, das beruhigt auch irgendwie.«

»Jedenfalls hast du das Handy in der Hand gehabt und – peng – du hast aufs Display geschaut. Verpasste Anrufe?«

»Keine.«

»Verpasste SMS?«

»Nicht eine.«

»Was war die Uhrzeit oben rechts?«

»Genau neunzehn Uhr vierundfünfzig. – Mann! Verdammt, du bist gut! Pawel: Respekt!«

»Sehr geehrtes Gericht, keine weiteren Fragen.«

»Du bist wirklich gut.«

»Sehr geehrtes Gericht, weisen Sie den Zeugen bitte an, dass er nur auf Fragen antworten soll. – Zeuge, antworten Sie das nächste Mal nur auf die Ihnen gestellten Fragen. Im Übrigen sind Sie aus dem Zeugenstand entlassen«, sagte Pawel, rückte zusammen mit Kevin nach hinten, zog den Tisch zu sich, sodass Maik an ihm vorbei zur Tür gehen konnte, die zum Klubraum führte.

Er war schon im Türrahmen, als Pawel ihn doch noch einmal zurückhielt: »Ach, und als du dann also gegen zwanzig Uhr nach oben gingst, da lag der blutrot geküsste Roesch noch nicht vor dem Zigarettenautomaten? Denn das wäre dir ja sicherlich aufgefallen.«

»Aber hundertpro wäre mir das aufgefallen. Da lag niemand. Erika hat sich auch schnell noch eine Schachtel gezogen, ehe wir gemeinsam nach oben gegangen sind und so getan haben, als würden wir uns nicht kennen. Erika ist dann gleich raus und ins Hotel.«

»Vielleicht muss ich sie noch anrufen. Da fällt mir ein, Kevin, wir müssen uns alle Handys geben lassen.«

»Stimmt«, sagte Kevin, »wegen der Indizien.«

»Und Maik, unter welchem Namen hast du Erikas Nummer gespeichert?«

Maik nickte, biss sich auf die Unterlippe und sagte, ehe er Pawels Verhörzimmer verließ: »Unter ›Darts‹ steht sie.«

Pawel lachte: »Was sonst!«

»Aber wir darten heute noch, oder?«, fragte Maik, ehe er verschwand. Mit einer Antwort hatte er nicht gerechnet. Er bekam sie auch nicht. Pawel war mit seinen Gedanken schon wieder ganz woanders, während Kevin Maik folgte, um all die *Alleskönner* einzusammeln.

Er ließ sich von Robert eine Kiste geben, setzte sich in die freie Nische rechts neben der Eingangstür, zu der man nur durch einen engen Zugang zwischen der Balustrade kam, die zwei Stufen hatte. Der Junge ließ die Männer, Kerle und Frauen in einer Reihe antreten. Sie gehorchten anstandslos. Jeder gab seinen *Alleskönner* ab und Kevin notierte sich, welches Gerät zu welchem Menschen gehörte. Bald darauf war er zusammen mit Pawel der einzige Mensch, der mit der Außenwelt kommunizieren konnte. Als er Uta bat, die Kiste in den Safe zu schließen, wurde ihm klar, was für eine Macht er jetzt hatte.

Vierzehn fast Kapitel,
Sechzehnter Februar Zweitausendsiebzehn.

Es ist das dreizehnte Kapitel, und auch für Richard war die dreizehn immer eine Zahl gewesen, die er umgangen hat. In seinen Krimis gab es kein dreizehntes Kapitel, es war auch kein *Zwölf plus*, sondern immer das *Vierzehn fast*, denn Optimist war er beim Erzählen auf jeden Fall. Richard R. Roesch beendete eine Arbeitsphase niemals auf der Seite dreizehn, auf keiner Seite endete ein Absatz auf der Zeile dreizehn, aber was hat es ihm am Ende geholfen? Gar nichts. Er lag tot in Schnee und Frost, während Kevin und Pawel sich kurz über Maik unterhielten. Sie schlossen ihn aus einem einzigen Grund aus dem Kreis der Verdächtigten aus: verliebte Menschen sind Egoisten. Verliebte Menschen interessieren sich für keine anderen Menschen. Verliebten Menschen ist es viel zu viel Aufwand, sich von anderen Menschen ärgern zu lassen. Sie töteten einfach nicht. Schönheit hin, Schönheit her. Hoffentlich fühlen sich jetzt nicht die Unverliebten angegriffen. Sie können sich ja als *verliebt fast* verstehen.

Der zweite Teil nähert sich ja schon dem Ende und bald kann ich wieder das Schild an die Bürotür heften, das Handy ausschalten, Überstunden abfeiern, zurück nach Leipzig und bei einem guten Sonnett ein wenig im Lyrikklub entspannen!

Doch ehe es soweit ist, mussten Pawel und Kevin noch eine Menge Verhöre über sich ergehen lassen. Zu dem ungeheuerlichsten kam es, als Oleg den kleinen Raum betrat.

Pawel sah einem Menschen an, wenn er im Gefängnis gewesen war. Das Leben auf See war eine Art Gefängnisdasein, nur dass man nicht einmal ein Besuchsrecht hatte. Pawel sah es den Frauen und Männern an der Art an, wie sie schwiegen. Es war das Schweigen, zu dem sie sich selbst verurteilt hatten, das sie so gern durchbrochen hätten, das sie aber beibehalten mussten, um zu überleben. Denn an Bord wie im Knast war das Persönliche persönlich, das auch persönlich bleiben musste. Hier setzte Pawel seinen Hebel an.

»Setz dich, Oleg, da in die Ecke«, sagte Pawel. Während Oleg sich am Tisch vorbeiquetschte, flüsterte Pawel Kevin zu, er wolle es diesmal allein machen. Kevin solle still sein und eventuell lernen, falls er gerade *Bock auf Lernen* habe. Kevin nickte, griff nach seinem Stuhl und stellte ihn außerhalb des Lichtscheins der Glühbirne neben das uralte Abwaschbecken. Er setzte sich, legte den linken Unterarm aufs Becken und faltete die Hände ineinander. Ein Knie schlug er selbstversunken übers andere. Den Kopf hielt er gesenkt.

»So«, sagte Oleg, der Arzt und Türsteher, »ich sitze. – Darf man rauchen?«

»Man darf«, sagte Pawel Höchst, Privatdetektiv Rostocks, Russlanddeutscher und Ex-Hochseefischer. Zwei Söhne. Eine Frau. Keine Geliebte.

»Kein schöner Anblick, den du da so unverhofft vor dem Zigarettenautomaten gesehen hast, was, Oleg?«

»Kann man so sagen.«

»Da will einer nach einer harten Schneeschippaktion einfach mal schnell pinkeln gehen, und dann so etwas!«, kam Pawel immer besser unter den Lebenshorizont des überqualifizierten Türstehers.

Oleg nickte. Er zündete sich mit dem Ende der Zigarette eine neue an und suchte mit den Blicken nach einem Aschenbecher.

Pawel sagte: »Nimm den großen!«

»In Ordnung«, sagte Oleg und ließ die Kippe fallen, die

er auf der Tischplatte ausgedrückt hatte.

»Weißt du, Oleg, was mir äußerst seltsam vorkam. – Weißt du, was *äußerst* heißt?«

»Klar«, verriet sich Oleg. »Ich war nicht immer Ukrainer.«

»Ach?«

Oleg nickte, biss sich auf die Unterlippe, inhalierte tief, nickte erneut und sah Pawel durch den Dunst hindurch an. Er dachte, dass das jetzt kein gutes Ende nähme. Er ahnte es mehr. Bei den vielen Verhören, die er hatte durchmachen müssen, hatte er so eine Situation oft erlebt. Noch bevor jemand etwas Weiteres sagte, ahnte Oleg, dass er in einer Sackgasse war. Er konnte sie weder sehen noch verstehen, aber er spürte sie geradezu körperlich. Das war ihm oft so ergangen. Er nickte ein drittes Mal, war aber sehr überrascht, als Pawel gar nicht herauszufinden versuchte, was er vor seiner Rostocker Zeit gemacht hatte.

Pawel stellte fest: »Was mich überrascht hat, das war, dass du vorhin alles andere als überrascht warst. Du warst nicht angeekelt, du warst nicht schockiert. Im Gegenteil, du warst rational, sozusagen gefühllos. Einfach ohne Emotionen. – Daraus schlussfolgere ich, dass du nicht zum ersten Mal eine Leiche gesehen hast. Du kennst den Anblick. Und nun können wir drei bis vier Stunden damit zubringen, dass ich dich mit allen Mitteln anhalte, mir zu erzählen, wie du zu dieser Erfahrung gekommen bist. Du kannst mich weitere fünf oder sechs Stunden anlügen, ehe wir das überprüft haben. Du kannst immer mehr in die Sackgasse laufen, doch das Einzige, was du sehen wirst, wird die Mauer am Ende sein, die immer höher wird. Immer höher. Oleg, du weißt, wovon ich rede, du weißt, dass es so kommen wird. Also, sage ich mir, kürzen wir die Sache ab!«

Oleg nickte. Er sagte: »Sackgassen sind das, was ich hasse. Du verstehst mich! Das ist gut, Pawel. Ich hab nicht nur Leichen gesehen, ich hab selbst im Blut gewatet. – Hier, das trage ich immer bei mir. Lies es durch und zieh deine Schlüsse. Ich rauche so lange.«

Ein Blatt Papier wurde über den Tisch geschoben. Pawel faltete es auseinander. Er war zerknittert und mit Flecken übersäht. Was aber darauf stand, das war noch viel dreckiger. Immer wieder hob Pawel erstaunt den Blick und sah den ruhig da sitzenden Oleg an, der gelassen rauchte. Pawel sagte: »Also Marco hast du mal geheißen.« Dann las er noch einmal. Die Handschrift Richards hatte er längst erkannt:

›Die Ermordung des Vaters, den Marco M. im Affekt tötete, zieht eine Freiheitsstrafe von zehn Jahren nach sich. Für die Ermordung der Mutter konnte der Psychiater keine

verminderte Schuldfähigkeit erkennen.‹ Im Badezimmer sei der Sohn wieder zu Sinnen gekommen. Außerdem rastete er nicht gleich bei ihren ersten Worten aus. Er habe vor der Tat sogar noch das Schlafzimmer verlassen.
So hatte es damals in den Medien gestanden, als Figur Eins verurteilt worden war. Ein kleiner Artikel, der überhaupt nichts erklärte, der nur ein paar Leser fortan Angst vor ihren eigenen Söhnen haben ließ.
Den Kontakt zu seinen Eltern hatten all ihre Nachbarn schnell abgebrochen, auch weil sie andauernd die Polizei holen mussten. Die wochenlange Abwesenheit des Paares war zuerst kaum aufgefallen, doch schließlich alarmierte ein Techniker die Behörden. Gefunden wurden die Leichen einer sechzigjährigen Frau und eines siebenundsechzigjährigen Mannes, die seit fünf Wochen vor sich hin faulten.
In Untersuchungshaft war der erste Satz, den Figur Eins gesagt hatte: ›Meine Familie gestaltet sich jetzt übersichtlich.‹
Damals war er achtundzwanzig Jahre alt. Genau wie er selbst waren seine Eltern ihr Leben lang Einzelgänger. Für seine Mitschüler war er einfach nur Luft gewesen, und alle dachten immer, seine Eltern wären seine Großeltern. Die Polizei fand später Unmengen an Vorräten im Keller. Ein Beamter gab zu Protokoll: ›Man hätte jahrelang leben können, ohne zu verhungern.‹
Das war ihr Leben: verschanzt, vereinsamt, verloren. Der Hausarzt zeigte sich zwar verwundert, dass die Mutter auch den erwachsenen Sohn immer noch bei den Arztbesuchen begleitete, aber er hatte es stillschweigend hingenommen.

Der Sohn wurde abgeschirmt, bis er dann beide Elternteile abschlachtete.
Davor lebte er, wie alle Zeugen ausgesagt hatten, isoliert, emotional abhängig und bevormundet. Seine Behauptung, Ukrainer zu sein ist nur Tarnung.
›Werte Eltern‹, schrieb er in einem stillen Winkel, da hatte er sich die Pulsadern geöffnet, ›Ihr habt nichts falsch gemacht.‹ Aber wenn irgendwer ihn gefragt hätte, ob er geboren werden wollte, er hätte dankend abgelehnt. Doch niemand war da gewesen, der den Jungen etwas Persönliches fragte. Damals hatte er sich gefühlt, als wäre er zum Leben verurteilt worden, ein Leben in freudloser Endlosschleife. Er schloss seinen Abschiedsbrief mit den Worten: ›Darum drücke ich jetzt auf Stopp!‹
Aber es klappte nicht, die Blutung hörte plötzlich auf. Also blieb nur noch, die Eltern zu schlachten.
›Warum?‹, fragte der Richter.
Es sei bei beiden Elternteilen der gleiche Grund gewesen. Er habe die Stopptaste gedrückt; und gut.
Die beiden Toten wickelte er in Maler-Folien, dann informierte er sich im Internet, wie man Leichen beseitigen konnte. Er interessierte sich für die Funktionsweise von Krematorien und verfiel auf die Idee, es mit einer Lötlampe zu versuchen. Mühselig. Aber die rechtsmedizinische Gutachterin sagte damals fast anerkennend: ›Bisher hat es noch kein Täter geschafft, sein Opfer vollständig zu verbrennen.‹
Auch Figur Eins hatte es nicht geschafft. Er ließ die Leichen liegen und verschwand, wurde jedoch schnell gefasst.

Nach zehn Jahren kam er aus dem Gefängnis. In der Bikergang schien er sich ganz wohl zu fühlen, aber sein Bier trinkt man wohl besser nicht mit ihm.
(Kneipengesprächsfetzen vom zehnten in Zusammenhang mit Zeitungsrecherche. R.R.R.)

Pawel nickte.

Auch Oleg nickte.

»Das hat Richard also über dich herausgefunden. Hat er es dir gegeben?«

»Ja. Er wollte, dass ich ein paar Dinge für ihn tue.«

»Was für Dinge?« Erstaunt blickte Pawel den verurteilten Doppelmörder an.

»Erinnere dich an seinen ersten Krimi. Als dieser Typ da Frauen so brutal ermordet hat. Richard wollte, dass ich ihm in allen Einzelheiten erzähle, wie meine Eltern auf dem Kellerboden ausgeblutet sind. Er wollte wissen, welche Rinnsale wohin führten, wie die Spritzer ausgesehen hatten, und wie es sich im Unterarm anfühlte, wenn man einen Menschenknochen durchsägt. – Na ja, du weißt ja, Krimiautoren sind auch nur Mörder, die zu feige sind, es zu tun.«

»Und das hast du ihm alles erzählt.«

»Ja, nachdem er mir den Zettel gegeben und einen Wisch unterschrieben hat, dass er mich heraushält. – Was da nicht steht: Als die Sache mit dem Selbstmordversuch stattfand, da hab ich gerade in einer anderen Stadt ein paar Semester Jura studiert.«

»Und heute bist du also so wütend auf Richard geworden, dass du ihm unten den Schädel zertrümmert hast. Das ganze Gesicht: Matsch. – Das ist doch deine Handschrift. Nicht?«

»Nicht wahr! Ihr habt mich alle gesehen, wie ich raus bin, wie ich geschippt habe, wie ich rein bin, und als ich zum Klo wollte, da war ich innerhalb von ein paar Sekunden wieder raus aus dem Treppenflur. – Denk mal nach, Pawel! Vielleicht hätte ich einen Grund, ein Motiv sogar, aber ich hätte nicht die Möglichkeit gehabt. Und ohne Möglichkeit, keine Tat. Wie gesagt, Jura, Semester zwei: *Motiv und Möglichkeit*, das muss zusammen da sein und sich bedingen.«

»Ich weiß, ich weiß«, sagte Pawel ernüchtert. »Aber von der Liste streich ich dich noch nicht.«

Er gab Oleg den Zettel zurück, der ihn erstaunt annahm und sogleich wieder in seiner Hosentasche versteckte: »Du willst mich hier nicht bloßstellen?«

»Nein, das will ich nicht. Du hast abgebüßt, und gut. Zehn Jahre für zwei Morde, nicht schlecht! Aber was soll jetzt hier Unruhe aufkommen, wo wir hier alle zusammen eingesperrt sind. Was ich und Kevin bald alles wissen, das soll nicht Teil eures Tratsches werden. – Okay, Oleg, sieh zu, dass du Land gewinnst.«

Der Biker erhob sich, nachdem Pawel aufgestanden war. Den Tisch schob Oleg mit den Oberschenkeln weg und ging ohne ein weiteres Wort aus dem stickigen Zimmerchen, in dem den beiden Verhörern die Augen tränten. Auch sie kamen heraus und blieben im Klubraum, in dem sie allein waren.

»Was stand auf dem Zettel?«, fragte Kevin.

»Nichts, was mit dem Fall zu tun hat. Er ist kein Ausländer, er spielt das nur. Er hatte nicht die Möglichkeit. Da hat er recht.«

»Woher du das wieder wissen willst? Wir kennen noch nicht einmal die genaue Tatzeit. Vielleicht sollten wir die erst einmal herausfinden.«

»Das stimmt. Das machen wir. Bloß wie, Kevin?«

»Es gibt da eine neue Verhörtechnik, die viel öfter zum

Erfolg führt als man denkt. Dafür nutzt man das Kollektivgedächtnis. Bei Fällen wie diesen.«

»Soll heißen?«

»Soll heißen, dass wir alle gemeinsam befragen, vorne an der Theke. So sagt der eine dem anderen, wann er wo gewesen war, und der nächste redet dazwischen, um zu bestätigen oder zu dementieren. Du wirst sehen, das funktioniert! Am Ende kennen wir die Tatzeit und werden wissen, wann sie mal für ein paar Minuten allein gewesen waren. Und so kreisen wir den Täter ein. Es wird ein paar Leute geben, die das eine behaupten, aber das andere getan haben. Genau das wird das Kollektiv mit seinem Gedächtnis herausfinden.«

»Verstehe! So etwas wie Schwarmintelligenz bei Heringen«, sagte Pawel mit großem Ernst. Er sah nicht, dass Kevin Hilbig dümmlich grinste.

Dennoch entschieden sie sich wenig später, die Verhörkette jetzt nicht abreißen zu lassen. Sie wollten erst alle Anwesenden verhören, weil sie meinten, dass sie danach mit der Tatzeitmethode mehr Erfolg hätten, denn dann wüssten sie schon eine Menge mehr über die Einzelnen, auch wenn sie das dem Kollektivgedächtnis vorenthalten wollten.

Der Letzte im verrauchten Verhörzimmer war Falk, der die Ermittler erschaudern ließ.

»Heftig, heftig«, sagte Pawel zu Kevin, nachdem Falk den Verhörraum verlassen hatte, »so etwas hab auch noch nicht gehört. In all den Jahren, die ich auf See verbracht habe, in all den Gesprächen während der Fangpausen, es waren bestimmt Tausende von Männern, die mir ihre dunklen Seiten erzählt hatten, weil sie meinten, ich würde sie verstehen. An Oberdeck, in den Messen, beim Netzausbessern oder beim Fischausnehmen; ich habe so viele Geständnisse gehört, ich habe so viele Wünsche gehört, ich habe so viele Vorstellungen von der Wirklichkeit gehört, aber dass das, was so viele Männer sich ausgedacht hatten, wirklich mal einer machen würde, das habe ich mir nicht vorstellen können. – Das nicht!«

»Also kastrieren kostet achtzigtausend«, sagte Kevin nachdenklich. »Ist doch gut, das zu wissen.«

»Ja, das war das Schmerzensgeld, also vierzigtausend pro Hoden. Dazu kommen aber noch die sechs Jahre Haft wegen schwerer und gefährlicher Körperverletzung.«

»Aber das kommt auf den Richter an. Falk hat doch gesagt, bei ihm ist der Richter noch ein Jahr über die Staatsanwaltsforderung gegangen, es kann also auch weniger sein.«

»Was ich weiß«, sagte Pawel, »das ist, wie man seine Strafe halbieren kann. Egal was du getan hast, du musst sofort eine Flasche Schnaps austrinken. Alkohol halbiert die Strafe, war immer so. In allen christlichen Ländern. – Gott schützt die Opfer, die Kirche die Täter.«

»Stimmt«, sagte Kevin, »das werde ich mir merken. – Was meinst du, wie viele Mörder früher rausgekommen sind, weil sie diesen Trick angewandt haben. Ich denke, dem müsste man auch mal einen Riegel vorschieben.«

»Aber wie?«

»Keine Rücksicht mehr, ob einer betrunken war oder nicht. Sobald er eine Flasche Schnaps anfasst, handelt er fahrlässig. Ich meine, wer trinkt, der zeigt schon, dass er ein potenzieller Täter ist. Er weiß es nur nicht. Nicht der Alkohol ist schuld, sondern der, der ihn trinkt. Nicht die Waffe ist schuld, sondern der, der sie benutzt. – Ich hasse nur eines auf der Welt, und das sind besoffene Menschen.«

»Aha«, sagte Pawel, »Kindheitstrauma?«

»Dir kann man auch gar nichts vormachen, oder?«, fragte Kevin und stand von seinem Stuhl auf. Fast konnte er Pawel in dem kleinen Raum nicht sehen, so sehr war die Luft vom Rauch geschwängert. Er meinte, sie sollten mal langsam lüften.

Pawel nickte, und gemeinsam gingen sie durch die andere Tür zum verborgenen und verwinkelten Flur, der mit wenigen Stufen nach unten führte und vor einer alten Eisentür endete, die sie nur mit Mühe aufbekamen. Sie mussten mit ihr den Schnee dahinter wegschieben, der schon lange gefroren war. Dennoch schafften sie es und inhalierten wenig später so kalte Luft, dass sie ihnen in der Lunge stach. Um das eindringende Grundwasser kümmerten sie sich zuerst nicht.

»Alte Seemannsregel«, sagte Pawel, »du musst durch die Nase einatmen, dann wärmt sich die Luft in der Nase schon mal vor. Ausatmen jedoch mit dem Mund, damit dir der Atem nicht unter der Nase gefriert.«

»Ach Pawel, alter Seebär, wann schreibst du endlich eine Überlebensfibel für Männer, die es bleiben wollen?«

»Gar nicht. Ich und das Schreiben! – Was Falk getan hat, das hätte so gut wie jeder Vater tun wollen, ich hab es auf den vielen Schiffen gehört, und dennoch ist er der Erste, der es wirklich getan hat, von dem ich erfahren habe. Und nun ist er ein unauffälliger PC-Spezialist.«

»Jeder, der Vater einer Minderjährigen ist, das glaub ich auch«, fügte Kevin hinzu. Wieder sah er das harte, ausdruckslose Gesicht Falks vor sich, als er ihnen von seiner verbüßten Tat erzählt hatte. Der ewig Witze reißende Falk, wer hätte gedacht, dass ausgerechnet er zu so etwas fähig wäre. Kevin schüttelte den Kopf, denn Falk war nicht dumm, er war auch nicht wortkarg, Kevin hätte ihn sich als guten Gesprächspartner vorstellen können.

Lange Zeit hatte Falk gutes Geld in Gotha verdient. Er war stolz auf seine Familie gewesen. Im gefiel sein Job. Eines Tages kam anonym ein Anruf. Die Frauenstimme sagte: »Ihre siebzehnjährige Tochter hat ein Verhältnis mit einem Achtundfünfzigjährigen.« Das hatte die Anonyme wörtlich gesagt.

Falk dachte: ›Schwachsinn.‹ Er legte auf und grub weiter die Rabatten um. Er selbst war ja Ende vierzig.

Dann machte er einen Fehler, der aber eigentlich gar kein Fehler war. Er fragte seine Tochter.

Kurz darauf zerbrach etwas in ihm. Ihm war, als stürze die ganze Welt um ihn herum ein. Um ihn herum und in ihm drin. Seine Tochter hatte Sex mit dem Großvater ihrer Schulfreundin. Seit dieser Stunde handelte er wie ferngesteuert. Aber eben auch geplant und rational. Er trank keinen Alkohol nach der Tat.

Nach der Tat, fünf Tage nach dem Geständnis seiner Tochter, rief er die Notstelle der Polizei an. Wörtlich: »Guten Abend, ich will mich nun selbst anzeigen. Ich habe jemanden kastriert.«

Am anderen Ende der Leitung: »Sie haben was?«

»Sie haben richtig gehört. Ich hab ihm die Eier abgeschnitten.«

Nie hatte Falk sich schuldig gefühlt, auch heute nicht. Sicherlich, er hatte eingesehen, dass er für die Tat büßen musste, das war korrekt. Aber Buße war kein Schuldeingeständnis, es war einfach eine Offenbarung. Jede Offenbarung war auch immer eine Buße.

Sogar der Sohn seines Opfers hatte zu ihm gesagt. Wörtlich: »Machen Sie mit meinem Vater, was Sie für richtig halten.«

Falk hatte nur eines für richtig gehalten. Die verletzten Blutgefäße hatte er sorgfältig mit Nylonschnüren abgebunden. Wie man es auch bei Pferden machte, damit sie nicht verbluteten. Er stand zu seiner Tat, auch wenn sie ihm seinen Job, seine Familie und sein Haus gekostet hatte. Er war sicher, dass ein Vater dazu da war, seine Kinder vor schlimmen Fehlern zu bewahren.

Kevin stimmte dem heimlich zu, während er draußen noch immer nach frischer Luft schnappte, obwohl er in seinem dünnen Jackett fror. Pawel natürlich nicht. Der stand mit nackten Unterarmen da, die Hemdsärmel hochgekrempelt. Kevin sagte, Pawel sei ein alter Macho. Er sagte es anerkennend.

Pawel nickte und zitierte: »*Ein Seemann, der friert nicht, der zittert nur vor Wut!*«

»Verstehe«, sagte Kevin, »aber was machen wir nun mit Falk. Eigentlich doch ein sympathischer Kerl. Ich hatte geglaubt, Witzbolde könnten keiner Fliege etwas zu Leide tun.«

»Tatsächlich? So grün bist du noch hinter den Ohren? Zeig mal, mach schon, ja, wirklich!«

»Lass das! Fass mich nicht an. – Im Ernst. Falk ist doch raus, oder was meinst du?«

»Auf den ersten Blick schon, aber auf den zweiten? Sicher bin ich mir nicht.«

»Warum nicht? Verstehe ich nicht.«

»Falk hat zwar damals nichts getrunken, aber heute? Ich hab neben Kerlen auf Koje gelegen, die waren die reinsten Unschuldsengel, aber wenn sie was getrunken hatten, dann kam was in ihnen hoch und sie verwechselten alles Mögliche.«

»Soll heißen?«

»Das heißt, wenn jemand wie ein verkommener Opa aussah, der Minderjährige flachlegte, dann doch wohl Richard R. Roesch! Oder was? – Da kann man bei ein paar Bieren schon einmal die Orientierung verlieren.«

»Ist mir zu weit hergeholt. – Mich erinnert zum Beispiel Mark an einen *Tom Finland*-Typen.«

»Einen was?«

»Ach, schon gut. Ein Insider.«

»Mein lieber Ex-Polizeianwärter, ich stelle eines fest: Wir sind müde! Zum Glück war das das letzte Verhör. Ich denke, wir lassen uns einen Kaffee bringen und rekapitulieren all das, was wir erfahren haben. Dann machen wir dein Ding mit der Tatzeit und der Heringsschwarmintelligenz, dann sperren wir fix den Mörder ein. Und dann sagen wir zu Björn: Verschwinde! Nerv uns nicht weiter.«

»Guter Plan«, sagte Kevin. »Die Frauen wollen wir nicht verhören? Stephanie, Ute und Uta?«

»Wozu? Seit Ute sich hat die Brüste machen lassen, hat sie nur noch Freunde. Und Uta mochte Richard, das kann ich dir sagen. Und Stephanie mag mich, aber ich bin ja verheiratet. Außerdem haben sie nicht genug Armschmalz.«

»Okay, Pawel, irgendwann erzählst du mir mal, was daran logisch sein soll. Aber nicht mehr heute. Ich weiß ja nur zu gut, dass man dir manchmal auch einfach nur trauen kann. – Und das tue ich jetzt einfach mal. Aber ich behalte die Frauen im Auge!«

»Behalt sie im Auge, ich kümmere mich um die Kerle, von denen einer der verdammte Mörder sein muss. Bloß wer? Wer? Wer? Wer? Es ist immer die gleiche Frage.«

»Erinnerst du dich noch an Richards alten Wortwitz? *Er steckt im Wer, aber kein Wer steckt im Er.*«

»Ob das einen Sinn hat? – Ich denke, Autoren sind auch nur Blödiane.«

Vierzehntes Kapitel, Sechzehnter Februar Zweitausendsiebzehn.

War dieser Tag nötig? Dieser Spruch hatte vor ein paar Wochen auf einer jener Gratispostkarten gestanden, auf einer der wenigen, deren Exemplare schnell verschwunden waren. Unwillkürlich ging Pawel dieser Spruch durch den Kopf.

Kevin war nach vorne gegangen, sodass der einzige Privatdetektiv Rostocks allein in dem umfunktionierten Zimmer

saß. Der Freitag musste schon angebrochen sein, aber Pawel steckte immer noch im Donnerstag fest. Er fühlte sich, als wäre alles nur der Refrain eines Liedes.

Er saß in dem mit Nikotin rund geschwängerten Verhörkabuff und merkte erst jetzt, dass es hier so gut wie keinen Sauerstoff mehr gab. Er merkte es am Flimmern vor den Augen. Der Blick bekam einen verschwommenen Rand. Ihm war schlecht, aber nicht nur wegen der Luft, die ihn an die Aufenthaltsräume der vielen Hochseetrawler erinnerte, auf denen er vor Jahren seinen Job als Hochseefischer gemacht hatte, wobei er sich stets eher als Tiefseefischer gefühlt hatte. Ihm war auch schlecht über das, was er alles hatte hören müssen. Gab es denn niemanden in der ganzen Schallmauer, der kein Vergehen begangen hatte? So gut wie jeder war vorbestraft, wenn man auch Bewährungsauflagen als Vorstrafen verstand. Gemächlich ging Pawels Gehirn für ein paar Minuten seinen eigenen Gang, das sich zu fragen schien, ob es denn auch Nachstrafen gebe? *Vorstrafen*, schon das Wort suggeriere ja, dass bald wieder etwas nach diesen Vorstrafen geschehen würde und dass alles Kommende eben nur ein *vor der neuen Strafe* sein würde, denn Gleich und Gleich geselle sich eben gern. Alles würde eben nur *vor den Strafen* sein, weil die Vorstrafen ja schon begangen waren; einmal bestraft, immer bestraft ... Doch dann hatte sich Pawels Gehirn endgültig verheddert. Er holte es mit der Frage zurück, ob dieser Tag denn nötig gewesen sei? Sein Gehirn hatte darauf keine Antwort. Aber sein schwer tuckerndes Herz, das versuchte, quasi aus dem Nichts Sauerstoff zu pumpen, schon.

Pawel schwirrte der Kopf vor Geständnissen, die er von den Leuten bekommen hatte, die er für seine Bekannten hielt. Was wusste man wirklich vom Anderen? Er drückte sich von der Tischkante weg, machte ein Hohlkreuz und versuchte aufzustehen, was ihm aber nicht gleich gelang.

So gut wie alles an seinem Körper war eingeschlafen und nun spürte er auch sein Herz noch heftiger, das auf vollen Touren lief. Es bekam viel zu wenig Sauerstoff, die Pumpe holte das Letzte heraus, aber es war zu wenig Nachschub geordert worden, so als hätte Uta zu wenig bestellt. Mit dem Untergärigen war ihr das nämlich schon passiert. Immer hektischer filterten seine Lungen die verbrauchte Luft, der Körper begann auf Reserve zu laufen. Pawel kannte auch das von seiner Seezeit, denn ab und an gab es auch auf einem Hochseefischereitrawler Überlebensübungen. Bei diesen Gelegenheiten wurde im ganzen Schiff die Sauerstoffzufuhr abgedreht, damit die Frauen und Männer einen Eindruck vom Ernstfall bekämen. Pawel war immer einer der Ersten gewesen, dem schwindlig geworden war. Vieles konnte er ab, aber keinen Mangel an Sauerstoff.

Nach einer Weile konnte er endlich aufstehen, mit krummen Beinen, krummem Rücken und mit schwarzen Punkten im Blick, die auch ein wenig krumm waren. Er ging die paar Schritte durch den Sondergang zur Hoftür, er stolperte mehr zu ihr, und Pawel war froh, dass der Schlüssel von innen im Schloss steckte. Er drehte ihn um und ließ sich von Björn Sekunden später das Gesicht rot peitschen. Pawel at-mete durch, und ganz langsam konnte er sich wieder gerade hinstellen. Das Herz entspannte sich, nahm das Tempo endlich raus, und wie ein Fisch auf dem Land schnappte Privatdetektiv Pawel Höchst nach Luft: frische, eiskalte Luft, erneut stach sie ihm in die Lungenflügel, aber das konnte er viel besser aushalten.

Seine Gedanken waren immer noch bei den vierundzwanzig Verhören, die er soeben hinter sich gebracht hatte. Er würde nie wieder in die Schallmauer kommen können. Die Stammkunden würden ihn jedes Mal anschauen, wütend, verschämt oder sogar hasserfüllt, denn sie hatten ihm ihre Geheimnisse offenbart. Schlimmer: offenbaren müssen.

Er hatte nicht lockergelassen, doch manche von ihnen hatten auch erzählt, als wäre er der Beichtvater. Am liebsten wäre er über den Hof raus auf die Straße gelaufen und hätte sich in einer der Schneewehen verkrochen, die mittlerweile die ganze Breite der Straße wie Barrikaden eingenommen hatten. Bis hinunter zum großen Platz und auf der anderen Seite bis hinauf zur Stadtautobahn. Er sah es nur daran, dass die Schneewehen immer höher wurden, je weiter sie von der *Mauer* weg waren. Die höchsten Gipfel waren an den beiden Straßenenden wohl dadurch zustande gekommen, dass der Schnee nicht mehr weiter geschoben werden konnte. Da hatte Björn seine Grenzen! In sich selbst! Pawel grinste kurz, aber zum Lächeln war ihm eigentlich nicht zumute. Von wie viel Lust am Verbrechen hatte er gehört! Von wie viel Lebensfrust! Pawel war klar geworden, dass es diesmal nicht unbedingt ein handfestes Motiv geben musste. Sicher, es gab immer ein Motiv, aber in diesem speziellen Fall könnte das Motiv einfach Mordlust oder Lebensfrust sein.

Kevin setzte zwar auf persönlich motivierten Mord, aber ob er das jetzt immer noch tat? Richard R. Roesch könnte einfach am falschen Ort gewesen sein. Zur falschen Zeit. Hatte er einfach mal das falsche Wort gesagt? – Vor fünf Stunden hätte Pawel das ausgeschlossen, er hätte für alle Anwesenden seine Hand ins Feuer gelegt, aber jetzt war er froh, dass er das nicht getan hatte: Er sah sich seine Hände an, die frostig brannten, und streichelte sie gegenseitig. Er zitierte aus der *Der alte Mann und das Meer*: *»Keine Angst, meine Hände, keine Angst!«*

Es waren Worte, die dem alten Mann von seinem Schöpfer Hemingway einst in den Mund gelegt worden waren, als er allein in seinem Boot gewesen war, kurz davor, verrückt zu werden. Ich bin in dieser Situation der Einzige, der lächelt, während Pawel da mit seinen frierenden Händen stand und nicht recht wusste, was er glauben sollte und was nicht. Er war bis ins Mark erschüttert, denn ihm war klar, dass kein Mensch auch nur einen Bruchteil von einem anderen Menschen wusste. Kevin hatte ihm das mal auseinandergelegt, aber jetzt verstand er die Sache erst richtig. Kevin hatte erklärt, wenn sich jemand, der schwul sei, oute, dann seien die langjährigen Freunde und Bekannten zumeist nicht über diese Tatsache schockiert und verärgert, sondern eher darüber, dass man sie über Jahre angelogen habe. Das war doch der eigentliche Punkt: die Lebenslüge, nicht das Anderssein.

Jetzt verstand Pawel das, der sich eingestehen musste, sein Bier jeden Donnerstag inmitten von Verbrechern getrunken zu haben. Hielten Lebenslügen nicht aber auch die ganze Welt am laufen?

Wenn jemand an Bord eines Schiffes ging, wusste Pawel, dann konnte er davon ausgehen, dass er sich zwischen Leute begibt, die nicht an Land leben konnten, denn dann würden sie dort ja leben, anstatt im schwierigsten Job der Welt bestehen zu müssen; aber in einer einfachen Kneipe? Pawel schwirrten die Gedanken jetzt durcheinander. Ihm wäre lieber gewesen, er könnte in eine andere Richtung denken, aber noch waren all die Monologe zu frisch. Sie hatten alle ihre Verbrechen begangen. Pawel schämte sich fast, weil das Schlimmste, was er je getan hatte, ein Diebstahl gewesen war. Damals, vor der Wende, auf dem finnischen Trawler, als ihn eines Nachts der Durst so geplagt hatte, dass er den gesamten Vorrat von zwei schweren Alkoholikern ausgetrunken hatte, die für den Rest der Fangzeit fast durchgedreht wären. Immerhin zwei Monate.

Zwei Monate waren sie auf dem Trockenen gewesen und hatten fast das ganze Schiff auf der Suche nach Schnaps auseinandergenommen. Gefunden hatten sie nichts, denn Alkohol war an Bord verboten.

Dabei war es bei ihm selbst kein Durst gewesen, er hatte nur nicht an die Nachricht denken wollen, die ihn aus der nordrussischen Heimat erreicht hatte. Weil er als Achtzehnjähriger aus der Sowjetunion geflohen war, hatte man seine ganze Familie verhört und schließlich weggesperrt.

Es war eine Sache, aus einer Diktatur zu fliehen, um ein besseres Leben zu führen, aber es war eine ganz andere, die Familie und die Freunde zurückzulassen.

Das hatte er damals begriffen. Diese Schuld, die er auf sich geladen hatte, die hatte er auch nicht mit dem Schnaps der Filetierer wegbekommen. Am liebsten wäre er damals von Bord des finnischen Schiffes gesprungen und zurück in die SU geschwommen, aber ob sie seine Eltern und Geschwister dann freigelassen hätten, das wäre ja auch nicht sicher gewesen. Überhaupt nicht.

Was mussten seine Schwester und seine beiden Brüder auf ihn geflucht haben. Freunde konnte man sich aussuchen, mit Geschwistern musste man leben; auch mit ihrem Verlust.

Er durfte gar nicht daran zurückdenken! Auch jetzt, die Sowjetunion war schon seit über zwanzig Jahren Geschichte, wagte Pawel es noch immer nicht, auf die Kola-Halbinsel zu fahren. Seine Schwester war so gut in der Schule gewesen, dass sie hätte Schuldirektorin werden können. Doch soviel er wusste, war sie ein versoffenes Wrack, das am Rand der

Stadt lebte und auf dem Friedhof den Frost von den Steinplatten wischte. Das war ihre Arbeit. Und das war die Last seines Lebens, die er niemals loswerden konnte: vielleicht war er also hier, in der Schallmauer, ganz richtig; vielleicht war er auch nichts weiter als ein Verbrecher, der nur nie zur Rechenschaft gezogen worden war. Verrat war nun mal ein Verbrechen. Pawel musste sich hinhocken, weil ihm die Knie weich wurden. Und Flucht war keine Buße. Weil er geflohen war, hatte sie nie studieren dürfen.

Er wischte sich über die Augenbrauen und den Dreitagebart. Er sah auf seine linke Hand, wo der Schnee langsam taute, der sich auf den Gesichtshaaren verfangen hatte. Er kniff die Augen zusammen. Und seine beiden jüngeren Brüder erst!

Eigentlich hätte er erwartet, dass sie schon längst nach Rostock gekommen wären, um ihn totzuschlagen. Lange Jahre hatte er sich auf See versteckt, so wie sich alle Frauen und Männer verstecken, die auf See arbeiten, aber nun war er schon seit fünf Jahren hier. Sie mussten es doch mitbekommen haben. Oder nicht? Was wohl aus ihnen geworden ist? Pawel wischte sich mit dem Handrücken über die Lippen, ganz so, als stünde er an der Reling eines Trawlers und müsste sich das Meersalz wegwischen, ehe er wieder in das Kabuff zurückging. Musste er an Land in Angst vor seinen Brüdern leben? Vielleicht war der höchste Verrat der an der eigenen Familie? Sicherlich, äußere Umstände konnten einen dazu treiben, aber unterm Strich? Unterm Strich blieb der Verrat an der Familie.

Pawel schwirrte der Kopf, jetzt nicht nur von den Geständnissen. Er selbst war ein Verbrecher, doch nie wieder würde er einem seiner Kneipenbekannten ins Gesicht sehen können. Es gab eigentlich nur die eine Möglichkeit: ihnen von seiner Schuld zu erzählen. Ihnen sein Lebensgeheimnis zu beichten. Sich ihnen als Verräter zu präsentieren, der nur nie bestraft worden war. Im Gegenteil, ihm zahlte dieser Staat hier eine kleine Rente, weil er in der SU die beiden Monate Untersuchungshaft bekommen hatte.

Vielleicht könnten sie ihm hier dann wieder vertrauen.
Kein schöner Gedanke, denn so müsste er vierundzwanzig Privatgespräche führen, immer unter dem Vorbehalt, dass nichts weitererzählt werden dürfte: *Ich habe meine Mutter verraten, meinen Vater, meine Schwester, meine Brüder, und durch meinen Verrat hatten sie in der Diktatur keine Chance mehr auf ein eigenes Leben.*

Freundschaft fußte auf der Fähigkeit, sich auszuliefern. Pawel seufzte und dachte noch einmal: ›War dieser Tag nötig?‹

Er ging zur Hoftür, prüfte, ob sie verschlossen war, ging durch den schmalen Gang zurück, verließ das Verhörzimmer und blieb im Klubraum stehen. Die anderen saßen oder standen alle vorne um den Tresen herum. Er hörte sie weder lachen noch streiten, weder reden noch lallen. Hatte Kevin schon mit den Vorbereitungen für sein Heringsschwarmexperiment begonnen?

Hier hinten war Pawel allein. Er war wieder klar im Kopf und musste sich jetzt auf den Fall konzentrieren. Plötzlich hatte er es eilig, denn man konnte sich ausmalen, was passieren würde, wenn sich diese ganzen Typen da vorne eingesperrt fühlten. Irgendwann könnten sie beginnen, sich gegenseitig zu verdächtigen. Dem musste er zuvorkommen: Privatdetektiv Pawel Höchst erkannte messerscharf, dass er den Mörder nicht liefern musste, sondern rasend schnell liefern musste.

Er griff hinter das Gehäuse des Darts-Automaten, um die beiden Plastikgläser mit den vielen bunten Pfeilen hervorzuholen. Es dauerte seine Zeit, ehe er drei Pfeile herausgefischt hatte, die noch gerade, weiße Plastikspitzen hatten. Einer hatte einen grünen Plastikfederbusch, einer einen gelben und einer einen hellroten. Es dauerte auch, weil Pawel sich kaum auf seine Handlung konzentrierte konnte. Immer wieder sah er ins Leere und lauschte einzelnen Sätzen nach, die er gehört hatte: Die er hatte hören müssen.

Schließlich stellte er die Gläser weg, schaltete den Automaten ein, warf eine Zweieuromünze hinein, denn so bekam er ein Spiel gratis, und wählte das normale *Fünf null eins mit Master-Out*. Er spielte ohne Gegner, aber er wusste, dass er nicht lange allein bleiben würde. Vorne hörte man das Jubilieren des Automaten ganz sicher. Er schätzte, Ute mit ihren schönen, überdimensional großen Brüsten, die sie sich hatte machen lassen, käme als Erste. Der Vorwand würde sein, ihm ein Rostocker Dunkel zu bringen. Oder seinen Donnerstagsdrink. Oder schon den Freitagsdrink? Hauptsache, kultivierter Gin. Dreifach Achtzehn, denn *Achtzehn geht immer.*

Immer wieder sah Pawel auf das Bull, denn so traf er zumeist die Zwanzig. Doch so sehr er auch auf die Mitte des Spielfeldes starrte, er bekam die Bilder nicht aus seinem Kopf. Was hatten die anderen ihm nicht alles gestanden, die jetzt so betroffen da vorne schwiegen und den Spielautomaten genau hörten, aber den Mut noch nicht aufbrachten, herzukommen. Besonders laut wurde es, wenn Pawel ein Dreifach oder ein Doppel warf, eine Achtzehn zum Beispiel, denn wie es bei den Darts-Spielern hier immer hieß: *Eine Achtzehn geht immer.*

Pawel Höchst hatte ein paar Runden Zeit, um zu rekapitulieren. Wenn man mit einer Zweieuromünze allein spielte, dann waren es genau fünf Runden. Er wollte sich nicht treiben lassen, er wollte erst aufhören, wenn er einen Favoriten hatte, der den Autor zu Tode geprügelt haben könnte. Vielleicht sollte er sich die ganzen Geständnisse von der grausamen Tat her ansehen? Vielleicht sollte er die mindergrausamen Vergehen aussortieren? Er traf eine dreifache Neunzehn und das dumme Gerät jaulte erneut auf, als hätte Pawel den Jackpot geknackt.

Ute kam tatsächlich, geschickt von der Mutter, um die Lage zu sondieren. Sie stellte Pawel, der kurz vor dem Ende der zweiten Runde war, einen Red Kiss hin. Er brauchte nur noch die doppelte Zwei zu treffen. Es war ein *Nur*, von dem versierte Darts-Spieler wussten, dass es sarkastisch gemeint war. Auch Pawel versuchte seit nun schon vierzehn Runden, das kleine schmale Feld oben rechts zu treffen. Sicher, die Achtzehn geht immer, die doppelte Zwei aber fast nie.

Er nickte Ute zu, musste erneut auf die großen und jungen Brüste sehen, und sagte: »Also ist noch Donnerstag. Red Kiss-Tag!«

Ute nickte und sah ihm ein wenig bei seinen Misserfolgen zu. Dass es Misserfolge waren, war älteren Männern zumeist fast egal, Hauptsache doch, jüngere Frauen bemerkten es – und ihn! Pawel versuchte es wieder, versagte aber erneut. Das Dumme an jungen Frauen war aber, dass sie zu wenig Geduld hatten. Pawel wollte seinen Erfolg am Automaten präsentieren, aber Ute ging schon wieder nach vorne. Er rief ihr nach, dass er gleich käme.

Kaum war sie weg, traf er, und es war für ihn nur ein schwacher Trost, dass Ute das automatische Siegergeheul noch deutlich hören musste. Die nächste Runde eröffnete er mit einem *Güni*, Zwanzig-Eins-Fünf, und schaffte dann einen *Heiko*, Neunzehn-Sieben-Drei. Es waren die einzigen Würfe, die eigene Namen hatten, weil irgendwelche ehemaligen Stammkunden sie immer geworfen hatten, von denen nichts mehr als ihr Name am Darts geblieben war. ›Immerhin‹, dachte Pawel, ›besser als nichts. Auf dich, Heiko! Auf dich, Güni!‹

Morgen fahre ich für ein paar Tage in die Messestadt Leipzig, wo ich eine Menge Kollegen kenne, die mit mir bestimmt feiern wollen. Ich kann diese Rostocker Trauer nicht permanent ertragen, das wird ja jeder verstehen, denn ich muss die ganze Tatsache um den Mord am Autor Richard R. Roesch ja aufbereiten. Es ist schwer für einen Menschen, bei all dieser Erschwernis seinen eigenen Charakter zu bewahren, seine eigene Stärke, seinen Lebenswitz und seine Wortgewandtheit. Es gab in den letzten Tagen Momente, da ich wie Richard dachte, da ich wortkarg wie Richard war. Gestern zum Beispiel wunderte man sich beim Basketball, dass ich so wenig rede und mich so wenig beteilige. Ich konnte darauf gar nicht mehr eingehen, denn wie soll man dem Normalo sagen, dass die größte Herausforderung am Schreiben eines Romans darin liegt, sich vorher die betreffende Autorenperspektive zuzulegen, was natürlich nur geht, wenn man die eigene Perspektive verlässt. Der ist nicht mehr der, den man kennt, der einen Roman schreibt. Er ist dann, wie es der französische Nationaldichter Arthur Rimbaud formulierte, ein Anderer.

So sieht's aus, aber nun kann ich ja wieder zurück ins eigene Leben. Jedenfalls bis zum ersten Mai, denn dann beginnt die Arbeit am dritten Teil dieses so außergewöhnlichen Kriminalromans, der in Memoriam für Richard R. Roesch geschrieben ist: Ich bin nur die Feder, ich bin nur das Papier, es gibt mich gar nicht, solange ich erzähle, erzähle – und erzähle.

Man muss mich ja noch nicht einmal mögen, das ist ja das Gute!

Dritter Teil – Haie im Heringsschwarm

Prolog, Erster Mai Zweitausendsiebzehn.

Heute war die Testamentseröffnung, von der ich nun gerade komme, um den dritten Teil dieser unglaublichsten Kriminalgeschichte zu erzählen, die Rostock je erlebt hat. Es waren nur wenige Menschen geladen, der Rechtsvollstrecker sprach sehr rücksichtsvoll und auch sehr angemessen, sodass die Überraschung, die in seinen Worten steckte, nicht ganz so explosiv wurde, wie es den Anschein gehabt haben könnte, wenn man nur die nackten Worte vor sich hat. Es kommt ja nie auf die Worte an, ein Schriftsteller weiß das, der Sinn der Worte entsteht erst im Satz, im Zusammenhang mit anderen Worten, die auch wieder in Zusammenhängen stehen. So wird die Sprache zum fiktiven Zeugnis unmittelbaren Lebens. Allein im Begriff des kleinsten Nenners der Sprache liegt so viel Wissen der Menschheit angehäuft: im Buchstaben, sofern er mit anderen verbunden wird.

Es war eine gute Rede, eine schöne Rede, sie war, wie schon gesagt, sehr angemessen, denn Richard R. Roesch war nicht einfach ein Dichter oder ein Schriftsteller, ein Autor oder ein Schreiberling. Er war in der langen Geschichte der Literatur der einzige seiner Zunft, der es in der Hansestadt Rostock ausgehalten hatte. Noch nie war ein Schriftsteller nach Rostock gekommen, um zu bleiben. Und noch nie hatte diese Stadt großartige Wortkünstler hervorgebracht, die geblieben waren. Richard R. Roesch war da anders als die Archivare Kempowski und Johnson gewesen, denn er brauchte nicht nachzählen, er brauchte nicht aufzählen, er brauchte nicht zusammenzählen, er konnte aus sich heraus schöpfen, fantasiebegabt und weltüberspannend. So, in etwa, sprach der Vollstrecker von Roeschs Testament, und vielleicht war ich vorhin der Einzige, der das alles in seiner Kühnheit, in seiner Weite und in seiner Tiefe begriffen hatte?

Anders als alle erwartet hatten, die anwesend waren, war Richard ein steinreicher Mann gewesen. Seine Arbeit hatte auch materiellen Erfolg gebracht. Wir erinnern uns an die vielen Tausend Euro, die er mit Literaturpreisen in ganz Deutschland gewonnen hat. Dazu wurden seine Kurzgeschichten immer wieder in Schulbüchern und in Seminaren verwendet. Stehen denn seine Novellen *Der Schimmel* und *Der Reiter* etwa nicht neben der vom *Schimmelreiter* des Husumers? Ich denke doch.

Er hatte hauptsächlich durch seine Kurzgeschichten so viel Geld angehäuft, dass es nun, da er es der Schallmauer vererbt hatte, dazu benutzt werden konnte, das arg geschundene Gebäude von Grund auf zu sanieren. Richard war ein sparsamer Mensch gewesen, der nie recht wusste, wie man sich amüsierte.

Vor etwa einem Vierteljahr, oder etwas länger, hatte Björn bei seinem Einbruch in die Stadt die Schallmauer genauso wenig wie die Frauenklinik bezwingen können, aber natürlich hatte er auch diesen beiden Gebäuden sehr zugesetzt.

Heute waren es überhaupt die beiden einzigen Häuser, die von der KTV noch übrig geblieben waren. Alle anderen Bauten hatten Björn oder die *Abrisskommission der Arbeitsgruppe Olympia*, die sich sofort nach dem Blizzard gegründet hatte, zerstört, deren Vorsitzender ein Oberbürgermeister war, der nur noch durch seinen Sprecher präsent war. Es hieß, er sei der längste Arm der Immobilienbranche.

Nun standen die Frauenklinik und die Schallmauer als einzige Gebäude unter Denkmalschutz und waren so auch dem Zugriff der Kommission entzogen, weil *Opi*, engster Parteifreund des Oberbürgermeisters und Besitzer der landesweit größten Medien- und Werbeagentur, dafür gesorgt hatte. Denn auch wenn sich alles änderte, so blieb doch auch einiges erhalten, wie es in einem mecklenburgischen Volkslied weise hieß.

Und wie weit- und hellsichtig Richard R. Roesch gewesen war, das zeigt genau dieses Testament, mit dem er den Erhalt der Fliegerkneipe garantierte. Hatte er tatsächlich ein Gespür für nahende Unwetterkatastrophen? Oder eines für das eigene plötzliche Ende? Wie kam es, dass er sein Testament zwei Wochen vor seiner Ermordung aufgesetzt hatte? Dazu äußerte sich der lyrisch begabte Vollstrecker leider nicht. Etwas blieb offen, als sich das Grab schloss, und das ist immer Boden für Spekulationen und für neue Kriminalgeschichten.

Steigt Richard eines Tages ins Geschäft um die Morde wieder ein? Sind da nicht schon ganz andere wieder *auferstanden aus Ruinen? Einer Zukunft zugewandt?*

Doch konnten drei Kurzgeschichten wirklich so viel Geld abwerfen? Als ich nach Hause ging, glaubte ich das nicht mehr ganz, denn auch ich bin ja in diesem Metier beruflich ansässig und unterwegs. Ich sehe jetzt aber auch, dass ich der Einzige bin, der da skeptisch werden könnte, und gerade weil ich der Einzige in Rostock bin, der ich die Stadt nach Beendigung dieses Manuskripts wieder zu verlassen gedenke, werde ich wohl dazu gar nichts sagen. Sie sind hier schon traurig genug über die schriftstellerlose Zeit, die ihnen nun wieder droht. Zwar kann man hier zum Dichter werden, Archivar J. deklarierte es mit großen Lettern, aber bleiben kann man hier nicht. Noch nicht.

Woher genau das viele Geld gekommen war, dass sich in einer feuerfesten Schachtel im Keller von Richards Neubauwohnung fand, wusste niemand so genau. Hätte der Hinweis nicht im Testament gestanden, man hätte den Hausrat wohl zur Müllkippe gebracht, die sich hinten am Dierkower Damm befand, zwischen der Straße und dem Gehlsdorfer Ufer, an dem man nun ganz hübsch flanieren kann. Hotels sind dort gebaut worden, von denen aus man einen schönen Blick auf die Stadt hat, wenn in ihr die Sonne versinkt. Dort findet sich auch jenes Bürogebäude, ein fünfstöckiger Plattenbau, saniert und gepflegt, in dem Richard R. Roesch sein kleines Schreibbüro hatte. Neben der Jugendvereinigung *Die Falken* von der SPD und unter den vielen Büros des Landesamtes, das für die Eingliederung von Vorbestraften verantwortlich war und immer wieder Fernsehkameras anlockte, wenn wieder einer ihrer Schützlinge rückfällig geworden war: eine scheußliche, tageslange Vergewaltigungsserie in unmittelbarer Nähe, eine brutale Ermordung im Landeshauptdorf von Mecklenburg und Vorpommern oder was auch immer.

Auch ein Vertreter der Gothaer Versicherung hatte hier sein kleines Büro, der schon so lange im Geschäft war, dass er nur noch regulierte, wenn einmal etwas reguliert werden musste. Was Pawel Höchst immer ein wenig gestört hatte, das war der Umstand, dass auch er sein Büro in diesem Gebäude haben musste, sodass er quasi unter ständiger Beobachtung seines Autors stand. Sicherlich, er stand Zeit seines Seemannslebens unter Beobachtung von Kapitänen und Offizieren, er kannte es nicht anders, und genau das ist ja auch der Grund, warum Männer zur See gehen: weil sie nicht selbst denken müssen, weil sie einfach nur da sein und zuverlässig sein müssen.

Aber hier an Land hätte Pawel es gern mal mit der Selbstständigkeit probiert, ob er sich dazu zwingen kann, das werden wir vielleicht zukünftig sehen, denn ich gedenke nicht, ihn an der langen Leine zu führen. Jedoch bin ich guter Hoffnung, dass Richards Figuren nun auch selbstständig die Fälle lösen können, zu denen sie in Rostock und Umgebung gerufen werden. Doch Vorsicht! Anfragen verpflichten zur Zahlung eines Vorschusses!

So gesehen ist ja die ganze Welt Rostocks Umgebung, aber das wäre kein hiesiges Denken.

Es wäre auch keine mecklenburgische Art und Weise, einen Menschen nach der Herkunft seines Geldes zu befragen. Die Schachtel stand unter vielen Zeitungsstapeln. So viel ist sicher. Es waren die kompletten Jahrgänge Neunzehnhundertfünfundsiebzig bis Neunzehnhunderteinundachtzig der renommierten Ostsee-Zeitung, die damals die ganze Zehntel-DDR ›Nord‹ mit einer Meinung belieferte, sodass man sich hier nicht mehr selbst mit all den Problemen herumärgern musste und an den Fließbändern noch härter am Landesaufbau arbeiten konnte.

Nach kurzer Einsicht der Zeitungslage kann ich sagen, dass es Richard R. Roesch um alle Vor-, Neben-, Haupt- und Nachberichte über die große Winterkatastrophe Achtundsiebzig-Neunundsiebzig gegangen war, während der hier im Nordosten Tausende Menschen Erfrierungen erlitten, Hunderttausende von der Versorgung abgeschnitten waren und wegen der Millionen von Menschen vor einem Vierteljahr ernsthafte psychische Störungen davontrugen, als Björn hier einmarschierte und böseste Erinnerungen auffrischte. Wie man so weiß: *Gebrannte Kinder scheuen das Feuer.*

Der Winterblizzard von Zweitausendsiebzehn habe nur einen Bruchteil der Katastrophe von Achtundsiebzig-Neunundsiebzig gedauert, aber die Intensität sei die gleiche gewesen, meinten die Alten und Weisen von Rostock. Und die Alten und Weisen mussten es schließlich wissen, denn sie sind alt und weise.

Überschwemmungen gehören fast schon zum Tagesgeschäft der am Wasser wohnenden Menschen; aber ein Blizzard? So etwas kennt man hier nicht, noch nicht. So etwas ist neu, noch neu.

Das Schlimme ist ja nicht, dass man auf Sand baut, das Schlimme ist ja, dass der Sand immer in Wassernähe ist. Es gibt Gegenden, da sieht man es nicht gleich, da ist es tief unten oder so weit oben, dass es sich nur einmal im Jahr zusammenbraut, aber, das wissen alle, die vom Meer leben, das Wasser hat immer recht.

Was auch der Grund dafür ist, dass die meisten Häuser Holzdächer haben, denn so kann man das Holzdach immer noch in letzter Sekunde umdrehen und als Arche für das liebe Zuchtvieh nutzen. Unter Strohdächern wohnen zumeist Fischer und Künstler, die sich in ihren Arbeitsbeschreibungen oft ähneln. Immer haben sie Boote.

Bis auf die Schallmauer bekam niemand etwas vom Vermögen Richards ab, da war das Testament sehr eindeutig. Er hatte auch nicht gefordert, es nur für die Instandhaltung einzusetzen, es sollte *frank und frei* unter den Stammgästen des Donnerstags verteilt werden.

Doch eine sehr noble Geste, wie ich finde, auch wenn sie den kleinen Makel hat, dass so auch der Mörder etwas vom Hab und Gut des Ermordeten abbekommt, noch dazu: ganz legal.

Aber das konnte auch, wie man am nächsten Stammtisch wohl feststellen wird, wenn ordentlich gefeiert und auf Richard angestoßen wird, sein ganz spezieller Humor gewesen sein. Denn jetzt sagen plötzlich alle: *Richard R. Roesch war ein guter Kumpel und ein lustiges Kerlchen.*

Für mich aber tut sich nun, da alles aufgeklärt und archiviert ist, was mit seinem Tod zu tun hat, die Frage auf, ob Richard R. Roesch wusste, was ihn erwartete.

War er an diesem unheilvollen sechzehnten Februar Zweitausendsiebzehn im Bewusstsein, sterben zu sollen, in seine Stammkneipe gekommen? Wenn das wahr war, dann war Roesch wirklich einer der genialsten Krimiautoren, der selbst Lady Christie in den Schatten stellt. Denn dann hat er alles vorbereitet und instruiert, dann hat er auch mich instrumentalisiert, der ich von Leipzig angereist bin und hier nun einen Job zu machen habe, der ungewohnt für mich ist. Vielleicht hat er das alles nur inszeniert, um mich scheitern zu sehen. Zuzutrauen wäre ihm das, diesem alten Haudegen! War er so ort-, wesen- und zeitlos, kurzum so genial unauffällig?

Geht es hier nicht um das Scheitern der Hauptfiguren, sondern um das seines Stellvertreters, der doch auch sein Vorgesetzter war? Ich möchte es fast glauben. Gab es schon je einen Kriminalroman, in dem der Mörder nicht überführt wurde, weil der Autor selbst vor dem Romanende im Roman starb? Man kann sich eben nie sicher sein, bei rein gar nichts, was sich *Literatur* nennt. Überraschung auf jeder Seite.

Vielleicht hat Rostock tatsächlich ein Genie beherbergt, ohne es zu wissen, auf jeden Fall aber wird die Beantwortung dieser Fragen entscheidend für den Verlauf dieses Krimis sein, und bevor ich hier weitermache, muss ich zu einem eigenen Standpunkt kommen. Ich will es dem toten Richard nicht zu leicht machen.

Fünfzehntes Kapitel, Siebzehnter Februar Zweitausendsiebzehn.

Es heißt, Belletristikschriftsteller würden die Leser von Kriminalromanen überfordern, aber daran glaube ich nicht. Der Kriminalroman ist der Gesellschaftsroman von heute. Letztlich gibt es nur eine einzige Literatur und wir alle sind ihre Bewohner. Sicherlich möchte ich auch nicht bei dem lichtscheuen Gesindel hausen, bei dem Richard R. Roesch sich so zu Hause fühlte, aber muss es nicht auch jene Viertel geben?

Na gut, weiter geht's, ich bin hier ja nicht das Thema. Es passiert übrigens nichts, wenn Sie die Prologe und Epiloge überspringen. *Sie brechen sich bloß die Haxen.*

Vorsicht: Stufe.

Ähnlich einem Höllenhund aus dem wahren Märchen vom Soldaten und dem Feuerzeug jaulte Björn beständig und routiniert in seiner Höhle, die er sich unter den Wurzeln seines eigenen Eis- und Schneebaumes geschaffen hatte.

Zu dieser Höllenhöhle war Rostocks Innenstadt verkommen. Es gab keine Auswege mehr, keine Schleichpfade, die noch begehbar waren. Die Herrschaft war totalitär. Selbst das Museum zur Erinnerung an die Staatssicherheit hatte die Pforten verschlossen.

Gemeinhin fragte man sich, woher denn der tapfere Soldat mit seinem Feuerzeug kommen sollte, um sie alle zu retten? Von oben mit einem Seil etwa? War er aus einer Eliteeinheit?

War Rostock das wahre Vineta? Ging nun alles unter? Aber waren denn sie, die ehrwürdigen Hanseaten wirklich so überheblich gewesen, dass sie nun derart bestraft werden mussten? Sie waren in den Tiefen ihres Herzens doch Mecklenburger! Schon immer gewesen, Tausende von Jahren.

Es war ein schmächtiger Student aus dem Ruhrpott, vorlaut und hibbelig, den es in den Bunker unterm Wendländischen Schilde verschlagen hatte, in höchster Not und eher zufällig, denn der Eingang befand sich, für nur wenige be-

kannt, an der Seite des Kirchenschiffs, da, wo der Tunnel über die schmale Straße geht. So, jetzt ist es verraten.

Dieser Student war es, der unter großem Kältebibbern seine Entdeckung kundtat, die die ganze Mittelaltergeschichte des Ostseeraums aus den Angeln hob. Die ganze Historie musste neu erzählt werden, denn er erklärte: Vineta, das sei niemals nur eine einzige Stadt gewesen. Vineta, das sei schon immer Sinnbild für die ganze Hanse gewesen, denn diese ganze Hanse war überheblich und presste die Landbevölkerung und die Landbesitzer aus. So lange sie existierte, existierte sie lediglich auf den Schultern der Landarbeiter und Landbesitzer.

Es waren überall auf der Welt Hanseaten, die sich über die anderen Einwohner lustig machten, sie verhöhnten sie: Die Hanse sei ein Krebs, den Gott schließlich besiegt habe! Dafür stehe Vineta, für nichts anderes. Gepriesen seien die Schöpfer.

»Amen, denn das allein ist wahrlich wahr! So wahr ich hier sitze und zittere«, so schloss dieser Student der Theologie, der gesandt worden war, wie er selbst erklärte, von weit her.

Und nun kam Björn, uns daran zu erinnern, damit der neue Hansebund nicht die Fehler des alten machte. Er ist keine Strafe, er ist eine Warnung vor einer Strafe.

Verblüffung unterm Kirchengebäude, denn niemand hockte dort, der dem nicht zustimmen konnte. Und auch wenn alle Windkrafträder, alle Fernsendemasten und alle Strommasten schon lange umgeknickt und weggeworfen waren, das uralte, unterirdisch verlegte Netz der Festnetztelefone hielt. Und mit ihm besprach man sich von Bunker zu Bunker, bis schließlich die Nachricht von der Warnung vor einer neuen Vinetahansestrafe das Funkhaus in Plathe erreichte, das tapfer und unter größten Entbehrungen immer weiter sendete, sodass man auch in der Schallmauer diese neue Nachricht von Antenne MV vernehmen konnte, denn Uta hatte den Radiosender kurz eingeschaltet; wie immer am Ende einer vollen Stunde. Man lauschte und trank in kleinen Schlucken.

»Da kannst du mal sehen«, sagte Friedrich, einer der strafversetzten jungen Soldaten, »wie dumm die Wissenschaftler sind! Wir müssen ihre Ausgrabungen auf Usedom und in Franzburg bewachen und die buddeln am völlig falschen Ende!«

»War das wegen Vineta?«, fragte Franz. »Stimmt, der Einsatz heißt ja *Vineta Sulu eins*.«

»Aber recht muss dieser junge Student schon haben«, mischte sich Norbert, einer der Stammkunden innerhalb der Stammkundenrunde, ein. »Ich meine, auf die Hanse waren doch all die Landarbeiter sauer, weil die ihnen die Preise diktierten und nicht zuließen, dass man als ehrlicher Bauer oder Landgraf woanders verkaufte. Ganz klar, dass die es sich wünschten, die ganze Hanse würde untergehen und endlich mal verschwinden. Das Volk konnte nur gewinnen, wenn es die Volksvertreter verlor.«

»Ich frag mich nur, warum darauf in all den Jahren niemand gekommen ist«, sagte sein rechter Sitznachbar, worauf sich Friedrich wieder einmischte: »Na, hab ich doch schon gesagt, weil Wissenschaftler dumm sind! Keine Ahnung vom Alltag und vom Leben! Und also von gar nichts eine Ahnung.«

Darauf ließ sich trinken, entschied die Mehrheit der Stammgäste. Man hob die Gläser, prostete sich in der Luft zu, ohne sich gegenseitig in die aufgedunsenen und verquollenen, vernarbten und verpockten Gesichter sehen zu müssen, denn wegen der Aussicht auf guten Sex hob hier niemand mehr den Hintern hoch. Sex sei doch vor allem immer eines: anstrengend. Bis auf die Jungs vom Fliegerhorst Laage natürlich, von dem aus einst die ersten Düsenflugzeuge der Welt gestartet waren, wie es groß am oberen Bord der Theke stand.

Überhaupt gab es wenig Vertrauen, wenig Freundschaft und wenig Beziehung hier, viel weniger, als Kevin auf den ersten Blick vermutet hatte, als er eingetreten war.

Jetzt stellte er fest, dass auch diese Stammkundenrunde dadurch aufrechterhalten blieb, sich nicht mit persönlichem

Kram verunreinigen zu lassen. Sogar Pawel und Stephanie, die sich zu mögen schienen, überschritten keine Grenze einer Annäherung. Nach und nach begriff Kevin, dass Unpersönlichkeit eine gute Möglichkeit war, im Alkohol zu überleben. Vertrauensfreundschaftsbeziehungen gab es zu Hause und überall sonst doch zu Genüge. Das alles musste man nicht auch noch hier haben.

Wer Bier trank und einem Fußballspiel zusah, wollte nicht wissen, ob der neben einem gerade seine Frau verloren hatte; er wollte nur wissen, ob derjenige einen Flaschenöffner hatte und ob er meinte, dass das gerade Abseits gewesen sei. Oder eher doch nicht.

Doch wie lange würde das hier und jetzt Bestand haben? Kevin sah sich die Gesichter an. Er spürte, dass die Sorge um die Familien immer heftiger wurde. Nein, diese Männer hier waren ganz sicher nicht für die Schauspielerei gemacht.

Sie waren hier eingesperrt. Hinzu kam, dass einer von ihnen ein Mörder war. Ein heimtückischer, heimlicher, heimatloser Mörder. Irgendwann würden die ersten Männer anfangen, persönlich miteinander zu reden, vielleicht sogar unter vier Augen, und von Pawel wusste Kevin, dass das für das Klima an Bord eines Schiffes, in der Zelle eines Gefängnisses und an der Theke einer Kneipe voll nach hinten losgehen konnte.

Den Kerlen, die sich lange nicht bewegt hatten, tränten die Augen, weil der Zigarettenqualm im Raum stand. Die Lüftung war ausgefallen, aber niemand konnte mit dem Rauchen aufhören.

Es gab zwar ein paar Nichtraucher, arme Gesellen, glaubte Molle, die tatsächlich meinten, hier mit reiner Lunge herauszukommen, aber sie waren viel zu wenige. Er dachte: ›Wer im Mist wühlt, braucht nicht zu glauben, dass er nachher noch nach Rosen duftet.‹

So, oder so ähnlich hatte es in dem einzigen Krimi gestanden, den er je gelesen hatte. Er hieß: *Die Meute*. Das hatte Molle gefallen, der sich permanent von Meuten umgeben fühlte. Es stand auch noch eine ganze Reihe anderer schlauer Sätze darin. Molle hatte sie nur gerade vergessen.

Auch sein Gehirn schaltete inmitten der Sauerstoffarmut herunter. Vielen der Männer hing der Kopf auf halb acht, aber noch wurde getrunken, und nur die wenigsten nuschelten oder lallten leicht, soweit Molle das beurteilen konnte, wie er es sich selbstkritisch eingestand, denn allzu scharf konnte auch er nicht mehr urteilen.

Hätten sie nicht so viel geraucht, hätten sie die ganzen Körperausdünstungen riechen müssen, die fast greifbar wurden. Da war das Rauchen dann vielleicht doch besser.

Die Heizung konnte nicht heruntergestellt werden, weil die Heizkörper keine Ventile hatten, die Fenster und Türen konnten nicht geöffnet werden, weil der Frost den Schnee vor ihnen aufgetürmt hatte, und niemandem fiel etwas ein, um diese Atmosphäre zu verbessern, bis es die junge Ute mit ihren großen, neu gemachten Brüsten war, die kurzerhand Parfumspray im Raum verteilte. Weil sie dabei lächelte, beschwerte sich keiner der Männer, die mit Spray angestrahlt wurden. Sie husteten grinsend, was bei einigen von ihnen sehr altersweise aussah, wie Kevin Hilbig meinte.

Später, als das private aufgebraucht war, sprühten Ute und Uta mit dem Raumspray, das für die Toiletten gedacht war: *Fichtennadeltraum* neben *Zitronentraum* und *Kirschtraum*; darin gefangen, die Horde Kerle, die so ihre eigenen Träume hatten. Kevin sah ihnen dabei zu.

Es wurde aber durch das Sprühen nicht besser. Die Stimmung sackte immer mehr ab. Kevin war froh, als er den Darts-Automaten nicht mehr jubilieren hörte und Pawel wenig später endlich im Hauptraum auftauchte.

Sofort stellte Kevin sich an Pawels Seite, der nachdenklich einen Schluck Dunkles nahm. Kevin sagte: »Auf uns!« Alle sahen ihn an. Er aber stand mit erhobenem Glas da, willens, Fakten zu schaffen. »Wir sind hier an der Theke zusammengekommen, um den genauen Todeszeitpunkt zu ermitteln. Das heißt, die Spanne, in der der Mord begangen worden ist, abzustecken. Darum bitte ich alle, genau zu überlegen, was ihr selbst, wichtiger aber, was euer Sitznachbar in folgender Zeitspanne gemacht hat: zwischen zwanzig Uhr und zweiundzwanzig Uhr fünfzehn. – Wir wollen alle Aussagen öffentlich vergleichen.«

»Warum da?«, fragte Robert.

»Um zwanzig Uhr ging Maik am Zigarettenautomaten vorbei, ohne auf eine Leiche zu stoßen. Um zweiundzwanzig Uhr fünfzehn wollte Oleg am betreffenden Automaten vorbeigehen, stieß jedoch bedauerlicherweise auf eine Leiche.«

Pawel hob den Zeigefinger und sagte: »Bedauerlicherweise! – Also, fangt an und berichtigt euch gegenseitig.«

Mark sagte: »Ich gebe eine Runde Myrthe aus! Ich finde, das ist eine gute Idee.«

»Also, du meinst jetzt, zwischen acht und viertel elf?«, fragte Falk, woraufhin einer der Soldaten genervt meinte, ob Falk es denn noch schriftlich haben wolle.

»Wäre nicht schlecht«, sagte Falk. »Aber pinkeln war ich erst gegen halb zwölf, das weiß ich ziemlich genau, weil du dann endlich mal die Treppe wieder freigegeben hast, Pawel. Das ist sicher. Du und Kevin.«

»Und gegen halb zwölf war ziemlicher Betrieb auf dem Klo, weil alle endlich mal wieder pinkeln konnten«, sagte Egbert. »Ich meine, wer war da nicht unten?«

»Gut, Falk, das ist aber noch kein Freispruch. Ich brauche ein Alibi von dir. Was hast du genau in der Zeitspanne gemacht, in der der Mord stattgefunden hat? Präzise!«, forderte Kevin, der sich entschieden hatte, jetzt auch einfach alle zu duzen.

»Ich kam ja erst gegen halb neun. Uta hat mir wie immer meinen Drink hingestellt, dann hab ich die Runde gemacht und alle per Handschlag begrüßt, wie immer. Als ich bei Thomas war, da hat er gerade telefoniert. – Thomas, wie spät war es da? Musst du doch noch wissen. Du hast doch telefoniert!«

Thomas nickte und sagte, dass man das mit seinem Handy gut nachprüfen könne, Pawel müsse es nur aus seiner Schatzkiste holen. Er sei sich aber sicher, dass es zehn nach zehn gewesen sei. Er wisse es darum so gut, weil die Kleine, mit der er telefoniert habe, unbedingt auflegen wollte, weil bei RTL das Dschungelcamp begann, das sie unbedingt sehen wollte. Der neue Winfried hatte wohl die neue Larissa verhauen, aber wichtiger sei, dass die Kleine, mit der er telefoniert habe, sehr, sehr, sehr heiß aussehe. Er endete mit der Geste der verbrannten Hand.

»Genau, das war die Zeit«, sagte Falk. »Und Thomas war der Letzte, dem ich die Flosse auf die Schulter geknallt habe. – Auch wenn die Stimme, die er da am Ohr hatte, überhaupt nicht heiß klang. Eher sehr, sehr, sehr müde.«

»Okay, okay«, sagte Pawel. Er ließ sich von Uta einen der schmalen, kleinen Bestellblöcke geben, schrieb schnell alle Namen darauf und strich Thomas' und Falks durch. Dann sagte er: »Weiter auf der Leiter!«

Er sah zu den fünf Bikern: »Und ihr?«

Er versuchte, seine Stimme so neutral wie möglich klingen zu lassen, aber eine Spur von Aufgeregtheit hörte er selbst heraus: Man fragte Rocker eigentlich nicht nach Alibis, das wusste jeder.

Mark sah Pawel fest an. Dann sagte er: »Um halb acht waren wir unten an der Tanke, wie jeden Donnerstag, um unseren Schotter abzuholen, der uns zusteht. Wir holen da einfach unseren Wochenschotter ab.«

»Euren Schotter?«, fragte Ex-Polizeianwärter Kevin Hilbig mit langer Leitung.

»Frag nicht«, fuhr Robert dazwischen, der nicht nur einer der drei Besitzer der Schallmauer war, sondern auch der Rechtsanwalt der Gang Ewiger Frieden und einiger anderer Gangs auch.

Jetzt verstand Kevin sofort: »Ach so! Euer Schotter! Na, klar, euer Schotter!«

»Mit unserem Schotter, der uns zusteht, sind wir dann direkt hierher gekommen. Da begann der Schneesturm gerade. Wir haben die *Stühle* draußen aufgebockt und sind dann hier rein. So war das. – Und dann gab es die erste Runde Bier.«

»Wir sind genau um acht Uhr hier rein«, fügte Hassan an. »Das weiß ich, weil die olle Glocke von Margarete losmachte. Die vom Margaretenpfarrer, der uns mit seiner Glocke tyrannisiert und das auch noch heilig findet. Elender Dreckskerl. – Der mit seiner Glocke, das macht der aber auch nicht mehr lange, das sag ich euch. Wenn der nicht bald mal friedlich in seiner Kirche wird, dann kommt Friede über seine Kirche, ein *Ewiger Friede*! Glaubt das, glaubt das ruhig. Morgens und abends um acht Uhr anständige Leute nerven, das ging früher nicht. Glaubt wohl, die neue Staatsmacht zu sein, oder was! Ewiger Friede, ich sage, ewiger Friede.«

»Okay, okay, schon gut! Und dann?«, fragte Pawel. »Wie ging es weiter? – Männer, jetzt nicht nachlassen.«

»Dann kam auch gleich der Picklige und hatte erst mal unsere ganze Aufmerksamkeit. Wir saßen an unserem Tisch und sind dann zur Theke gekommen, als der Picklige seine Pistole auf den Tresen gelegt hat. Und diese lächerlich winzigen Patronen, mit denen er wohl Mäuse erschrecken wollte«, sagte Lu.

»Stimmt«, sagte Molle. »Der Picklige! Wann ist denn der hier rein, Uta? Das musst du doch wissen.«

»Woher … Woher soll ich das wissen? Ich weiß gar nichts mehr, rein gar nichts. Ich zapfe hier nur, und gut ist.«

»… die Zeituhr vom Safe, wo du seine Knarre eingeschlossen hast. Guck nach, wann du ihn geöffnet hast. Dann legen wir die Uhrzeit seines Kommens ein wenig vor das Schließen des Safes. – Und gut ist«, sagte Molle.

»Ihr könnt mich auch direkt fragen«, sagte der Fremde beleidigt. »Noch lebe ich.«

Er mochte es nicht, wie Luft behandelt zu werden, aber das interessierte hier niemanden mehr groß. Was er mochte und was er nicht mochte, das war hier allen egal. Maik fühlte sich genötigt zu sagen, der Fremde sei selbst schon halbtot.

»Ach so, mach ich. Moment«, antworte Uta Pawel, ohne auf den Einwurf des Fremden zu achten.

»Also ward ihr fünf die ganze Zeit hier oben«, sagte Pawel, der die Namen der Biker mit einem Bedauern durchstrich.

»Ja, das kann ich bezeugen«, sagte einer der Stammgäste, die immer zusammenhockten. »Die fünf haben mich hier ganz schön eingequetscht. Ich dachte die ganze Zeit nur immer, wann setzen die sich endlich wieder an ihren Tisch. Wann setzen die sich nur wieder an ihren Tisch. Wann setzen …«

»Verstehe«, sagte Pawel.

»Also, die Uhr zeigt an, dass ich den Tresor um einundzwanzig Uhr fünfundfünfzig geöffnet habe.«

»Dann ist der Picklige kurz nach zehn kopfüber am Fenster hängengeblieben«, sagte Stephanie. »Ich glaube, das nennt man dann wohl ein Alibi. Schade eigentlich.«

»Ja, schade, aber das war die Zeit, als Roesch zusammengefaltet und totgeschlagen wurde«, meinte Fabian, der stillste der Soldaten, »denn da waren wir alle abgelenkt, wir starrten doch alle, um uns den Pickligen anzusehen, wie er sich vor dem Schnee machte. Und die meisten haben doch dann eine geraucht: draußen! – Da war die Tür noch auf.

Und es gab noch Frischluft!«

»Stimmt«, sagte Biberkopf. »Also zweiundzwanzig Uhr bis zweiundzwanzig Uhr fünfzehn. Schon besser. – Aber kann man einen Menschen in zehn Minuten totmachen?«

Es war Falk, der gelassen nickte: »Mit den richtigen Schlägen dauert es keine zehn Sekunden, oder Johannes?«

»Stimmt.«

»Wer blieb drin, als wir alle raus sind, um eine Zigarette in Freiheit zu rauchen? – Mann, hätte ich das gewusst, dass es die letzte draußen war, ich hätte sie genossen«, sagte Falk. »Richtig, richtig genossen, aber so richtig.«

»War Roesch nicht auch draußen? Ich glaub fast, der war auch draußen.«

»Nein, oder doch?«

»Keine Ahnung.«

»Ich sehe nicht mehr durch! – Uta, machst du mir noch einen Whisky mit Honig? Ich sehe nicht mehr durch.«

»Mir auch. – Sieht keiner mehr durch.«

»Sind wir hier die Detektive, oder was? Machen wir jetzt den Job von euch, oder was?«

»Der Roesch war nicht draußen, der ist hier geblieben, der saß da in seiner Ecke und starrte in sein schales Bier. Wie immer. Der hatte doch nur schales Bier gehabt.«

»Sicher?«

»Ziemlich sicher.«

»Aber du selbst bist doch raus.«

»Ja, aber da saß er noch in seiner Ecke.«

»Dann weißt du doch gar nicht, was er gemacht hat, als du selbst raus bist.«

»Er war pinkeln«, sagte Ute, die die ganze Zeit geschwiegen hatte. »Das weiß ich genau, weil ich hier drin geblieben bin. Eine von uns muss immer auf die Kasse aufpassen. Uta ist raus mit euch und ich habe hier ein paar Gläser gespült. Roesch hat sich vom Barhocker losgemacht und ist runter zum Klo. Ganz sicher. Ich weiß noch, wie ich dachte, ›der kommt ja gar nicht mehr wieder! Wo bleibt der nur?‹ Da ward ihr ja alle längst schon wieder raus aus der Scheißkälte. Und der Fremde hing immer noch kopfüber, aber dann habt ihr ihn losgemacht.«

»Und recht solltest du gehabt haben. Er kam nicht mehr wieder«, sagte Pawel. »Aber wer ist ihm gefolgt? Das musst du doch auch gesehen haben.«

»Wie denn? Die Spüle geht zur Tür, die Klotür ist in meinem Rücken. Ich hab nichts gesehen, ich hab nur gehört, wie sie noch mal zugeschlagen wurde.«

»Aha«, machte Falk mit großen Augen.

»Was heißt hier: *Aha*?«, fragte Maik nervös.

»Na, einfach aha. Aha heißt aha. Ich wollte mal aha sagen.«

»Du bist mir schon so ein Aha!«, sagte Maik kopfschüttelnd. »Mann, jetzt ist hier kein Platz für dumme Falk-Witze. Wir müssen den Mörder klarmachen.«

»Ute, das ist jetzt wichtig«, sagte Pawel. »Was hast du noch gehört? Die Tür ging zu, das hast du gehört. Und unmittelbar davor oder danach? Ute, konzentrier dich.«

»Ja, konzentrier dich«, maulte der Unbekannte. »Ich will endlich mal nach Hause. Du musst doch was gehört haben. So jung, wie du bist.«

Es gab niemanden in der *Schalle*, der sie nicht ansah. Und es gab nur einen, der es mit Unbehagen tat. Pawel versuchte, in den Gesichtern zu lesen.

Aber nirgends stand Panik geschrieben, Angst oder Zorn. Überall nur Ungeduld, Müdigkeit oder stumpfe Langeweile.

Das sollte sich aber in dem Moment ändern, als Ute sagte, sie habe tatsächlich etwas gehört. Dann fügte sie an: »Aber das kann nicht sein! Das kann ganz und gar nicht sein. DM, du doch nicht? Das kann nicht sein.«

»Was hast du gehört?«, fragte Kevin, der einen ganz guten Draht zu Ute und Uta bekam. Er merkte es deutlich. Ute hatte ihn schon vor einiger Zeit wahrgenommen und warf immer mal wieder einen Blick zu ihm.

»Jemand hat hinter mir gesummt. Ein Lied. Es war ein Teil von *Everything Counts*. Ich glaube, der Refrain. – Klar, ganz sicher, das war vom Refrain … Depeche Mode.«

»Gibt es ja gar nicht! Du, Thomas!«

»Unser Depeche Mode-Fan, ich glaub es nicht«, sagte Mark und machte sich schon mal vorsorglich auf, die Tür zu sichern, ehe ihm einfiel, dass sie ja verschlossen war.

»Wie kommst du darauf, Ute? Ich war auch draußen, um zu rauchen. Pawel hat mich doch gerade von seiner Liste gestrichen.«

»Du warst auch draußen? Ich denke, du hast telefoniert? Ich denke auch, du wurdest an der Theke von Falk begrüßt?«, fragte Pawel messerscharf und scherenspitz. »Hat er doch selbst gerade ausgesagt, Mann!«

»Ja, habe ich ja auch. Ich meine, nachdem ich Falk begrüßt habe. Wir sind dann beide raus und haben von irgendwem eine Zigarette bekommen. Wer hat uns eine spendiert?«, fragte der Privatinvestor, für den es nie ein Problem war, sich Geld zu besorgen. Pawel dachte: ›Bei Alibis hat er wohl keine so glückliche Hand. Die sind ja auch meist teurer.‹

»Ich war ganz bestimmt nicht in der Scheißkälte. Das wüsste ich aber. Ich bin drin geblieben«, sagte Falk, und Molle bestätigte das, der sich nun genau daran erinnerte, wie er sich an Falk vorbeiquetschen musste, als er auch schnell vor die Tür wollte.

»Wieso hast du denn Roesch kaputt gemacht?«, fragte Ute. »Was hat dir denn der arme Spinner getan? Der hatte doch keinen roten Heller übrig.«

»Hab ich doch gar nicht«, sagte DM. »Ganz bestimmt nicht. Ich hab ihn nicht kaputt gemacht. Was soll ich mit seinem Geld? Wenn ich Geld brauche, dann hab ich es in einer halben Stunde! Geld zu besorgen, das ist für mich gar kein Problem. Nie eines gewesen. – Was ist mit euch los?«

»Erzähl das den Bullen, aber wir sind nicht die Bullen«, sagte Mark und stieß Hassan an.

Die Biker machten sich auf, DM gefangen zu nehmen, aber da waren schon wieder die fünf Soldaten schneller. Sie drückten ihm den Kopf auf den Tresen und drehten ihm die Arme auf den Rücken.

Einer von ihnen sagte: »Mit dem uns vom Staat verliehe- nen Recht nehmen wir Sie vorläufig fest.«

»Geil«, sagte der Unbekannte, »dann können wir endlich nach Hause? Das wird ja auch Zeit. – Rollen denn die Schneefräsen schon? Habt ihr was gehört?«

»Nicht so voreilig«, sagte Pawel. Sein Blick schweifte umher, blieb aber nirgends hängen.

Er schrieb auf einen neuen Zettel DMs Namen. Dann sagte er, er wolle erst alle anderen ausschließen: »Es hat sich nichts geändert. Ihr müsst mich alle von euren Alibis überzeugen. Wer weiß, ob er ein Einzeltäter war, oder was? Also, machen wir weiter.«

»Und mich müsst ihr auch überzeugen«, sagte Ex-Polizeianwärter Kevin Hilbig.

Es waren nicht wenige, die aufstöhnten und sich auf die Barhocker zurückfallen ließen, aber mehr kam bei der gemeinsamen Befragung nicht mehr heraus.

Der eine verdächtigte zwar noch den anderen, man sprach Zweifel laut aus, aber die Schwarmintelligenz der Gruppe sorgte dafür, dass die Einzelnen so dargestellt wurden, wie sie waren. *Ein Hering bleibt ein Hering, und ein Hai bleibt immer ein hungriger Hai.*

Niemand von ihnen schien noch etwas zu verbergen, es war tatsächlich wie bei einem Heringsschwarm, stellte Pawel fest: Die einzelnen Tiere reflektierten und blendeten, aber sobald man sich einen herausnehmen wollte, drehte sich der ganze Schwarm um sich selbst, sodass man niemanden zu greifen bekam; bis auf den, der kein Hering, sondern ein Hai war! Was bliebe, sei die schillernde Wahrheit der ganzen Gruppe, meinte er, obwohl das ein für Pawels Horizont doch sehr lyrischer Gedanke war.

Pawel konnte es noch immer nicht ganz verstehen. DM war wegen eines Liebesverhältnisses zur Tochter seines Stiefsohns angeklagt, dann aber aus Mangel an Beweisen freigesprochen worden. Das war sein Hintergrund. Für Pawel passte das nicht mit dem Mord zusammen. Dieser Thomas, der nur auf junge Mädchen aus war, sollte den alten Roesch erledigt haben? Normalerweise schaute der so einen Mann noch nicht einmal an. Falk ja, oder einer der fünf Rocker, aber doch nicht DM. Der war nur hinter Geld und Mädchen her. Der war harmlos.

Während die Diskussion über die fragliche Viertelstunde immer mühsamer und spitzfindiger wurde, während plötzlich in fast allen Beteiligten ein Detektiv erwachte, schüttelte Privatdetektiv Pawel Höchst nur hin und wieder den Kopf.

Er hatte sich aufs Zuhören verlegt, bis er die übernächtigte Meute schließlich zur Räson brachte: »Schluss jetzt, ich glaube euch ja, dass DM hier keinen Gehilfen mehr hatte. Ihr habt euch alle ganz hübsch selbst überwacht. Erstaunlich, was dabei rumkommt, wenn man euch mal eine Aufgabe gibt. Das hat Kevin gut eingefädelt. Ich denke, er und ich, wir werden uns jetzt mal mit DM ins Verhörkabuff zurückziehen.«

»Ich hab den alten Trottel nicht alle gemacht«, sagte DM zum wohl Tausendsten Mal, den Kopf immer noch mit der rechten Gesichtshälfte auf dem Tresen.

Friedrich, der stillste der Soldaten, der DM am Genick festhielt, sagte: »Schnauze, Mann! Wir wollen endlich nach Hause! *Wer einmal lügt, dem glaubt man nicht, und wenn er auch die Wahrheit spricht.* Merk dir das lieber, alter, armer Mann.«

»Aber wenn ich es doch nicht war!«, flüsterte DM. »Ihr werdet es noch so bereuen, den falschen Mann erwischt zu haben. Was ist, wenn noch jemand von uns umgebracht wird? Was dann?«

»Was dann?«, fragte Friedrich höhnisch zurück. »Dann wissen wir, dass du es nicht warst. Ist doch logisch.«

Alle lachten, obwohl der Flieger das gar nicht lustig gemeint hatte. Er grinste aber doch, denn Anpassung war die beste Tarnung, das wusste er genau.

»Bring ihn uns mal nach hinten ins Zimmer«, sagte Pawel. »Und kette ihn ruhig an den Stuhl an der Wand an. Wir kommen dann gleich nach.«

Der Soldat nickte, riss DM brutal nach hinten weg, so sehr, dass er vom Barhocker rutschte und das Gleichgewicht verlor, wobei sein Bewacher ihn aber festhielt und sagte: »Hier geblieben!«

Er bog DM die gefesselten Arme ein wenig hoch und führte ihn ab. Die anderen Stammgäste schüttelten geschlossen den Kopf und Ute sagte für alle: »Wer hätte das gedacht! Erst der Picklige, dann DM. – Was kommt heute noch alles auf uns zu? – Den armen Richard nicht zu vergessen.«

»Mach mal Radio an«, sagte Biberkopf. »Vielleicht haben wir wieder guten Empfang und vielleicht gibt es Gutes zu berichten.«

Es war kurz vor zwei Uhr nachts. Gerade liefen die letzten Werbespots, dann kamen die Nachrichten auf Antenne MV: Björn war schwächer geworden, aber er war noch immer stark genug, um bei Ribnitz-Damgarten die Brücke zu zerstören, die Mecklenburg mit Vorpommern verband. Jetzt musste der gesamte Verkehr auf die A zwanzig umgeleitet werden. Die gute Nachricht war, dass Björn von Rostocks Innenstadt abgelassen hatte.

Die ersten Schadensmeldungen trudelten ein. Die City schien in Schutt und Asche zu liegen, das war wohl nun durch Satellitenaufnahmen bestätigt worden.

Die Massen von vereistem Schnee, die Björn auf die Häuser geschleudert hatte, hatten Dächer und obere Stockwerke zerstört. Straßenbahnschienen waren verbogen worden. Sie hingen aus den Schienenbetten heraus. Die Bevölkerung wurde gewarnt. Niemand sollte die schützenden Häuser verlassen. Insbesondere im Stadtteil KTV sollten alle zu Hause bleiben, Einsturzgefahr, überall! Und in Thailand waren schon wieder drei Reissäcke umgekippt, als Uta aus Versehen ein Glas fallen ließ, das heftig splitterte.

»Mach wieder aus, das Radio! Jetzt kommt eh nur der Nervende mit seinem Geplapper«, sagte einer der Stammgäste, die immer zusammensaßen. Es war Biberkopf, aber Uta hörte nicht auf ihn.

Sie sagte: »Jetzt koch ich erst mal Kaffee für alle!« Und es war wohl zum ersten Mal seit Bestehen der Schallmauer, dass für die Donnerstagsgäste Kaffee gekocht wurde.

Aber es war ja auch schon Freitag. Und alle wollten sich gerade entspannen, als Norbert sagte: »Ach so! Ha, witzige Sache! Dass ich das vergessen habe! Hoffentlich ist das nicht wichtig: Als Richard runter zum Klo ist, hat er mir den Umschlag hier gegeben. Ich sollte kurz darauf aufpassen, weil er wohl nicht wusste, wohin damit. Es pinkelt sich auch immer blöde, wenn man nur eine Hand frei hat, oder? Oder nicht?«

Verdutzt sahen Kevin und Pawel ihn an, dann sich selbst, ehe Kevin fragte: »Das sagst du uns erst jetzt?«

»Entschuldigt bitte! Der ganze Qualm hier und alles. Ich penne gleich ein.«

Pawel nahm den dicken Umschlag, holte die Blätter heraus und traute seinen Augen nicht. Er schloss die Lider, öffnete sie wieder und sah erneut auf das mit Richards akkurater Handschrift beschriebene Papier.

»Was hätten wir uns da sparen können!«, flüsterte er und gab den Stapel an Kevin weiter, der sich in Richards Recherche vertiefte. Dutzende Mordmotive, das wurde ihm schnell klar. Richard hatte die ganzen Geheimnisse der Schallmauerkunden gelüftet und berichtartig aufgeschrieben. Doch wozu? Und hatte das auch nur einer von ihnen gewusst? Kevin schüttelte den Kopf und las unfassbare Dinge, die ihre eigenen Verhörergebnisse im Großteil untermauerten:

Eigene Recherche zum neuen Thriller
Vorvertrag mit Diogenes und S. Fischer abgeschlossen, basierend auf der kriminellen Vergangenheit vieler Stammkunden der Fliegerkneipe Schallmauer zu Rostock,
die alle ihre Namen geändert haben, als sie in die Stadt am Wind kamen.
Thrillermilieu, in etwa wie in Thompsons ›Zwölfhundertachtzig schwarze Seelen‹.

Kevin stutzte. Die Seite zwei fehlte. Roesch hatte die Blätter durchnummeriert. Seite drei:

›Am Ende entscheidet das Gericht auf achtzigtausend Euro Schmerzensgeld und sechs Jahre Haft wegen schwerer und gefährlicher Körperverletzung.‹ Damit liegen die Richter sogar noch ein Jahr über der Forderung des Staatsanwaltes, hieß es in einem Artikel am Tag nach seiner Verurteilung.

Kevin überflog ein paar Zeilen, denn die Ereignisse kamen ihm sofort bekannt vor. *Figur Zwei* war eindeutig Falk, das wusste er seit einer guten Stunde. Seine Geschichte war also auch die, die er dem Autor Roesch erzählt hatte. Weiter hieß es auf Seite drei:

Figur Zwei fühlt sich laut bierseligem Gespräch vom fünfzehnten auch heute noch nicht schuldig. (Interessant!) Sicherlich hat er die Tat büßen müssen, das hielt er für korrekt, aber schuldig fühlte er sich deswegen nicht. Schließlich hat sogar der Sohn des Verführers zu ihm gesagt, er könne mit seinem Vater machen, was er wolle. Hat er dann ja auch. Eier abschneiden kostet also achtzigtausend Euro, vierzig pro Hoden. Die verletzten Blutgefäße verschnürte er mit Nylonfäden, wie man es bei Pferden macht, damit sie nicht verbluten.

* * *

›Die Tat ist Ausdruck einer verzweifelten Wut des schwer in seiner Ehre gekränkten, narzisstisch gestörten Angeklagten‹, resümiert die Richterin. Zugunsten von Figur Drei berücksichtigt sie dessen Selbstmordabsichten und dass er nicht plante, andere Menschen mit der Tat zu gefährden. Drei Jahre und sechs Monate soll er in Haft verbringen, auf deren Antritt er in Freiheit warten dürfe.

So war es zu lesen, nachdem Figur Drei die Brandstiftung begangen hatte. Seine Verteidiger haben damals Widerspruch eingelegt, mit Erfolg. Sie waren bis zum Bundesgerichtshof gegangen. Dort hatte man erkannt, dass das Gericht sich viel zu wenig mit seinem Rücktritt vom Versuch beschäftigt hatte. Freilich war damals die ganze Arztpraxis abgebrannt, aber er hatte doch noch versucht, seine Tat wieder rückgängig zu machen. Was natürlich bei Feuerlegung eine ziemlich nutzlose Sache war; aber was war er damals nicht durch den Wind! Und so unendlich müde vom Leben. Der Fall wurde also noch einmal aufgerollt. Nun lautete der Vorwurf auf ›fahrlässige

Brandstiftung‹ und nicht mehr auf ›schwere Brandstiftung‹. Figur Drei war damals zwar mit Bewährung davongekommen und konnte sogar im Zweitjob weiter als Immobilienmakler arbeiten. Aber egal wie viel Geld er auch verdiente, er sah keinen Cent davon. Über eine Million Euro Schaden hatten das Feuer und das Löschwasser angerichtet. Die gemietete Arztpraxis hatte saniert werden müssen. Dazu die Praxisräume seiner Nachbarn. Mit so einer Explosion, die fast das ganze Gebäude weggefegt hatte, war überhaupt nicht zu rechnen. Er hatte doch einfach nur Wiedergutmachung gewollt. Wie sagte es der Gutachter damals? Genau: ›Gott verzeiht, ein Narziss niemals!‹ So war es, er konnte nicht verzeihen, niemals und niemanden. Ihm kam man lieber nicht zu nahe.
(Aussagepool von alten Weggefährten der Figur Drei, befragt in der Woche vor Ostern. R.R.R.)
Hauptursache für das narzisstische Verhalten war die lebenslange Demütigung durch den Vater, der den Sohn nicht anerkannte. Muss ein gemeiner Dreckskerl gewesen sein. So einen Vater wünscht man niemandem. Figur Drei besaß sämtliche Sportbootführerscheine, er beherrschte als Kunstflieger die Vorwärtsrolle, er schwärmte für die Concorde, er fuhr Porscherennen und er hatte seine Harley schon immer geliebt; und was hatte sein dämlicher, achtzigjähriger Senior zu ihm gesagt? Genau: ›Du bist und bleibst ein Zähnereißer, nichts Besonderes für einen Arzt.‹ Den Kontakt zum Vater hatte er abgebrochen, die Kränkung war geblieben, bis sie ihn schließlich zu dieser Kurzschlusshandlung getrieben hatte. Er hatte sich umbringen wollen, weil sein Vater ihn

nicht respektierte; es ist ein Scheißschicksal, wenn man ein Narziss ist, soviel ist sicher.

* * *

›Die Mutter von Figur Vier muss wegen sexueller Nötigung und schweren sexuellen Missbrauchs von Kindern für neun Jahre ins Gefängnis, ihr Mitangeklagter drei Monate länger. Gewalt übt auch der aus, der eine Person in den Zustand der Wehrlosigkeit versetzt‹, erklärte der Vorsitzende Richter in seiner Urteilsbegründung, die sich eines moralischen Urteils weitgehend enthielt.

Aber das hat Figur Vier wohl nur aus der Zeitung erfahren, er war nur als Zeuge gegen seine Mutter aufgetreten, weil er seine Geschwister schützen wollte. Kein Mensch sollte hier in Rostock etwas davon erfahren, er war ganz sicher kein Opfer, vielleicht ist er es als Kind einmal gewesen, aber nicht mehr heute. Heute seien alle um ihn herum potenzielle Opfer. – Mit seiner Vergangenheit hat er abgeschlossen, seine Geschwister führen ihr Leben in Süddeutschland, und wie lange hat er nicht mehr an seine Kindheit gedacht! Er hat später von einer Mitgefangenen gehört, dass seine Mutter von ihrem Sohn auch im Knast nur als ›Sache‹ geredet habe. Dass es bei ihr immer nur um materielle Dinge ginge, die sie ihm kaufen würde, nie um mütterliche Gefühle. – Sie hatten sich sehr lieb gehabt, Sohn und Mutter, sie wollten niemals auseinander gehen, und seine Mutter wollte niemals einen anderen Jungen, so in etwa hatte er es als Achtjähriger gesagt, da war er schon über ein halbes Jahr vom Freund der Mutter und von der Mutter selbst vergewaltigt und missbraucht worden. Es soll ein eher ungewöhnlicher Fall gewesen sein, weil er sich nicht im Armenmilieu abspielte und weil die aktive Rolle der Mutter, die ihrem Freund hörig war und ihm jeden Gefallen tun wollte, eher untypisch war.

Kevin Hilbig ließ den Stoß Papiere aber bei den letzten Worten sinken. Eigenartigerweise hatte er diese Szene so überdeutlich vor Augen, als wäre dieses Untier seine eigene Mutter. Dabei war seine Mutter alles andere als ein Tier, geschweige denn ein Untier; aber dieser Junge war aus der Brut eines Tieres. Kevin dachte: ›Auch ein hohes Tier ist nur ein Tier.‹

So schwer es ihm fiel, er las diesen letzten Eintrag noch einmal, nach Spuren suchend durchforstete er Satz für Satz, jedoch fündig wurde er nicht.

In ihm erwachte augenblicklich ein Beschützerinstinkt. Er fühlte sich mehr als Polizist als noch vor ein paar Minuten. Als er diese Aufsätze las, da wusste er auch wieder, dass er alles daran setzen musste, diese Suspendierung wieder aufheben zu lassen und auch die letzten Hürden zu nehmen, um endgültig ein Polizist zu werden.

Er würde nie eigene Kinder haben, aber es bestand die Möglichkeit, trotzdem für Kinder da zu sein, in der Nähe zu bleiben, auch wenn sie es gar nicht mitbekamen. Er könnte sich spezialisieren: häusliche Gewalt, Schwerpunkt Kinder- und Jugendmissbrauch. So eine Spezialeinheit gab es ja mittlerweile in jedem Bundesland, seitdem der Sohn des Innenministers vom Haushälter vergewaltigt worden war. Es musste immer erst Opfer geben, bevor es den Tätern an den Kragen ging. Das war vielleicht der bitterste Part dabei und einzige Ausnahme waren die Kirchen.

Kevin schloss die Augen, öffnete sie wieder. Er konnte sich nicht so gehen lassen. Er konnte nicht in Pawels Detektei einsteigen, er war dafür doch viel zu überqualifiziert. Er wurde gebraucht, das begriff er, während er den Kopf schüttelte.

Vermutlich war es sogar richtig, dass Polizisten Beamte waren, und auch wenn er als junger Kerl den Beamtenstatus wegen der ganzen Hierarchie verachtete, wenn er nötig war, dann wollte sich Kevin Hilbig fügen. Er begriff, dass es wichtig war. Am liebsten hätte er sofort seinen Mentor in Berlin angerufen, um ihn zu bitten, ihn vor eine Kommission zu stellen, damit geregelt werden konnte, was geregelt werden musste; aber er saß ja hier fest.

War es möglich, sich von einem Moment auf den anderen nicht nur erwachsen zu fühlen, sondern auch erwachsen zu sein? Erneut schloss er die Augen, dann nahm er es auf sich, auch die anderen Eintragungen zu lesen. Er hoffte nur, nicht mehr allzu viel von Opfern zu hören. Er spürte, das Schwere war nicht der Umgang mit Tätern, das Schwere war der mit den *Betätigten*.

Ex-Polizeianwärter Kevin Hilbig wollte das Wort *Opfer* nicht verwenden, und er fragte sich, ob das Wort *Betätigte* ein sinnvolles war oder werden könnte. Immerhin gäbe es dann eine weibliche Form und eine männliche. Er senkte den Blick, vielmehr ließ er ihn aufs Papier fallen:

Das Gericht verurteilte den Arzt zunächst wegen zweifacher Körperverletzung mit Todesfolge und fünffacher Körperverletzung zu vier Jahren und neun Monaten Haft. Eine andere Schwurgerichtskammer verurteilte Figur Fünf wegen zweifachen Überlassens von Betäubungsmitteln mit Todesfolge und fünffacher fahrlässiger Körperverletzung, wobei die Haftstrafe nicht höher als beim ersten Urteil ausfallen durfte.

Dennoch hatte es es aber doch nur gut gemeint, als er als Psychotherapeut in Mitteldeutschland gearbeitet hatte. Sicherlich war es ein Fehler gewesen, zuerst jedenfalls, er machte sich da auch heute nichts vor, aber es war so leicht gewesen, mit der Psycholyse gutes und sehr gutes Geld zu verdienen. Es war keine wissenschaftlich anerkannte Methode, aber welcher Patient hatte danach je gefragt? Nicht einer. Sie waren alle wild auf diese Therapie, mit der drogenunterstützt unbewusste Inhalte der Psyche ins Bewusstsein geholt werden sollten. Und ein paar Mal hatte es ja auch geklappt. Sie hatten dann an diesem Bewusstsein arbeiten können, seine Patienten und er. Dass ein paar von ihnen drogenabhängig geworden waren, mein Gott, war das wirklich schlimm gewesen? Er hatte ihnen doch jederzeit den Stoff besorgen und verabreichen können, das war doch eingeplant. – Alles war so gut geplant gewesen, und noch besser, als er mit seiner Familie in das große Haus mitten in Berlin gezogen war. Alles hätte so gut weiterlaufen können. Er hatte schließlich sogar das Schild mit der Berufsbezeichnung von der Tür genommen, weil die Berufsgenossenschaften ihn Mal um Mal anschwärzen wollten. So war er ihnen endlich keine Rechenschaft mehr schuldig und er konnte sich dem Studium der Psycholyse ganz hingeben. Doch dann kam dieser verrückte Tag, als er die Mengenangaben verwechselte. Im Nebenraum bereitete er die Drogen für seine fünf Patienten vor, wog sie sorgsam und verabreichte sie ihnen. Er hatte nicht sorgfältig genug auf die Liste geschaut. Sicherlich, es war seine Schuld gewesen, auch wenn sie ihm nicht nachgewiesen werden konnte. Er hatte die Polizei und den Notarzt selbst geholt, als seine Patienten ohnmächtig wurden oder durchdrehten. Es war ein Unfall gewesen, nichts weiter, aber trotzdem sollte das hier in Rostock und in der Schallmauer niemand wissen.

* * *

Neun Jahre Haft bekommt Figur Sechs ›wegen Körperverletzung mit Todesfolge in Verbindung mit sexuellem Missbrauch widerstandsunfähiger Personen. Nicht die Intensität der Schläge, sondern die Vielzahl führte zum Tod‹, sagte die Vorsitzende Richterin. Auf den sexuellen Missbrauch widerstandsunfähiger Personen schließt das Gericht aus dem stangenähnlichen Gegenstand, den die Täterin in den Anus ihres möglicherweise bewusstlosen Opfers stieß, das ihr eigener Mann gewesen war. Dabei sei es egal, ob sie dies aus sexueller Erregung tat oder um Macht zu demonstrieren und ihr Opfer zu demütigen.

Figur Sechs hörte die Urteilsbegründung noch heute, wenn sie im Schichtdienst arbeitete. Wort für Wort konnte sie dahersagen. Sie hatte ihren Mann in den Tod getrieben, ja. Sie hatte ihn jahrelang verprügelt. Er war doch ein Hänfling gewesen und hatte sie mit seiner ewigen Passivität bestraft. Das hatten sogar die Richter festgestellt. Sie hatte die zunehmende Sprachlosigkeit in der Ehe mit körperlicher Gewalt ausgeglichen, so wie sie es selbst als Kind erfahren hatte. Sie hatte ihren Mann verprügelt, mit einem Fleischklopfer, damit auch er es spürte, dass sie unter der Isolation ihrer Ehe litt. Ihm hatte das ewige Schweigen ja anscheinend nichts ausgemacht, ihr schon. Es war ihre Art gewesen, um Hilfe zu bitten. Aber sie hatte einen Waschlappen von Mann gehabt. Er hatte ihr nicht helfen können. Er übte sich lediglich im Erdulden. Teufelskreis. Je mehr er erduldete, desto heftiger wurden ihre Schläge. Schließlich nahm sie neben dem Fleischklopfer auch das heiße Bügeleisen. Auch das hielt er aus, der verdammte Ignorant. Er hatte sie doch nur provoziert, damit sie ihn noch mehr züchtigte. ›Wer ist denn da das Opfer?‹, das wollte Figur Sechs sich gern einreden. Ihren alten Namen konnte sie nicht mehr hören, und seine Passivität war keine Schuld gewesen, aber ein schrecklicher Beitrag. Auch das hatte die Richterin gesagt, die sie wohl ganz gut verstehen konnte. Vielleicht hatte die selbst einen Trottel als Ehemann. Man sah es ihnen ja nicht an, diesen Männern, die in der Ehe immer ganz anders als vor der Ehe waren. Die Grenze ihrer Demütigung durch sein Schweigen und seine Demütigung durch ihre Ohrfeigen und Schläge war erst mit seinem jämmerlichen Tod erreicht. So ein Feigling! Zwischendurch hatte er noch mit der Klauerei angefangen, nur um sie zu ärgern, ganz allein deswegen. Er ließ sich erwischen, damit sie noch weniger Geld zum Leben hatte. Tausendzweihundert Euro Strafgeld, weil er Käse für drei Euro siebzig geklaut hatte. Das war seine Art gewesen, sie rasend zu machen. Wegen diesem Kerl hatte sie hungern müssen, weil die magere Vorruhestandsrente nicht mehr gereicht hatte. So ein Feigling! – Männer halt.

* * *

Als nun der Vorsitzende Richter das Urteil verkündete, ging ein Ausruf des Erstaunens durch das Publikum. ›Das Ergebnis der siebentägigen Beweisaufnahme ist ein Freispruch aus Mangel an Beweisen.‹ Figur Sieben heulte vor Erleichterung auf. Damals verpasste der Richter ihm aber gleich einen Dämpfer: ›Das Urteil beruht nicht auf der Überzeugung, dass Sie unschuldig sind. Es muss etwas passiert sein, das wie der Ansatz eines Kindesmissbrauchs ausgesehen hat.‹ Er hatte einfach Glück gehabt, pures Glück, und es war ihm eine Lehre gewesen. Er hatte sich seitdem an kein einziges Mädchen mehr herangemacht. Seit vierzehn Jahren schaute er sich jetzt nur noch Pornos an. Im Internet, in Internetcafés oder in den Kabinen der langen Pornoschuppen hinten in Schmarl. Da ist er Stammkunde mit eigener Kundenkarte. – Die Tochter seines Stiefsohnes hatte sich damals einfach in zu viele Widersprüche verstrickt. Erst hatte sie von einer Liebesbeziehung erzählt, dann wieder von Vergewaltigungen. Dann hatte sie nur zuliebe ihres Verteidigers versucht, sich an Einzelheiten zu erinnern und konkrete Details wiederzugeben, aber auch die waren hoffnungslos durcheinander gefallen. Sieben Tage hatte er Blut und Wasser geschwitzt, aber schließlich hatte er es überstanden. Wo kein Kläger, da kein Richter, wie es so schön hieß. – Auch wenn die Tat getan worden war, sie war doch immer nur real, wenn sie jemand aussprach. Doch seine Frau und seine Tochter hatten geschwiegen, und sein Stiefsohn und dessen Tochter waren als unglaubwürdig eingestuft worden. – Das Einzige, was er bedauerte: Seine Ehe war nach so vielen guten und schönen Jahren in die Brüche gegangen. Nun saß er hier und fühlte sich wie ein Verlierer unter lauter Pennern. (Vieraugengespräch am Stammtisch, zwölfter des Monats.)

* * *

Drei Jahre und vier Monate schickte der Richter den Angeklagten ins Gefängnis. Zwei weitere Anklagen gegen Figur Acht waren noch offen, sie brachten ihm zusätzlich eineinhalb Jahre Haft ein, dabei war er alles in allem ein Opfer gewesen. Der Richter hatte sogar mit ihm Mitleid bekommen, als er seine Geschichte erzählen durfte; zum ersten Mal in seinem Leben überhaupt. Es war damals vor Gericht nur so aus ihm herausgesprudelt, er hatte sich gar nicht wehren können.

Als er dreizehn war, plante sein Vater mit ihm in den Westen zu fliehen, aber seine Mutter hatte es seinem Stiefvater verraten, einem Mitarbeiter der Stasi. Auf der Flucht wurde der Figur Acht in die Hüfte geschossen, sodass er nicht mehr hatte weiterlaufen können. Er kam in ein Militärkrankenhaus, sein Vater wanderte in Bautzen eins ein. ›Sechs Jahre wegen Republikflucht‹, dabei war es nur ein Versuch gewesen. Sein Vater hat Bautzen eins nicht überlebt. Und seine Mutter hatte dem Stiefvater zuliebe, der um seine Stasikarriere gefürchtet hatte, unterschrieben, dass sie keinen Kontakt mehr zu ihrem leiblichen Sohn wollte. Er kam aber nicht ins Heim oder in eine andere Familie, er kam in den Jugendwerkhof. Dort gehörten Demütigung, Unterdrückung, Züchtigung und Strafe zum Alltag, um aus scheinbar Schwererziehbaren noch DDR-Sklaven zu machen. Psychisch war er ein Wrack, als der Staat zusammenbrach und er mit achtzehn aus dem Jugendwerkhof kam. Er wurde rechtsradikal. Wut auf Pädagogen, Wut auf die Staatsmacht, egal welche, Hass auf ein Volk, das ihm das angetan hatte. Seit seinem dreizehnten Lebensjahr war er eingesperrt gewesen. Gelernt hatte er nichts. – Mit einem Bewährungshelfer freundete er sich an. Der half ihm bei Reparaturen, dafür bekam er Taschengeld. Davon lebte er. Mit neunzehn erfuhr er von seinem Sohn. Die Mutter brachte ihn zu ihm und sagte: ›Es ist dein Kind! Kümmere dich!‹ Eine Woche lang hatte er Felix gewindelt und gefüttert, dann kam die Großmutter mitsamt dem Jugendamt und nahm ihm seinen Jungen weg. Drecksstaat! Der eine wie der andere. Damals hätte er am liebsten die ganze Kleinstadt in Brand gesteckt. Er wollte eine Ausbildung, er wollte irgendwas erreichen, er hatte, verdammt noch mal, einen Sohn! Die Arbeitsagentur vermittelte ihn, er baute unter Aufsicht Vogelhäuschen mit behinderten Kindern, eine Ausbildung war das nicht. Obwohl er dann schon Ende zwanzig war, hatte er es noch immer nicht gelernt, mit Geld umzugehen. Er hatte noch nie Strom oder Miete gezahlt. Er hatte noch nie einen Kühlschrank besessen. Aber er hatte Geld haben wollen, für sein Kind. Da fing er dann mit den richtigen Straftaten an. Er gab sich drei Regeln: nicht im Osten, keine Alten und Schwachen, keine Gewalt. Er klaute kostbare Bilder aus Eigenheimen, das war seine Spezialität. Er sei froh, hatte er dann bei seiner letzten Verurteilung gestanden, dass er erwischt worden sei. Er wolle hart bestraft werden, er kenne nur das Leben im Knast. Das Leben draußen reiße ihm sowieso nur den Arsch auf. – Fünf Jahre hatten sie ihm aufgebrummt. Der Richter hatte angeordnet, ihm eine Therapie zu geben. Das war sein Glücksfall gewesen. Er lernte mit Geld umzugehen, was früher sein Hauptübel gewesen war. Jetzt brachte er sich in die Gesellschaft ein, er war akzeptiert, auch wenn hier niemand etwas von seiner Vergangenheit wusste. Es war schön an der Ostsee – und es sollte schön bleiben. Manchmal warf er hier in der Schallmauer einen Blick auf einen der jungen Soldaten, der auch Felix hieß. – Wer weiß!

* * *

Zehn Jahre schickten sie Figur Neun ins Gefängnis – wegen hinterhältigen Mordes. Der psychiatrische Gutachter hatte ihn aufgrund des zur Tatzeit genossenen Alkohols für vermindert schuldfähig erklärt, sonst hätten die Richter eine lebenslange Haft anordnen müssen.

So hatte sich damals die BILD-Zeitung beschwert, aber ihn hatte das im Knast nicht groß gekümmert. Er fand seinen Trick noch immer grandios. Egal was man anstellte, danach musste man sich sofort mit Alkohol vollpumpen. Das verkürze jede Haftzeit um ein Drittel. Davon war er noch heute überzeugt. – Mit Genuss dachte er an seinen Spezi zurück, der ihm eine SMS geschrieben hatte: ›Wie willst du mich heute töten?‹ – Eine Stunde später tauchte der bei ihm, dem Sexmaster, auf. Er selbst stand nackt im Türrahmen, sein Diener musste sich niederknien und seinen Penis in den Mund nehmen. Es geilte sie beide auf, wenn sie so im Hausflur des Hochhauses standen und jederzeit ertappt werden konnten.

Sie wechselten nicht ein Wort, sie kannten sich schon lange. Der Master nahm eine Damenstrumpfhose und verband seinem Diener die Augen. Er führte ihn zur Wohnzimmercouch und legte ihn rücklings drauf. Dann setzte er sich auf dessen Gesicht und der leckte nach Luft ringend. Der Master schob eine Fernsehzeitung weg, nahm das einseitig geschliffene Tranchiermesser mit der zwanzig Zentimeter langen Klinge in beide Hände und rammte es seinem Sexdiener in den Bauch. Das arglose Opfer schrie, wollte das Messer herausziehen, aber der Master sagte: ›Lass es lieber stecken!‹ Er rief die Polizei und den Notarzt, der aber nicht mehr helfen konnte. Der einundvierzigjährige Familienvater war zwischenzeitlich ausgeblutet. Erst im Gericht erfuhr er, dass sein Sexsklave eine Tochter gehabt hatte. Das Gericht musste entscheiden: war es Töten auf Verlangen, war es Körperverletzung mit Todesfolge, war es Lustmord oder war es ein hinterhältig geplanter Mord. Es entschied sich für Letzteres, obwohl es die SMS gab. Aber zum Glück hatte er seinen Königszug mit dem Alkohol gemacht. Figur Neun hält sich noch heute für sehr schlau. Ab und an holt er sich noch den einen oder anderen Sexsklaven, aber er ließ es nie mehr bis zum Ende kommen. Es waren eigentlich immer nur Stricher, die damit ihr Geld verdienten. Doch aus Erfahrung wusste er, dass es besser war, wenn er das geheim hielt.

* * *

Figur Zehn leistete aktive Sterbehilfe. Darauf stehen sechs Monate bis fünf Jahre Haft. Er hatte keine ernsthafte Handlungsalternative. Die Tat war das letzte Opfer für seinen Sohn.

Womit soll man den Angeklagten, der unter seiner Tat sehr leidet, noch strafen? Und was hätte die Allgemeinheit davon? Der Staatsanwalt fordert darum die Anwendung eines besonderen Paragrafen aus dem Strafgesetzbuch. Darin heißt es: ›Das Gericht sieht von Strafe ab, wenn die Folgen der Tat, die den Täter getroffen haben, so schwer sind, dass die Verhängung einer Strafe offensichtlich verfehlt wäre.‹ Die Richterin sah das genauso, er musste so oft an den Tag seines Freispruches denken, dass es ihm schon fast wie ein Traum vorkam. Aber er hatte es getan. Damals lebte er mit seiner Frau und seinem lebensunfähigen, kranken Sohn im nördlichen Speckgürtel von Berlin. Er hatte seinen Sohn viermal gefragt, ob er sterben möchte, und viermal hat dieser geblinzelt: immer einmal für Ja. – Nein, er wollte ganz sicher nicht, dass sie ihn hier mit ihrem Mitleid kaputt machten, sobald sich das herumsprach. Niemand sollte in seiner Vergangenheit wühlen und sie seinen Freunden offen auf den Tisch packen. Es gab Dinge, die gingen niemanden etwas an. Keine Gesellschaft, keinen einzelnen Menschen, keinen Staat und keinen Staatsverein. Er war sich sicher, dass er das mit allen Mitteln verhindern würde, hier und heute, morgen und immer, egal wo auf der Welt, sofern es ihn betraf. Es war seine Sache und es sollte seine Sache bleiben. – Damals rührte er alle Tabletten in ein Glas, die er hatte finden können. Er war am Bett seines Sohnes sitzen geblieben, bis der letzte Atemzug getan war. Dann hatte er selbst von dem Zeug getrunken und sein Testament verfertigt, aber er hatte seinem Sohn nicht folgen dürfen, noch nicht. Er hatte leben müssen, aber seit diesem Tag war es kein Leben mehr, was Figur Zehn Tag für Tag anging und erledigte. Die Todessehnsucht seines Sohnes hatte ihn an den Rand der Ostsee getrieben. Nach außen hin war er der Charmeur der Kneipe, die jungen Frauen flogen auf ihn. Sie erkannten die Wahrheit seines Humors nicht, den er immer todernst meinte. Sie sahen seine Lebensangst und hielten sie für Erfahrung, sie sahen seinen gestählten Körper und hielten ihn für anziehend, dabei war alles in ihm nur noch Faust. Das Leben ist nur das Archiv des Todes. Für ihn wäre es das Schlimmste auf der Welt, wenn ihm jemand mit Mitleid käme. Er wüsste nicht, ob er dann irgendetwas in der Kneipe stehen lassen würde. Vermutlich nicht. Figur Zehn ist ein Mann der Tat, das hat er bewiesen.

* * *

Die Staatsanwältin spricht in ihrem Plädoyer vom Beginn einer Serie, die noch rechtzeitig gestoppt werden konnte. Immerhin schuldete Figur Elf der Figur Zwölf damals noch vier Gefälligkeiten.

Fünf Jahre schickte diese elegante Erscheinung ihn damals hinter Gitter, Figur Zwölf bekam Bewährung, aber ihrer Freundschaft tat das keinen Abbruch. Nach den fünf Jahren holte ihn Figur Zwölf ab und seitdem stemmten sie alles, was sie zusammen anfassten, auch wenn jeder seine Vergangenheit für sich behielt. Männerfreundschaften kamen zumeist ohne Worte aus, das war schon seit etwa zehntausend Jahren so. Oder dreißig Milliarden. – So richtig wusste Figur Elf heute nicht mehr, warum er damals diese drei Brandstiftungen begangen hatte, von denen Figur Zwölf gewusst, die er aber nicht ver-

hindert hatte. Dafür befand er sich zu fest im Machtbereich der Figur Zwölf. Er war für ihn so etwas wie der große Bruder. Und das war wohl bis heute so geblieben. Möglich, dass er vor Figur Zwölf einfach angeben wollte, weil ein größerer Bruder das gern mal vor seinem kleineren tat. Die schöne Staatsanwältin unterstellte ihm vor Gericht, er wäre ein ›Juniorterrorist‹, aber da hatte er nur laut lachen müssen. Er hatte gesagt, grundsätzlich seien ihm Mitmenschen egal. Wegen einem von ihnen würde er ganz sicher keine Schulen in Brand stecken. Bis heute hat er sein wahres Motiv für sich behalten.

* * *

Nur ein einziges Mal war Figur Dreizehn zu einer Gefängnisstrafe verurteilt worden, dabei war er seit fast vierzig Jahren Exhibitionist. Erklären konnte er das nicht. Das musste er auch nicht. Noch nie hatte eines seiner Opfer ihn um eine Erklärung gebeten. – Dabei ließ er sich oft ertappen. – Als er erwischt und bestraft worden war, da hatte sein Vermieter ihn zuvor gedemütigt. Er hatte brav seine Wohnung renoviert, dann hatte der Vermieter, braungebrannt und ausgeschlafen, gemeint, er müsste das noch einmal machen. Das wäre Schlamperei. Er war also in den Baumarkt gefahren, er hatte neue Tapeten gekauft, und auf dem Rückweg hatte er diese Runde junger Umschülerinnen gesehen. Ohne nachzudenken, hatte er angehalten und ihnen seine Genitalien präsentiert, die ganze Pracht seiner Sexualität. Achtundzwanzig Mal hatte er schon vor Richtern gesessen, aber die Strafen bestanden fast immer aus Geldbußen. Nur eben das eine Mal, da hatte er ins Gefängnis wandern müssen, das war dann gar nicht mehr so nett gewesen. Was war diese Knastkleidung auch stillos. Und wenn man sie ausziehen wollte, dann dauerte das immer eine halbe Ewigkeit. Nein, da wollte Figur Dreizehn nicht wieder hin. Aber hier wollte er auch seine Ruhe haben. – Der Vorsitzende verurteilte ihn zu eintausendzweihundert Euro Geldstrafe. ›Achtzig Tagessätze. Ob das die richtige Entscheidung ist, weiß ich nicht. Solange es gestandene Frauen sind, mag es gehen. Aber sobald es Kinder betrifft, ist es nicht gut.‹ Diesen Wink des Richters hat er angeblich sehr gut verstanden. An *diese Einschränkung wollte er sich gern halten, auch wenn niemand diese Kinder vor dem Internet schützte, in dem er schon ganz andere Sachen gesehen hatte, ganz andere!*

* * *

Das Amtsgericht verurteilte die Angeklagte zu drei Jahren Haft. Beispiellos sei dieser Prozess von Lügen und Intrigen geprägt gewesen, sagte der Richter zu der gefasst wirkenden Angeklagten. Dennoch habe man sie nicht als unbedarft wahrgenommen, wie sie es dem Gericht hatte weismachen wollen. So stand es in den großen Zeitungen des Ruhrpotts. Und dann war Figur Vierzehn selbst noch zitiert worden: ›Wenn ich meine jetzige Frau nicht hätte, wäre ich längst nicht mehr am Leben.‹ – Er war schwer krebskrank, aber sollte er das vielleicht in der Kneipe herumposaunen? …

Hilbig las nur diese wenigen Zeilen, denn die Geschichte hatte er in dieser Nacht bereits gehört. Figur Vierzehn war Maik, den sie vor einer gefühlten Ewigkeit im stickigen Verhörzimmer der Schallmauer befragt hatten.

Strafversetzt waren die Figuren Achtzehn bis Zweiundzwanzig, die den Rest ihrer Dienstzeit auf dem Militärflughafen Laage verbrachten, rund zwanzig Kilometer südlich von Rostock. Die Fünf, die jeden Donnerstag hier saßen, würden nie zu Gefreiten oder Obergefreiten befördert werden. Sie fühlten sich ungerecht bestraft, denn was hatten sie schon groß bei Bitburg gemacht? Um ihren Frust über die Dienstzeit und diesen tyrannischen Gruppenführer loszuwerden, der sie seit dem ersten Tag ihrer Armeezeit auf dem Kieker hatte, waren sie hin und wieder auf den städtischen Friedhof gefahren und hatten von den Gräbern, in denen Kinder und Jugendliche lagen, die Plüschtiere und die Topfpflanzen geklaut. Die Plüschtiere hatten sie geköpft und auf den Friedhofszaun gespießt, mit den Topfpflanzen hatten sie Granatenweitwurf geübt. Musste man deswegen gleich so ausflippen? Die fünf Figuren verstanden es noch immer nicht. Sie hatten sich alle für vier Jahre verpflichtet, sie hatten bei der Armee studieren wollen und nun lag ihr junges Leben vor ihnen in Trümmern. Das Einzige, was ihnen blieb, das war, donnerstags in der Fliegerkneipe zu saufen und ein wenig Spaß zu haben. In der Einheit konnten sie sich nach Feierabend nicht sehen lassen. Sie wurden dort überall nur ausgelacht, und wahrscheinlich würde das auch in der Schallmauer so sein, wenn sich ihre Tat herumsprach. – Klar war es für die Hinterbliebenen katastrophal, wenn sie zu den Gräbern kamen und sahen, dass ihre kleine Niedlichkeiten schon wieder von den Grabstellen weggeklaut worden waren. Aber immerhin hatten sie doch geharkt und die Blu-

men gegossen! Galt das denn gar nichts? – Bei der Verhandlung vor dem Militärgericht hatte es nichts gegolten. Achtzehn Monate auf Bewährung hatten die Richter entschieden. Juristisch sei der Fall einfach, hatte der Vorsitzende Richter gesagt. Man habe Geständnisse und man habe die verminderte Schuldfähigkeit bei allen Fünf festgestellt, weil die Angeklagten von ihrem Vorgesetzten malträtiert worden waren, aber moralisch sei die Tat verwerflich. ›Eines Soldaten unwürdig!‹ Sie fühlten sich noch immer ungerecht behandelt, und sie hassten diese Stadt mit dem bekloppten Namen Rostock. Klang ihnen immer wie Rohrstock im Ohr. Sie hassten den ewigen Nordwind, sie hassten den nordischen Winter und diesen dämlichen Provinzflughafen, auf dem alle Jubeljahre mal ein Jet landete, auch wenn hier die ersten Düsenjets der Welt abgehoben hatten.
(Halbe Kinder eigentlich. Mit denen kann man Kriege gewinnen? Bin mir nicht sicher.)

Sorgsam stauchte Kevin Hilbig die Papiere zu einem Stoß zusammen und legte sie verkehrt herum wieder auf den Verhörtisch. Dabei fand er Richards Notiz, die er auf die letzte Seite geschrieben hatte:

Fakt: Ich muss es verwenden!
Fakt: Lebensgefährlich für mich.
Fakt: Gut verfremden.
Fakt: Stoff für einen Weltbestseller. Zusammen mit den Geheimnissen von Ute und Uta grandioser Thriller.

Deren Sache = Rahmenhandlung. Zu einer kleinen Story ausarbeiten, um zu sehen, wie es als Geschichte wirkt.
Versuchsballon mal in Klagenfurt oder in Berlin oder bei einem dieser Wettbewerbe steigen lassen?
Fakt: Unbedingt mit dem Saufen aufhören. Drei Monate nichts trinken, dann mit der Arbeit beginnen.

Traurig grinste Kevin Hilbig, als er den Blick hob. Einer dieser Fakten hatte Richard umgebracht. Welcher? Kevin konnte sich den Autor nun besser vorstellen, er hielt ihn nicht länger für einen Möchtegern. Allein diese ganzen Sachen zu recherchieren, ohne dass die Männer mitbekamen, dass sie ausgefragt wurden, das allein war ganz große Ermittlungsarbeit. Vielleicht, so dachte Kevin, habe sich Richard sogar nur hier hereingeschmuggelt, um an den Stoff zu kommen, den das Leben schreibe?

Keiner der Männer hatte bisher erwähnt, dass er von Richard mit Fragen genervt worden war, es war keinem von ihnen aufgefallen. Aber für ein wenig naiv im wirklichen Leben hielt Kevin diesen Richard Roesch schon. Oder war es gar nicht naiv, für einen Roman sogar zu sterben, seiner Arbeit alles zu opfern, was man hatte? Wurde das nicht sogar eigentlich von jedem Arbeitenden verlangt? Jetzt hätte Kevin gern gewusst, wie viele Schriftsteller dazu bereit wären, aber wie sollte er das herausbekommen? Er schüttelte den Kopf, konzentrierte sich wieder aufs Hier und Jetzt, als ihm klar wurde, dass einer der Männer es bereut haben musste, sich Richard anvertraut zu haben. Denn Richard war tot.

Ermordet. Kevin tippte auf den Mann, der als Junge unter dieser viehischen Mutter vegetiert hatte. Es sah Pawel an. Langsam sagte er: »Lass uns mal das weitere Vorgehen besprechen. Mir brummt der Schädel. – Hier liegen weit über zwanzig Mordmotive auf dem Tisch.«

»Ich weiß, wir haben sie ja schon gehört. Neu ist, dass Richard sie alle gekannt hatte.«

Kevin nickte: »Wir müssen eine Auswahl machen. Jetzt wissen wir, dass unsere Verhörergebnisse für Richard nicht

neu waren. Das ist die Verbindung von Opfer und Täter. Geheimhaltung. – Aber die Frage bleibt, wer ist der Täter? Im Prinzip steht hier drin, was uns auch erzählt worden ist. Ich schließe die anderen klassischen Mordmotive noch nicht aus. Vertuschung ist überdeutlich, aber es gibt immer noch eine Geschichte hinter der Vertuschung. Das ist so gut wie immer so. Ich meine, was soll man vertuschen, wenn es nichts zu vertuschen gäbe?«

»Mach mich nicht wirre! – Gut, dass du hier bist«, sagte Pawel. »Das war eine gute Eingebung, von wem auch immer!«

Firma dankt!

Sechzehntes Kapitel,
Siebzehnter Februar Zweitausendsiebzehn.

Im *geschlossenen Verbund* hatten die fünf Soldaten DM nach hinten in den Verhörraum gebracht, als Kevin sich in Richards Schreiben vertieft hatte.

Sie bewachten ihn vorschriftsmäßig, wenn auch etwas ungeduldig. Ohne besondere Härte standen zwei neben ihm und zwei andere sicherten die beiden Ausgänge des Raumes. Der fünfte Mann, Felix, er hatte noch Flaum auf der Oberlippe, fesselte DM an den Stuhl. Sie wollten keine Fehler machen.

Dann warteten sie auf Pawel und Kevin, die in einer Ecknische des Hauptraumes saßen und sich beratschlagten.

Aus den Augenwinkeln sah Pawel, wie Ute heftig auf den Fremden einredete, was ihm merkwürdig vorkam. Ihm wurde klar, dass der Fremde nicht in Richards Archiv aufgetaucht war.

Erneut kam es ihm eigenartig vor, dass ausgerechnet diese beiden Männer sich nicht kennen sollten. Richard war einer der ältesten Stammkunden überhaupt und der Fremde hatte hier, am Anfang der Kneipenzeit, viel Einfluss gehabt. Pawel wollte den Mann doch noch verhören, ehe er sich um DM kümmerte, aber Kevin Hilbig drängte ihn dazu, DM in die Ecke zu treiben, um zu sehen, wie er sich herauswinden wollte.

»Und wenn es doch der Fremde war? Auch wenn er kopfüber am Fensterkreuz baumelte, dann haben wir DM ganz umsonst in die Zange genommen.«

»Na und?«, sagte Kevin. »Egal wen du hier anpackst, du hast immer Unrat in den Händen.«

»Na, na, na, mal nicht so vorlaut, Kleiner, das sind alles meine Freunde!«

»Wirklich? Dann bist du ja ein ganz armer Hund! – Sorry, ich bin übermüdet. Was machen wir nun?«

In diesem Moment sah Pawel, wie Ute den Fremden zurückschubste und schnurgerade auf sie zukam. Im Vorbeigehen nahm sie ein leeres Tablett und wenig später fragte sie die beiden, ob sie noch etwas zu trinken haben wollten.

»Einen Red Kiss, obwohl doch schon Freitag ist«, sagte Pawel. »Egal ist achtundachtzig.«

Kevin bestellte ein Glas Myrthe. Dieser Italiener schmeckte ihm, obwohl er einen Moment lang sinnierte, ob Sardinien nicht doch zu Frankreich gehörte? Er hatte zu wenig von der Welt gesehen, das wurde ihm mit einem Mal klar. Die Welt war mehr als Google Earth, auch wenn das fast niemand seiner Generation mehr glaubte. Er sah Ute zu, wie sie hinter der Theke den Cocktail mixte und sich wenig später nach oben dehnen musste, um die Flasche Kräuterschnaps vom Bord zu holen.

»Donnerwetter«, sagte er. »Mir fällt diese gewaltige Oberweite jetzt erst auf. Bei so einem jungen Mädchen! Die ist so alt wie ich, oder? Anfang zwanzig oder jünger?«

»Neunzehn Jahre. Wird aber bald zwanzig. Die Brüste sind aber keine Laune der Natur.«

»Ach?«, fragte Kevin. Es dauerte, bis er verstand. Er quittierte: »Ach so.«

»Ja«, sagte Pawel, »dir ist das egal, aber als sie kurz nach ihrem Achtzehnten hier mit den zwei dicken Dingern hereinkam, da haben wir alle ganz schön schlucken müssen. Für die gibt es nur einen Begriff: *Mordsbrüste, Monstertitten!*«

»Das sind zwei Begriffe.«

»Schlaumeier! Utes Hupen sind so groß, dass jede einen eigenen Begriff braucht. – Ist doch logisch!«

»Aber, warum macht eine Frau so etwas?«

»Sag du es mir, Kevin, du bist hier der Frauenversteher. Meine Meinung wäre hier fehl am Platz.«

»Ich weiß nur, warum Schwule sich den Penis vergrößern lassen«, sagte Kevin. »Aber mit Brüsten kann man keine …«

»Egal was du sagen willst, behalt es besser für dich. Ich kann alles essen, aber ich muss nicht alles wissen«, sagte Pawel, der immer dann spürte, wie seine Toleranz schmolz, wenn Kevin Hilbig ins Intime abglitt.

Und genau das provozierte der Ex-Polizeianwärter manchmal ganz gerne, denn wie alle Schwulen hatte auch Kevin die Überlebensstrategie entwickelt, die ihn alles überstehen ließ: *Wenn man dich mit Schimpfworten belegt, dann nenne dich selbst mit diesen Worten, denn so nimmst du ihnen den Wind aus den Segeln, immer und immer wieder. – Nimm ihre Begriffe und verkehre sie ins Positive.*

Doch hier wollte Kevin sich zurückhalten, er malte mit den Fingern Figuren aus einer kleinen Lache Bier, die sich auf der Tischplatte befand.

Sie überlegten noch eine Weile, doch auf die Idee, Ute zu fragen, warum sie achtunddreißigtausend Euro für einen neuen Busen ausgegeben hatte, kamen die beiden Ermittler nicht.

Wären sie darauf gekommen, hätten sie bald darauf fragen müssen, woher ein junges Mädchen, das kellnern musste, um zu überleben, soviel Geld hatte, denn fast vierzigtausend Euro waren auch in der Schattenwirtschaft Rostocks nicht wenig Geld.

So aber begnügten sie sich mit einem kurzen Blick ins mörderisch tiefe Dekolleté. Und einem stillen Zuprosten, als Ute die Drinks abgestellt hatte.

Sie ließ sie jedoch nicht allein und setzte sich zu ihnen, neben Kevin, der an die Wand rücken musste.

»Na, bist geschickt worden?«, fragte Pawel sie. Er versuchte, ihr nur ins Gesicht zu sehen, denn er war verheiratet. Er war aber auch froh, dass Susanne noch nie in die Schallmauer gekommen war.

Ute nickte: »Teils, teils. Es gibt welche, die wollen endlich nach Hause. Es gibt welche, die wollen die Leiche loswerden. Es gibt welche, die auf den Mörder gewettet haben. Aber keiner kommt hier raus! Es wird langsam heikel. Man beginnt zu tratschen. Und du weißt, was das heißt.«

»Es gab mal eine amerikanische Band, der Sänger hätte dir gefallen. Der hieß Jim Morrison. Jedenfalls heißt dessen Biografie *Keiner kommt hier lebend raus.*«

»Ach, ein ganz Schlauer, was?«, fragte Ute, der Pawel ansah, dass ihr etwas durch den hübschen Kopf ging, dessen schmale Lippen nicht so gut zum üppigen Busen zu passen schien, wie Privatdetektiv Pawel Höchst kenntnisreich meinte.

»Ja«, sagte er, »er meinte mit *hier raus* die ganze Welt. Verstehst du? Wir kommen hier alle nur mit den Füßen voran raus.«

»Okay, ich sag's den Leuten«, versprach Ute, worauf die beiden Ermittler müde lachten.

»Aber im Ernst, Ute, dich beschäftigt doch was?«, fragte Kevin, und erstaunt sah Pawel den jungen Ermittler an.

Während er selbst noch den Anfang für ein unterschwelliges Verhör gesucht hatte, war Kevin schon voll dabei. ›Es ist nie leicht, mit Frauen zu reden, außer, wenn man sie reden lässt‹, dachte Pawel. ›Guter Ansatz, Kevin.‹

»Ach«, machte Ute, »mir geht der Picklige nur auf die Nerven. Dass der heute hier unbedingt noch kurz vor Björn auftauchen musste! Das verdirbt mir den ganzen Tag!«

»Wie kommt das?«, fragte Kevin leichthin. Pawel überließ ihm gern die Gesprächsführung.

»Ach, lange Geschichte, kurzer Sinn!«

»Okay, machen wir ein Spiel«, sagte Kevin. »Erzähl mir die lange Geschichte, ich sag dir dann den kurzen Sinn.«

Ute drehte sich zu ihm und sagte: »Schade, dass du vom anderen Ufer bist.«

»Ist das so offensichtlich?«

»Überhaupt nicht, aber Richard hat oft von dir erzählt. Er mochte euch beide ungeheuer gern: der spröde Seebär und den jungen Berliner. Jeder auf seine Art ein … Er nannte euch *Sympathieträger*. Ich hätte nur gedacht, du wärst nicht so niedlich. Ein bisschen wie ein Asiate, oder? So viel Geschmack habe ich Richard gar nicht zugetraut … dem alten Schweiger.«

»Das täuscht. Alles ist eine Täuschung, bis auf die Enttäuschung. Flirtest du mit mir, Ute? Das wäre verrückt!«

»Ich mache viele verrückte Sachen, wenn mir langweilig ist. Doch meistens bereue ich sie nicht einmal. Ich bin ein schlimmes Mädchen, weißt du, ein ganz schlimmes.«

Aber darauf konnte Kevin nichts antworten, dafür war er nicht der Mann. Pawel half ihm nicht aus. Der Seemann hatte sich zurückgelehnt und grinste das eigenartige, junge Paar an.

Ute zwirbelte ihre Haare, Kevin schaute durch sie hindurch, aber keinem am Tisch war die Stimmung peinlich. Oder das Schweigen. Bis Pawel sich dann doch aufraffte: »Ich weiß, was schlimme Mädchen wollen.«

Ute machte sofort das Gesicht, als müsste sie sich übergeben. Sie steckte sogar den Finger in den Mund, woraufhin Pawel gutmütig lachte.

Auch Kevin, der aus seinem Tagtraum schreckte, lächelte mit. Dann sagte er: »Also, der Fremde geht dir auf die Nerven. Das ist der erste Satz deiner Geschichte.«

»Ach, kannst du dir vorstellen, dass ich mit so einem Vogel mal liiert war? Unglaublich, oder? Aber damals war er stinkreich. Er hatte zwei Porsche und wollte mir einen dritten kaufen, aber ich wollte lieber ein Kind.«

»Wie alt warst du da?«

»Vierzehn.«

»Dann hat der Kerl es mit einer Minderjährigen …«

»Ach komm, du Moralapostel«, brauste Ute auf. *»Man ist so alt, wie man sich fühlt!«*

»Der Satz ist aber anders gemeint … egal! Wie lange hat das mit euch gehalten?«

»Bis ich fünfzehneinhalb war, da hatte ich es mit einem Jungen vom Handballklub probiert. Aber der wollte in seiner Freizeit nur Computergames spielen. – Ach Kevin, ich mag deine Lippen so sehr. Die sind so schön geschwungen! Sag mal, könntest du nicht …«

»Nein, kann ich nicht!« Kevins Stimme war härter, als er es meinte, sodass seine Worte für Ute fast brutal klangen. »Schon allein der Gedanke … Bitte nimm es nicht persönlich, Ute!«

»Frauen nehmen immer alles persönlich, darum sind es ja Frauen«, mischte sich Pawel zwar nun doch ein, wurde von den jungen Leuten aber gar nicht wahrgenommen.

Ute sah Kevin weiter interessiert an, abwartend, so lange bis Kevin sich dann doch erklärte. Er hatte gehofft, mit einer Andeutung davonzukommen, weil er das, was nun kam, schon oft erlebt hatte. Er seufzte.

Kevin Hilbig wollte aber wieder nicht lügen, so fragte er mit großem Ernst: »Kennst du das stärkste Gefühl des Menschen? Was meinst du, welches deiner Gefühle ist am stärksten?«

»Liebe?«, säuselte Ute, woraufhin Kevin ausstieß: »Ekel.«

»Ekel?«, fragte sie entgeistert.

Kevin nickte: »Ekel begleitet uns seit unserer Zeit als Urmenschen. Er lässt uns überleben. Er schützt uns vor Inzucht, er schützt uns vor verdorbenen Speisen, er schützt uns davor, mit einem Partner Kinder zu zeugen, dessen Gene nicht zu den eigenen passen. Nicht Liebe entscheidet, mit wem wir zusammenkommen, Ekel entscheidet, mit wem wir nicht zusammenkommen.«

Utes Mund öffnete sich und blieb bei einem *halben O* stehen. Das war der Begriff, den Fotografen ihren Modellen sagten, wenn diese verführerisch schauen sollten, wusste Pawel. Ute allerdings war jetzt nicht klar, dass ihr Anblick verführerisch war. Sie war durcheinander. Sollte sie beleidigt sein? Sollte sie sich im Griff haben? Ekel, wenn man sie ansah? Ute verwirrte immer mehr, in Bruchteilen einer Sekunde stürzten Gedankenfluten in ihr durcheinander. Sie begriff gar nichts mehr. Sie wusste nur noch, dass Kevin *so schön* war. Ute seufzte. Und hielt das *halbe O*.

Pawel sagte: »Ekel macht alle Bemühungen um Toleranz ein Ende. Gegen Ekel ist kein Kraut gewachsen und keine Philosophie stark genug. Wir Kerle sagen immer, wir tolerieren auch Schwule, aber trotzdem ekeln wir uns vor dem, was sie tun. – Wir brauchen nur an den … Akt … denken. – Egal!«

»Ja, und das ist es, was mich befällt, wenn ich an den … Akt mit einer Frau denke. Es ist einfach Ekel, den man nicht wegbekommt«, sagte Kevin. »Es tut mir so leid! Du nimmst es doch persönlich, das stimmt doch, ich sehe es dir doch an. Es tut mir leid, Ute!«

»Ach was, ich doch nicht. Ich kenne Ekel auch. – Aber du bist so schön, Kevin. Schon als du hier hereingekommen bist, da dachte ich, ich dachte …«

»Spar dir das, Ute«, sagte Pawel Höchst. »Es bringt gar nichts. Es kostet nur!«

»Darum sind ja Schwule immer so charmant zu Frauen, die diesen Charmeuren dann immer alles glauben. In Wirklichkeit überspielen wir nur unseren Ekel. Es ist eine Show, wenn wir nett zu euch sind, aber ihr durchschaut das nie!«

»Hui, Drama, Drama!«, rief Ute aus und lachte. »Wer belügt denn wen nicht?«

Überrascht und dann erleichtert, so fühlte Kevin sich. Er hatte schon viele solcher Gespräche führen müssen, die alle im Streit geendet hatten, aber so locker hatte es bei ihm noch kein Mädchen genommen. Er überwand sich und umarmte Ute kurz und heftig.

»Das bringt mich auf meine alte Frage«, sagte Pawel. »Wer lügt hier wen an? Mir scheint, uns lügen hier alle an. Aber alle sagen auch die Wahrheit. Ute, was wollte der Fremde denn nun von dir? Ihr habt euch doch da drüben gestritten?«

»Was so einer immer will. Entweder Sex oder Geld«, log Ute so natürlich, dass keiner der Ermittler das bemerkte. »Von mir bekommt er gar nichts von beidem.«

»Das hätte mich auch sehr gewundert«, sagte Pawel. Ihm fiel ein drittes Wort ein: *Mördertitten.*

»Aber eines sag ich euch noch«, ließ Ute endlich die Bombe platzen, deren Zündschnur sie schon angezündet hatte, als sie sich an den Tisch gesetzt hatte. »Der Picklige war es! Ich weiß nicht, wie er das von der Zeit her gemacht hat, aber er hat Richard umgelegt. – Sagt mal, seid ihr euch mit der Zeit überhaupt sicher? Völlig, völlig, völlig sicher?«

»Na, ganz sicher erst, wenn eine Gerichtsmedizinerin ihre Unterschrift unter einen Bericht gesetzt hat, aber so, wie es jetzt aussieht, kann es doch gar nicht anders gewesen sein«, sagte Kevin und sah Pawel an. »Oder?«

»Dann«, sagte Ute, erhob sich und tat, als lausche sie einer Explosion nach, »dann würde ich das noch mal überprüfen!

Ich weiß nicht, was hier genau abgeht, aber ich kenne den Schurken nun mal. Ich weiß, wie er tickt, ich weiß, wie er sich verhält, wenn er was verzapft hat. Und genauso verhält der Picklige sich jetzt nämlich auch. Der wollte doch nicht wirklich wegen der uralten Geschichte mit seinem Geld, das er hier vor fast zehn Jahren mal investiert hat, herkommen. Glaubt es mir, der hat was anderes gewollt! Etwas Aktuelles! Und vielleicht hat er es auch schon gekriegt! Hier, vor unser aller Augen! Und jetzt kommt er wegen des Sturms nicht weg. – He, Kevin«, sagte Ute schon von der Theke aus, »mein Ekelgefühl ist sich da ganz sicher! Völlig sicher!«

Sie lächelte, ehe sie sich umdrehte und zurück zu ihrer Mutter ging, die hinter dem Tresen stand. Schon arbeiteten sie wieder Hand in Hand, während Pawel und Kevin sich nachdenklich anblickten. Sie schwiegen. Beide dachten das Gleiche, aber keiner von ihnen wollte es aussprechen. Die erste Regel bei Verhören hieß: *Wenn jemand einen anderen ohne Grund belastet, dann will er zumeist nur von sich ablenken.* Sie sahen sich an. Kevin dachte: ›Aber mal im Ernst, Ute?‹

Überall hatten sich kleine Runden gebildet, kaum jemand saß noch an der Theke. Die Biker waren für sich, die drei Besitzer der Kneipe, die Stammrunde der Stammrunde sowieso, und Maik und Falk unterhielten sich sogar leise mit dem Unbekannten. Pawel kannte das von seiner Zeit als Hochseefischer. Jetzt entstanden die ganzen Tratschgeschichten und der ganze Klatsch. Wenn sie jetzt nicht bald gegensteuerten, dann würde es hier gleich eine richtige Explosion geben. Dann würden ganze Schiffskessel hochgehen. Er sagte zu Kevin: »Wir müssen uns beeilen.«

Der junge Ermittler nickte: »Dann beeilen wir uns! Ich hab nichts dagegen. Verhören wir diesen DM. Dann nehmen wir uns den Fremden doch noch mal vor.«

»Oder«, sagte Pawel, »wir machen es ganz anders! Wir können es auch ganz anders machen.«

»Lieber nicht. Sie kann es nicht gewesen sein. Sie hat zu wenig Kraft für so viel Blut!«

»Ja, das wird wohl stimmen. Das hatte ich vergessen. Wer so hart zuschlägt, der kann nicht auch noch solche Brüste haben. Du bist durch und durch ein Realist, Kevin, schon immer gewesen.«

»Na, dann! Packen wir es! *Auf los geht's los*, wie der Berliner immer sagt«, sagte Kevin.

Kevin und Pawel tranken ihre Gläser aus, erhoben sich und alle Blicke folgten ihnen, als sie nach hinten gingen, was noch lange nicht hieß, dass die Männer zu reden aufhörten. Ihre Meinungen festigten sich mit jeder Viertelstunde mehr.

Ganz wohl ist mir bei diesem Teil nicht, denn es ist klar, dass dieser Teil grenzwertig ist, weil die Aneinanderreihung der Hintergründe der Nebenfiguren sehr kompakt daherkommt.

Eigentlich kommt es dem Leser von Unterhaltungsromanen immer nur darauf an, denken zu können: ›Ich habe schon ein ganz schön mieses Leben, aber Gott sei dank ist meines nicht annähernd so mies wie das von denen hier im Buch!‹ Von daher müssten ihm diese ganzen miesen Wirklichkeiten eigentlich gefallen – und bestätigen.

Ein solcher Leser mag aber nicht, wenn er überfordert wird, denn das macht ihn nervös. Das ist auch soweit nachvollziehbar, denn schließlich ist sein Hauptjob nicht, Leser zu sein.

Schnell aber wird der Autor dann als egozentrisch abgestempelt. Und Schlimmeres. Ich habe es erlebt! Das könnte ich hier gut verkraften, denn ich kann zu jedem Zeitpunkt sagen: Sachte, sachte, liebe Leute. Ich bin hier nur der Stellvertreter!

Entweder müssten also diese Hintergründe im Romanverlauf weit gestreut werden, was ihn immer wieder ins Stocken bringen und was sehr schwierig sein würde, weil man immer wieder Übergänge finden müsste, die nicht zu auffällig sind, die aber doch durch die Situation heraus motiviert wirken müssten, wobei klar ist, dass es nur eine begrenzte Anzahl von motivierten Übergängen gibt, schon immer gegeben hat, oder es müsste nach dem Motto gehen: *Augen zu und durch!*

Es würde also darauf hinauslaufen, dem Leser so einiges, was vorgefallen ist, vorzuenthalten, ihn nicht über all diese schrecklichen Hintergründe in Kenntnis zu setzen, und genau das ist auch wieder etwas, was der Leser von Unterhaltungsromanen ganz sicher nicht mag. Er will schon wissen, mit wem er es zu tun hat, und so zu tun, als wären nur drei oder vier Nebenfiguren mit schlimmen Hintergründen beladen, das würde wiederum Richards Konzeption ad absurdum führen, was darauf hinauslaufen würde, den letzten Willen des Toten nicht zu respektieren; eine Schweißerbrille also, die ich mir nicht aufsetzen will. Der letzte Wille ist der letzte Wille! Und darum hieß das Gebot der Stunde also: *Augen zu und durch!*

Ich ahne die Tücken des Schreibens von Kriminalromanen mit einem Mal ganz gut, sodass ich mich ernsthaft frage, ob Unterhaltung vielleicht nicht doch der Literatur von der Manufaktur her gleichwertig ist.

Wenn diese Art Einwände kommen, dann will ich es mit dem Verweis versuchen, dass man ganz offiziell den Schulterschluss mit dem Leser sucht, indem man ihm zuruft: »Gib alles! Lies es weg! Da müssen wir jetzt durch! – Wir sind doch alle Rostocker Jungs und Rostocker Mädels.«

Und die Hoffnung bleibt, dass der Leser durch diese Hintergründe so gefangen war, dass er keinerlei Überforderung gespürt hat; ich meine, möglich ist vieles! Ich haue jetzt erst einmal das altbekannte Schild an Richards Bürotür und mache schön einen verdienten Kurzurlaub. Dann sehen wir weiter.

Vierter Teil – Rostocker Jahrhundertverhör

Prolog, Erster Juni Zweitausendsiebzehn.

Literarisches Handwerk dient mir dazu, den Lebensekel, den Menschenüberdruss und den Selbsthass in hübsche Kunst zu verwandeln, die ihre Konsumenten regelmäßig erschreckt, hinterfragt, verunsichert und in den Bann zieht. Wie anders aber funktioniert doch Richards Metier, das Schreiben von Kriminalromanen! Es ist eine Lehrstunde, die ich hier absolviere. Mein Lehrer ist tot, aber seine Lehrmeinung und seine Methoden stehen weiter im Raum; nicht zuletzt seine Vorbereitungen, Hauptfigur-Biografien und seine überwältigende Liebe zu Rostock, dieser *Stadt am Wind*, die es niemandem leicht macht, die aber alle leicht macht.

Während der Kriminalromanproduktion im Sinne Richards durchstreife ich in der Schreibpause diese höchst eigenartige Stadt. Ich selbst wohne zwar in Leipzig, stamme aber tatsächlich von hinter der Recknitz, genauer aus der Hanse- und Universitätsstadt Greifswald. Da, in Vorpommern, da ist eine ganz andere Welt, was ich aber hier finde, das ist tatsächlich Weite, das ist viel Platz zwischen den Gebäuden, der demnächst aber verbaut werden wird, weil es keine Zinsen mehr gibt. Was ich hier finde, das ist ein Wille und ein Wunsch zur Offenheit hin, denn es darf heute nicht vergessen werden, dass den Einwohnern der Innenstadt vor fast drei Jahrzehnten der Weg zum Stadthafen verwehrt worden ist. Da, wo heute die Fernverkehrsstraße Am Strande – besser wäre Am Rande – ist, da war früher Schluss. Obwohl die Rostocker einen gewaltigen Fluss vor der Tür hatten, durften sie nicht zu ihm. Er war Transitplatz, Überseehafen, Werftgelände: Eine Mauer hielt die Einwohner vom Wasser weg. Grenzzäune mitten durch die Stadt, Grenztürme über der Stadt, doch heute ist nichts davon übrig. Die Rostocker genießen noch immer den freien Blick, den die Freiheit ihnen brachte. Sie hatten es noch nie so eilig wie nach neunundachtzig gehabt, das ganze Gelände abzureißen, um zum Wasser zu kommen, denn Wasser ist Leben und Leben ist nun mal wertvoll.

Gerne würden sie den Stadthafen noch heute frei und leer halten, einfach, weil sie sich die Freiheit leisten wollen, aber ein leerer Hafen macht sich in den Touristenmagazinen nicht gut. Darum entstehen nun überall diese Flachbauten am Ufer der Warnow, argwöhnisch beobachtet, ob sie niedrig bleiben und ja nicht den Weg zum Wasser versperren. Der Architekt wird hier gewiss scheitern, der das nicht beachtet: Freiheit ist nicht nur die Freiheit des Kopfes!

Solcherlei Gedanken durchstreifen meinen Schädel, während ich von Dierkow aus sehe, wie klein das Matrosendenkmal doch neben den neuen, gar nicht so flachen Gebäuden wirkt.

Die Fäuste gen Himmel, so sieht man Rostock. Es sind immer die Fäuste, die die Knochenbrüche verursachen, von denen es bekanntlich in Rostock am meisten gibt, glaubt man der Statistik des Männerheftes, das die ganze Zeit auf dem Tresen der Schallmauer liegt und hin und wieder angelesen wird.

Ute liest in ihm, Uta auch, der Fremde, der Unbekannte, die Soldaten, zwischen den Pausen des Redens blättert so gut wie jeder in ihm, doch die Statistik überblättern sie alle ganz schnell: Es gibt Dinge, auf die man stolz sein kann. Und es gibt Dinge, auf die man nicht stolz sein kann. Die Stammkunden wissen es, der mecklenburgische Volksmund nennt es: *Es gibt Leute, die stehen im Licht, und Leute, die stehen im Weg.*

Währenddessen beschäftigt mich noch immer die Frage, ob im Teil Drei vielleicht zu viel Hintergrundwissen aufeinandergehäuft wurde, oder nur viel.

Ist alles zu kompakt geraten, zu wuchtig für den Leser von Unterhaltungsromanen? Es ist manchmal nicht leicht, auf den beiden großen Säulen der Literatur zu balancieren, ohne in den Abgrund der Lächerlichkeit zu fallen, der Banalität oder der übertriebenen Ironie à la Thomas Mann. – So, nun ist der Name auch hier – wie in jedem guten Roman – untergebracht!

Vielleicht befragen wir besser gleich die Leser selbst?

Siebzehntes Kapitel,
Siebzehnter Februar Zweitausendsiebzehn.

Es interessierte ihn, und so ging Pawel nicht den kürzesten Weg nach hinten, um über den Klubraum in sein Verhörzimmer zu gelangen, sondern nahm von der Nische aus den Umweg um die ovale Theke herum, damit er unauffällig sehen konnte, was Ute da schon den ganzen Abend las. Er wusste nicht, warum er das wissen wollte, aber er wusste, dass unzählige Privatdetektive vor ihm das auch nie gewusst hatten, bis sie dann plötzlich doch wussten, warum sie es hatten wissen wollen, was sie hatten wissen wollen. Ihm war klar, dass das kompliziert klang. Kevin, der an komplizierte Gedankengänge gewöhnt war, hätte es natürlich einfacher denken können, aber im matten Spiegel der Zapfanlage sah Pawel eben nicht Kevins Gesicht, sondern sein eigenes.

Neben sich hatte er Ute, die in einer Zeitschrift blätterte. Auf Seite achtzig begann die Rubrik Lebensart: *So stehen Sie anderen perfekt zur Seite!* Darunter stand: *Man muss kein Superheld sein, um anderen in der Not zu helfen. Mit unseren Spezial-Tipps retten Sie in acht bedrohlichen Situationen Menschenleben – und entflammen Herzen.* Ute interessierte sich aber weder für die acht Situationen noch die Spezialtipps, sie blätterte weiter bis zur Seite hundertzwei, Rubrik Style: *Zieht euch warm an, Jungs!* Pawel hörte sie leise seufzen, denn auf den folgenden Seiten zeigte das immer gleiche männliche Modell Kleidung des Street-Style-Looks. Das ging bis Seite hundertzehn so, doch Pawel hatte genug gesehen. Es war ein Modell um die zwanzig Jahre, dunkelblonde, kurze Haare, blaue Augen in einem ausgehungert wirkenden Gesicht. Unten rechts oder links hatte neben den Seitenzahlen gestanden: *02/2017 – Men's Health*. Pawel nickte und sagte, ehe er vom Tresen verschwand, zu Ute: »Ruf ihn einfach an, der wartet ganz sicher!«

Sie schrak hoch, lachte ärgerlich und sagte: »Idiot!«

Lachend ging Pawel davon. Kevin hatte im Zwischenraum, auf Höhe des runden Stammtisches, auf ihn gewartet. Gemeinsam durchquerten sie den Klubraum der Rocker. Einer der jungen Soldaten stand hinter der Theke an der Tür, die zum Verhörzimmer führte. Er nahm Haltung an, als er die Ermittler kommen sah, grüßte aber nicht militärisch.

Pawel sagte trotzdem: »Rühren!«

Franz ließ das eine Bein einknicken und stellte den anderen Fuß ein wenig nach hinten.

»DM, DM, DM«, sagte Pawel, als er am wachhabenden Soldaten vorbei ins Verhörzimmer ging und wartete, bis dieser die Tür hinter ihm und Kevin geschlossen hatte. Dann drehte er sich zu DM um, sah ihn direkt an und sagte erneut: »DM, DM, DM.«

DM saß nicht am hinteren Tischende; er wurde von zwei Soldaten mit Oberkörper und Gesicht so auf die Tischfläche gepresst, dass er Pawel kaum sehen konnte. Seinen Kopf konnte er unter den Soldatengriffen nicht einen Millimeter bewegen. Und sagen konnte er schon gleich gar nichts. Ihm war das Jackett ausgezogen worden, die Hemdsärmel waren nach oben gerollt. Er trug weder sein

Rolex-Imitat, noch seine echten italienischen Lederschuhe von Deichmann.

Fragend sah Pawel ihn an. Dann sah er zu den Soldaten. Für ihn wirkte es so, als dächten sie, sie wären im Dienst und würden Befehle ausführen. Sie waren hochkonzentriert. Vielleicht sahen sie hier ja ihre Chance, überlegte Kevin, Pluspunkte zu machen, um Mecklenburg verlassen oder wenigstens doch noch beim Bund studieren zu können? Er hatte den Jungs schon vor einer ganzen Weile angesehen, wie unglücklich sie waren. Er wollte ihnen helfen.

Pawel hingegen schob diesen Diensteifer auf die Übermüdung der gesamten Truppe: Sie wollten es einfach nur noch hinter sich bringen. Er gab ihnen ein Zeichen.

Sie rissen DM zurück gegen die Stuhllehne und hielten ihn an Oberarmen und Handgelenken so, dass er nur noch Pawel ansehen konnte.

DM wollte sein Gesicht abwenden, aber das ließen die Bewachenden nicht zu.

Pawel schwang ein Bein über die Lehne des anderen Stuhles und setzte sich gegenüber von DM an den Verhörtisch, an dem ihm schon so viele Geständnisse zugetragen worden waren; ganz einfach, weil er zum einen die richtigen Fragen gestellt hatte und weil die angetrunkenen Männer zum anderen unter vier Augen angeben wollten. Das war ihnen gelungen. Sie hatten Pawel dann doch für einen Freund gehalten, und das war sicherlich verkehrt gewesen. Pawel sah sich als Ermittler, als Mann, der diesen ganzen Spuk beenden konnte. Er musste jetzt nur noch DM zum Reden bringen, dann war endlich Ende im Gelände. Er nickte Kevin zu.

Als wäre DM gar nicht im Raum, schüttelte er den Kopf und sagte zu Kevin: »DM, DM, DM!«

Sie wussten beide, dass Narzissten mit solch einem zur Schau gestellten Desinteresse nicht umgehen konnten. Manager wie DM, die sich für erfolgreich hielten, ebenso wenig. Die beiden Ermittler wollten den Mann kommen lassen.

»Ich sage gar nichts«, sagte DM. »Da könnt ihr lange warten. Ihr seid keine Bullen, ihr seid gar nichts. Ich verdiene in einer Stunde mehr Kohle, als ihr in zwei Jahren. Zusammen, ihr Hanswürste, zusammen!«

»War das ein Bestechungsversuch?«, fragte Kevin.

Pawel nickte: »Ich sage ja. Das gibt auf der Minusseite der Tabelle schon einmal einen ersten Punkt. – Gut gemacht, DM, wirklich gut!«

»Bestechung? Pah, für euch ist mir doch mein Geld viel zu schade! Ich sag gar nichts, das ist klar.«

»Falsch«, sagte Pawel, »du sagst alles. Nach und nach wirst du alles sagen.«

Das letzte Wort hatte Pawel noch nicht einmal ausgesprochen, als einer der Soldaten DM einen Nierenhaken ausschenkte. Er krümmte sich vor Schmerzen, fluchte in sich hinein und keuchte. Friedrich drohte mit einem zweiten. Er sagte: »Da hast du vollkommen recht, hier ist keine Polizei anwesend, die dich beschützen könnte. Ich an deiner Stelle … also ich … ich würde ja mal von vorne überlegen. Noch einmal ganz von vorne!«

DM schüttelte den Kopf, keuchend und mit schmerzverzerrtem Gesicht: »Mark und seine Leute schulden mir noch einen ganz großen Gefallen, wenn ihr also auf die Tour kommt, dann komme ich auf die Tour!«

»Du willst also Spielchen spielen«, sagte Pawel. »Fein. Dann spielen wir Spielchen.«

»Ich sage nichts. – Was soll ich auch sagen. – Ich sag nichts. Gar nichts sag ich. Was soll ich schon groß sagen?«

Diesmal schlug der andere Soldat zu. Es war ein ansatzloser Schlag, den DM genau aufs Ohr bekam. Ihm klirrte es geradezu im Schädel. Sich selbst fluchen, das hörte er nicht.

»Darauf stehst du doch«, sagte Pawel. »Schlägereien, Schlägereien, Schlägereien. DM, DM, DM. Dabei tust du immer, als wärst du hier der Managerkönig persönlich.« Langsam schüttelte Pawel abschätzig den Kopf: »Dein ganzes Leben eine einzige Schlägerei, DM, DM, DM. Minderjährige vergewaltigen, das ist wohl dein Hobby, oder was? – Vielleicht bist du damals vom Gericht freigesprochen worden, aber hier und heute wird dir das nicht noch einmal passieren. Keine Angst.«

»Ich habe keine Angst«, sagte DM, der sich dann erst daran erinnerte, dass er ja gar nichts hatte sagen wollen.

Kevin wiederholte mit ernstem Gesicht und mitfühlendem Blick: »Keine Angst!«

Pawel tat, als hätte er weder DM noch Kevin gehört. Er lehnte sich auf seinem Stuhl zurück, stellte den Ellenbogen auf den Unterarm und legte das Kinn in die Hand.

Er nickte den Soldaten zu, die DM ein paar Schläge versetzten. Genauso, wie sie es in den Verteidigungskursen gelernt hatten, die sämtlich aus Angriffsstrategien bestanden. Sie hatten nichts vergessen, auch wenn sie strafversetzt waren, Munition zu bewachen, Latrinen zu putzen und den Rest ihrer Armeezeit dahinzudämmern. Jetzt waren sie wieder in ihrem Element. Sie erinnerten sich, warum sie einst zur Bundeswehr gegangen waren. Sie wollten das Böse vernichten, und genauso schlugen sie jetzt auch zu.

»Da gehst du einfach dem abgehalfterten, armen, alten Roesch hinterher, schlägst ihn beim Pinkeln nieder, und dann ergibst du dich deinem Rausch. Schlägst einfach weiter, bis das Blut des Autors die Wände markiert. – DM, wer soll bloß die Renovierung bezahlen. Du etwa?«

»Ich bezahl gar nichts.«

»Jedenfalls nicht mit Geld.«

»Gar nichts«, presste DM hervor, weil er schon wieder mit der Wange auf der Tischfläche lag. An den Jochbeinen schwoll sein Gesicht an. Er spürte es deutlich.

Kevin sagte: »Man schlägt einen Schriftsteller nicht nieder. Man erschlägt ihn schon gleich gar nicht. Das gehört sich nicht, DM, das gehört sich ganz und gar nicht. Mag er langweilige Krimis geschrieben haben, aber deswegen ermordet man ihn nicht. Das gehört sich nicht.«

Pawel erhob sich halb, kam mit dem Kopf über das Gesicht des Mörders und flüsterte von oben herab: »DM, DM, DM. So viele Anwälte gibt es ja gar nicht, wie du sie brauchst.«

»Mach mich nicht wahnsinnig«, flüsterte DM. »Kannst du auch was andere als *DM, DM, DM*?«

Pawel sagte: »Klar, ich kann noch mehr. Ich kann alles, was geht, mit dir machen. Oder mit dir machen lassen. Wir sind hier eingeschneit. In den nächsten Stunden stört uns hier niemand. Du bist ein kleiner Wichtigtuer. Mehr warst du nie! Was nützen dir jetzt deine ganzen Telefone? Deine Verbindungen? Deine Bargeldhaufen? Sogar dein Nobel-Deo hat schon versagt: Du stinkst wie ein Elch im Iltisbau.« Dann sah Pawel zu den Soldaten hoch und sagte zu ihnen: »Zum Glück sind wir keine Rechtsvertreter, was? Zum Glück können wir machen, was wir wollen.«

Franz, der stillste der Soldaten, nickte und sagte: »In der Schallmauer bleibt, was in der Schallmauer passiert ist. Das war schon immer so. Das bleibt so.«

»Wo begraben wir ihn?«, fragte Samir mit großer Seelenruhe. »Oder legen wir ihn einfach in den Keller?«

»He, he, he!«, rief DM. »Ihr seid Soldaten! Wenn ich über euch auspacke, dann seid ihr ganz weg vom Fenster!«

»Wer soll dir glauben?«, fragte Franz, der die Tür bewachte, die zum Hof ging. »Wer glaubt einem wie dir? Einem Kerl, der einen Autor totschlägt. Ich glaube, es gibt nichts Schlimmeres auf der Welt.«

»Pah, Autor«, quetschte DM unter der Faust, die sein Gesicht auf die Tischplatte drückte, hervor. »Wo war denn Richard ein Autor? Der war nicht mal verschuldet! Solche Autoren brauchen wir nicht, aus denen man nichts rausholen kann!«

»Ach«, sagte Kevin, »darum? Wer dir nichts bringt, den bringst du um? So einfach?«

»Ja, ja, versteht mich nur immer falsch! Immer schön falsch verstehen, in vollster Absicht. Ich lach mich tot.«

»DM, DM, DM«, antwortete Pawel. »Dann lach dich doch tot. Wir schauen dir zu. Lach schon!«

Ein paar Minuten vergingen, in denen alle auf DM schauten, als würden sie wirklich erwarten, dass er einen Lachanfall bekäme. Doch nichts geschah.

Pawel sagte: »Wir begraben ihn nicht, wir bringen ihn in den Tunnel und ketten ihn an eines der Gitter. Der Zugang zum Tunnel, der unter der Doberaner Straße hindurchführt, der ist noch offen. Der geht noch immer von der Brauerei runter zum Stadthafen. Mitten durch die mehrstöckigen Lagerkeller, wo die Kids früher immer ihre Technopartys gefeiert haben. Heute gibt es nur noch den Zugang von der *Schalle* aus. – Das machen wir mit ihm!«

»Und dann?«, fragte Ex-Polizeianwärter Kevin Hilbig mit großen Augen. Er spürte mehr, dass Pawel auf ein Stichwort wartete, als dass er es wusste.

»Dann füttern wir ihn so, dass er uns nicht abkratzt. Und immer wenn einer von uns Frust hat, dann geht er in den Tunnel und schlägt ein bisschen auf unseren guten, alten DM hier ein. Was DM? – Dann haben wir nicht nur ein Erotikkabinett, sondern auch ein Zuhause für unsere Aggrotherapien!«

»Gute Idee«, sagte Max, der von den Soldaten immer am schnellsten mit der Faust am Gesicht der Gegner war. »Sehr gute Idee! Dann komm ich nicht nur donnerstags her, so viel ist klar.«

»DM mag nämlich Schlägereien, er steht voll auf Schlägereien, müsst ihr wissen«, sagte Pawel. »Aber das wissen ja alle! Das wissen wir ja schon lange.«

Dann flüsterte er wieder DM zu: »DM, DM, DM.«

»Ihr seid alle krank«, meinte DM. »Ihr braucht frische Luft. Ihr braucht klare Gedanken! Ich bin in der Gewalt von Kopfkranken, von Idioten, von Volltrotteln! Ihr gehört doch alle nach Gehlsdorf, von der Bank weg! Ab nach Gehlsdorf mit euch!«

Felix sagte: »Gehlsdorf ist schön! Was hast du gegen Gehlsdorf? Da ist die Goldküste von Rostock. Klar, da ist auch das riesige Zentrum für die, die nicht mehr logisch funktionieren, aber da ist auch die Goldküste. Ach DM, wenn wir mit dir fertig sind, würdest du dir wünschen, nach Gehlsdorf gelassen zu werden!«

DM wurde panisch, aber die Fäuste, die ihn hielten, waren jung und kräftig.

Pawel sagte: »Wir haben jetzt nur unseren Spaß, DM. Du hattest doch deinen Spaß schon, was DM?«

Friedrich, der rechts von DM stehende Soldat, sagte: »Wir wollen doch auch nur unseren Spaß haben, DM. Warum so egoistisch, DM? Immer willst du deinen Spaß alleine haben. Ganz alleine! Ich finde das gar nicht gut. Immer machst du dich über uns lustig, die dich um Geld anpumpen. Immer gibst du die Runden Myrthe unter höhnischem Geplapper aus, DM, das ist nicht gut, das ist gar nicht gut. Damit soll nun Schluss sein. Wer braucht schon dein Geld? Niemand! Niemand!«

Samir sagte: »DM ist wohl ein kleiner Spaßverderber. Wir mögen bei der Truppe keine Spielverderber.«

»Niemand mag Spielverderber«, nahm Pawel den Faden wieder auf und setzte sich zurück auf seinen Stuhl. Kevin hatte vorübergehend den Anschluss verloren. Er ging erneut aus dem Lichtschein der nackten Glühbirne heraus und lehnte sich mit dem Hintern gegen das uralte Waschbecken aus Emaille.

»Jetzt hört doch endlich mal zu«, sagte DM. »Haltet doch mal für Sekunden eure ganzen, blöden Fressen!«

Pawel sah die Soldaten fragend an: »Habt ihr das gehört? Wir sollen zuhören? Ich denke, DM will nichts sagen.«

»Er hat vielleicht doch nicht nur Scheiße im Hirn«, meinte Max und sah mit großen Augen um sich.

»Ich werde noch verrückt mit euch«, sagte DM. »Setzt mich wieder hin. Ich erzähl es euch. So wie es war.«

»DM will uns was erzählen«, sagte Pawel. »Da bin ich aber mal gespannt.«

»Keine Lust, zuzuhören«, sagte Friedrich, riss DM zurück und schlug ihm die Faust hart ins Gesicht.

»Sieh dir das an«, sagte Franz, »ganz schlechtes Zahnfleisch! Das blutete schon beim Hingucken.«

»Lasst mich doch reden«, nuschelte DM, mit Blut zwischen den Lippen. Er spuckte es aus und sah Pawel an. Widerwillig und flehend zugleich.

»Also gut«, sagte Pawel, »sag, was du zu sagen hast. Dann spielen wir vielleicht wieder mit dir. Vielleicht aber auch nicht. – Hast du endlich begriffen, dass es aus dieser Sackgasse nur den Weg herausgibt, den wir für dich öffnen? Es gibt keinen anderen. Es gab nie einen anderen.«

»Oh, noch nicht! Bitte!«, sagte Max, der erst spät ins Rennen gekommen war.

Pawel gab ihnen mit den Augen ein Zeichen, sodass sie DM losließen. DM blieb in der Ecke hinter dem Verhörtisch, während sich die Soldaten links und rechts von Pawel aufbauten. Sie blieben stehen und starrten DM von oben herab an. Hinter ihnen behielt Kevin die ganze Szenerie im Blick.

Pawel durchfuhr der Gedanke, dass er sich die Dienste der Soldaten sichern sollte. Für spätere Aufgaben. Er meinte, sie verstünden ihre Sache sehr gut. Er meinte, das wären noch Soldaten, wie sie im Buche standen. Loyal und vorausschauend. Eine Verschwendung, sie zu bestrafen. Er dachte: ›Echte Entlastung, diese Jungs.‹

Dann nickte er DM zu, auffordernd, der sich das Kinn am Hemd abwischte und dann hochsah. Er fragte: »Wollt ihr keine Fragen stellen, Pawel?«

»Wozu, DM?«

»Na, weil ich dann weiß, was ihr hören wollt.«

»Du weißt, was wir hören wollen. Oh ja, das weißt du! Du weißt es ganz genau.«

»Aber wo soll ich anfangen, Pawel?«

»DM, DM, DM«, sagte Pawel, und Max, der sich benachteiligt glaubte, fügte hinzu: »Gleich ist das Spiel aus. Wenn ich erst loslege, dann ist der Ofen ganz schnell aus.«

»Also gut, ihr wollt bestimmt hören, was unten im Keller passiert ist, oder?«

»Wir wissen, was passiert ist. Nichts ist passiert, weil, wenn etwas passiert wäre, dann hieße das, dass es zufällig passiert wäre. Da ist aber nichts zufällig passiert. Was da geschehen ist, geschah in voller Absicht. Du hast im Keller ein paar ganz und gar unschöne Sachen gemacht.«

»Nichts war da zufällig«, bestätigte einer der Soldaten. »Ich hab noch nie von einem gehört, der zufällig einen anderen verprügelt hat. Da wärst du der Erste in der Weltgeschichte.«

»Ja, ich hab Richard Roesch zusammengeschlagen, aber da war er schon tot.«

»Ach nein!«

»Doch nicht die Tour!«

»Die ist älter als das Verbrechen selbst!«

»Nicht doch, DM!«

»Doch, es ist wirklich wahr. Mich hat so die Wut gepackt, dass ich auf die Leiche eingeprügelt habe.«

»Warum hat dich die Wut gepackt?«

»Wegen Ute. Die hält mich hin und hin und hin …«

»Ute ist fast vierzig Jahre jünger als du, die will bestimmt nichts von dir.«

»Doch, will sie. Sie weiß es bloß noch nicht.«

»Lass mich raten, DM, weil sie so jung ist?«

»Genau!«

»Lass mich raten, ihre neuen Brüste wissen mehr als sie selbst? Oder, DM?«

»Richtig! Die hab ich ihr doch bezahlt. Da werde ich sie doch auch mal anfassen dürfen, oder? Pawel, du verstehst das! Du bist ein Seemann, der sein Geld hart verdient hat.«

»DM, du bist krank.«

»Der ist ganz sicher krank«, fügte Samir hinzu. Er pflichtete den anderen nickend bei, die sich über DM aufregten.

»Ute lassen wir da mal ganz schnell wieder raus. Nur weil dich die Wut gepackt hat, hast du Roesch also totgeprügelt«, stellte Pawel fest. »Wenn ich das den anderen erzähle, dann wird sie die Wut packen. Aber ganz sicher.«

»Aber ganz sicher, DM!«

»Ihr versteht das nicht. Er war schon tot. Er lag in der Klokabine, die Tür war halb offen, die Beine lagen draußen. Ich zieh an den Beinen, der Kopf schlägt auf die Fliesen, ich zieh den Alten ganz raus, er regt sich nicht, er ist irgendwie blau im Gesicht. Ich trete ihn gegen das Schienbein, er regt sich noch immer nicht, und dann sehe ich plötzlich rot. Ich werde wütend, weil dieser Typ da rumliegt und weil der sich so gut mit Ute versteht. Ihm erzählt die Schlampe alles, mir erzählt sie gar nichts. Er kriegt einen Drink nach dem anderen frei, ich muss für jeden Scheißsatz zahlen. Ich hab einfach auf ihn eingeprügelt, ich dachte ja, er merkt sowieso nichts mehr. Ich dachte, der hat Herzinfarkt beim Scheißen. Kann ja auch eine anstrengende Sache sein, Pawel, das müsst ihr mir glauben, denn so war es. Es war genau so, Pawel. So und nicht anders.«

Lange sah Pawel DM in die Augen, aber der wich dem Blick nicht aus. Für Pawel hieß das, DM hatte nichts zu verbergen.

Pawel, der auf den Trawlern schon so viel Wahrheit zwischen hunderttausenden Lügen gehört hatte, sah, dass das von vorne bis hinten wahr war. DM log nicht. Er sah es in dessen Augen. Privatdetektiv Pawel Höchst dachte: ›Eigentlich schade.‹

»Wer soll dir das glauben?«, fragte Max. »Wer soll dir das glauben? Niemand kann dir das glauben.«

»Erstunken und erlogen ist das«, sagte Friedrich, aber Pawel stand auf, ging zur Tür und trat in den Klubraum. Er ignorierte Felix, der sich wieder an der Tür postierte.

Hinter Pawel kam Kevin raus. Sie gingen ein paar Schritte durch den Raum. Kevin sagte: »Der lügt nicht. – Ich sehe es dir an.«

Pawel nickte und sah gedankenverloren auf die Spielfläche des Darts-Automaten.

Kevin zog beim Stehtisch sein Handy aus der Hosentasche. Er suchte sich durch die vielen Fotos und sah sich wenig später das Gesicht des Toten noch einmal an.

Das also hatte ihn stutzig gemacht, ohne dass er das hatte zuordnen können. Er sah sich die bläuliche Haut an, überall dort, wo nicht aufs Gesicht oder auf den Hals geschlagen worden war. Darum also waren die getroffenen Stellen kaum geschwollen. Das Blut war noch ausgelaufen, aber da hatte die Pumpe schon aufgehört, Nachschub zu liefern. Aus den vielen Studienhandbüchern wusste er, dass der Tote darum beim Verprügeln tatsächlich schon tot gewesen sein musste. In einer Prüfung wäre er sicherlich durchgefallen, weil er es erst jetzt, nach dem Geständnis, bemerkte. Er dachte: ›Schlechte Polizeiarbeit, ganz und gar schlechte.‹

Er ging zum Flachbildfernseher, der gegenüber der Theke an der Wand hing, steckte den Chip des Handys in den am Gerät hängenden Adapter und bedeutete Pawel, er solle sich auf den Hals des Toten konzentrieren. Minutenlang wechselten sich die Bilder des Gesichts auf dem Bildschirm ab, ehe Kevin bei einem blieb, das mehr den Hals als alles andere zeigte: rote Punkte, geplatzte Kapillaren, rote Halskrause. Mit dem Finger fuhr er auf der Mattscheibe herum. Er sagte: »Das alles sind Anzeichen einer Erstickung. Das ist sicher! Das hatte mich die ganze Zeit gestört. Da wurde wirklich ein Toter verprügelt. – Eindeutig.«

Samir, der die Tür bewachende Soldat, kam zu den beiden Ermittlern. Er stellte sich an ihre Seite und flüsterte: »Was für ein Tier! Der arme Roesch! Der kriegt von uns ein Heldenbegräbnis. Mein Gott, wie der aussieht!«

»Hör auf zu flüstern«, sagte Pawel und schaltete den Fernseher aus.

Kevin holte den Chip wieder heraus und steckte ihn sich zurück in sein Handy. Er dachte: ›Na und, dann hat DM ihn eben erst erwürgt und dann totgeschlagen.‹ Er sprach es aber nicht laut aus. Er sah Pawel an, der mächtig ins Grübeln gekommen war.

Schließlich sagte Pawel: »Was wirklich stört, das ist, dass die Würgemale am Hals fehlen. Das verstehe ich einfach nicht.«

Kevin machte große Augen: »Stimmt! Richard wurde nicht erwürgt, aber er erstickte? Jetzt wird es wirklich kompliziert! Wie kann man einen Menschen ersticken, ohne ihn zu erwürgen?«

Samir sagte: »Kopfkissen.«

Die Ermittler starrten ihn an, so sehr, dass der junge Soldat rot wurde. Unsicher geworden fragte er: »Oder nicht?«

»Doch! Kopfkissen!«, sagte Pawel und drehte sich zu Kevin, der im gleichen Moment sagte: »Das Bumszimmer!«

»Aber DM hat ihn in der Männertoilette gefunden«, sagte Samir, der ganz aufgeregt geworden war.

Pawel verabreichte ihm eine Abfuhr: »Kümmere dich um deinen Job. Bewacht DM, wir sind gleich wieder da.«

Doch bevor sie nach unten gingen, kamen sie doch noch einmal zu DM, der von den fünf Soldaten bewacht wurde. Pawel sagte: »Also gut, DM, du hast ihn nicht totgeschlagen.«

Die Soldaten sahen ihn überrascht an. Dann sahen sie sich selbst an. Niemand sagte etwas.

»Na, endlich, Pawel! Ist der Groschen gefallen? Ich danke dir!«, sagte DM und erhob sich hinter dem Tisch.

Kevin schüttelte den Kopf: »Setz dich wieder! Was du getan hast, das ist auch strafbar. Leichenschändung, bis zu drei Jahre Haft, kann zur Bewährung ausgesetzt werden. Muss aber nicht.«

Sofort kamen die Soldaten um den Tisch herum und drückten DM wieder auf den Stuhl zurück, der nicht zu verstehen schien.

Ungläubig sah er Pawel an. Dann Kevin, dann wieder Pawel. Er wollte etwas sagen, aber er merkte selbst, es gab nichts mehr zu sagen, gar nichts.

»Du hast ihn nicht erschlagen, du hast ihn zuvor erstickt. Wie? DM, wie hast du das angestellt? Mit den Händen um den Hals ganz sicher nicht.« Privatdetektiv Pawel Höchst stellte sich auf ein langes, langes, langes Verhör ein. Er sagte: »DM, DM, DM.« Das einzige Wort, was er aus DMs Mund hören wollte, das war das Wort *Kopfkissen*. Oder *Decke*. Oder irgendwas in dieser Richtung.

Aber DM stellte die einzige Frage, die Pawel und Kevin nun überhaupt nicht hören wollten: »Erwürgt?« Schon gar nicht mit diesem ehrlich entrüsteten und ungläubigen Unterton.

»Nicht erwürgt, aber erstickt, DM. Wie hast du das gemacht? Das kriegen die Spezialisten sowieso schnell heraus«, fasste sich Kevin als Erster. »Wir wollen es nur jetzt schon von dir wissen, DM. Wie hast du ihn erstickt?«

Und Pawel fragte auch, wie DM das angestellt hatte.

»Pawel?«

»Ja, DM.«

»Jetzt stellst du doch Fragen, Pawel.«

»Du willst mich verhöhnen, DM, mich? Du willst mich wütend machen, DM? Mich willst du wütend machen?«

»Aber nein, Pawel, es ging mir nur so durch den Kopf. Ich bin erschöpft, ich bin total fertig. Ich kann nicht mehr. Ich bin direkt von der Arbeit in die *Schalle*. Ich steh das nicht durch, Pawel. Ihr hattet euren Spaß mit mir, jetzt holt euch den wahren Mörder!«

»Wie hast du ihn erstickt?«, fragte Pawel. Dann fügte er hinzu, DM solle sich auf ein sehr, sehr langes Verhör einstellen.

Friedrich seufzte unwillkürlich auf. Er entschuldigte sich leise. Felix, Franz, Samir und Max nickten ihm kollegial zu.

Pawel sagte: »DM, DM, DM.«

Es verging noch eine zähe Stunde, dann aber packte DM endlich aus. Doch leider gestand er nicht das, was Pawel und Kevin sich erhofft hatten. Es fiel nicht einmal ein einziges Wort, das auch nur so ähnlich wie *Kopfkissen* klang. Was sie hörten, war nichts weiter als eine schwülstige Liebesbeichte, die für echte Männer immer so peinlich war; für sie als Zuhörer wie auch als Erzähler. Sie wollten es nicht hören, forderten DM aber auf, die Sache noch einmal zu erzählen.

»Das ist doch nun wirklich nicht so schwer zu verstehen«, maulte DM, der die Sache zum vierten Mal erklären musste.

Fassungslos hörten ihm die Soldaten und die Privatdetektive zu, obwohl sie die Geschichte nun schon auswendig kannten. Zeit sei ja nicht ihr Problem, jedenfalls nicht heute, meinte Kevin.

»Das ist keine Liebe, das ist eine Krankheit bei dir!«, sagte Pawel Höchst, als DM zum vorerst letzten Mal geendet hatte.

»Was wisst ihr denn schon von echter Liebe? Soldaten und Hochseefischer, als wenn ihr was von Frauen verstehen würdet! Und Kevin da, der versteht auch nichts davon! Ich bin hier doch der Einzige, der davon was versteht.«

»DM, DM, DM«, sagte Pawel. Aber jetzt klang es nicht mehr überheblich. Jetzt klang es ernst. Und bekümmert. Und ratlos.

Immerhin, gestand Pawel sich ein, er hatte einen Fehler gemacht, das war ganz klar. Er hatte es versäumt, Uta und Ute zu verhören. Warum? Er wusste es nicht. Der Privatdetektiv musste diesen Punkt ganz klar abgeben. An wen auch immer. Er sah sich um, fand Kevins Unbeholfenheit ausstrahlendes Gesicht und sagte: »Darauf hättest du aber auch kommen können!«

»Ich?«, fragte Kevin zurück. Mehr fiel ihm nicht ein. Er sah zu den jungen Soldaten, die nur mit den Schultern zuckten. Sie warteten auf weitere Befehle, sie waren mit sich im Reinen, wie es Soldaten nun mal so gern behaupteten.

»Noch mal, deine Geschichte!«, sagte Pawel, der auf einmal Zeit schinden wollte. Zwar hatten sie viel Zeit, aber wie lange konnte er die Pause herauszögern. Der Moment
der Tat kam ja doch. Er müsste die Dinge bald mal angehen, er konnte nicht ewig zaudern und zögern, abwarten und schweigen.

Auch er mochte Ute, alle mochten Ute. Er wollte sie ganz sicher nicht verhören und in Verlegenheit bringen. Gerade eben hatte sie ihm doch noch heißen, guten Kaffee gebracht. Sie hatten locker miteinander geredet. So sehr verstellen könne sich Ute doch nun auch wieder nicht, meinte Pawel, ehe er sich selbst revidieren musste. Er dachte: ›Wenn wir eins wissen, dann wissen wir, dass es Frauen gibt, die sich so verstellen können, dass man meint, sie wären Heilige.‹

»Na los. Erzähl uns den Scheiß, aber diesmal von hinten. Fang hinten an«, sagte Privatdetektiv Pawel Höchst zu seinem überführten Straftäter.

»Von rückwärts? Warum nicht? – Ich habe ihn also liegengelassen. Ich habe ihm das Blut aus dem Leib geschlagen. Ich habe ihn vor den Zigarettenautomaten gezogen. Ich bin ins Bumszimmer gegangen. Ich habe Ute aus dem

Zimmer kommen sehen, als ich vom Pinkeln kam. – Nee, das war ja vorher, verdammt, jetzt bin ich durcheinandergekommen. – Jedenfalls bin ich in das Zimmer rein und da habe ich Roesch liegen sehen. Er war tot. Ich wollte Ute beschützen, ich dachte, der Alte hätte beim Sex einen Herzinfarkt gehabt. Ich war aber auch wütend, dass es Ute mit ihm trieb, mit mir aber nicht. – Dabei bin ich es hier doch, der sie am meisten liebt. – Ich hab die Leiche also entstellt und vor den Automaten gezogen, damit

niemand drauf kam, dass unsere schöne Ute damit was zu tun haben könnte. – Das muss aber unter uns bleiben. Sie darf nicht angeklagt werden. Ich liebe Ute *wie Bolle* und würde alles für sie tun. Alles! – War das rückwärts genug, Pawel?«

Pawel nickte. Er fragte sich: ›Warum Ute? Und wie? Warum, Ute, warum?‹

Kevin klammerte sich an den letzten Strohhalm, der ihm einfiel: »Warum schiebst du jetzt Ute alles in die Schuhe? Wenn wir das gleich überprüfen, werden wir merken, dass Ute keine Sekunde vom Tresen weg war, du alter Spinner!«

Pawels Augen leuchteten: »Ja, genau!« Dann entfuhr es ihm: »Ich will Ute nicht überführen, ich will sie noch nicht einmal verhören.« Er spürte genau, wie sehr er seine Souveränität einbüßte. Ihm war leicht schwindelig. Zum Glück saß er. Nicht auszudenken, wenn er sich mitten in einem Verhör hätte aufstützen müssen.

»Musst du auch nicht! Ich nehme alles auf meinen Deckel! Schreib es bei mir an! Wenn ich rauskomme, dann heiratet sie mich. Sie wird auf mich warten«, sagte DM und sah Pawel mit großen Augen an. Und bittend fügte er hinzu: »Wir können auch so tun, als hättet ihr mich nicht in die Ecke getrieben!«

»Armer Irrer, armer, kranker Irrer!«, sagte Max. »Warum belastest du die Frau mit solch einer kruden Geschichte und gaukelst uns vor, du würdest sie lieben? Zum einen hat Ute gar nichts getan, zum anderen liebst du sie nicht. Du hast Richard da unten irgendwie abgemurkst, das ist Fakt. Ist doch egal, wie du das gemacht hast. Ob nun erwürgt, erstickt oder erschlagen.«

»Wann begreift ihr es endlich. Liebe ist eine Krankheit! Ich bin angesteckt«, sagte DM und sank in sich zusammen. »Wer verliebt ist, der kann gar nicht lügen!«

»Beweise vernichtet, Tathergang verwischt, das bringt dich auch vor Gericht, DM. Wir werden dich erst mal ins Damenklo sperren. Steffi und Uta können bei uns pinkeln. Bringt ihn weg, fesselt ihn da an irgendein Rohr.«

Dann zog sich Pawel mit Kevin zu einer Beratung unter vier Augen zurück. Kevin ging durch den Kopf, Max könnte recht haben. Das könnte alles eine riesige falsche Fährte sein, die sich DM da im letzten Moment ausgedacht hatte. Er sagte: »Wir müssen das Kopfkissen finden. Wir müssen verstehen, was genau die Todesursache war. Dann gehen wir entweder auf Ute los oder auf DM oder auf irgendwen anders. Einverstanden?«

Er sah, wie müde sein alter Seebär plötzlich war, als dieser nur stumm nickte. Und Kevin verstand, dass er als Jüngerer jetzt das Ruder übernehmen und herumreißen musste. Kevin Hilbig verstand plötzlich zu genau, warum er hier in der Schallmauer war: Er wurde gebraucht.

Der Fall wurde für Pawel viel zu persönlich. Kevin wusste, damit konnte ein Seemann nur schwer umgehen, mit etwas Persönlichem. Und gerade auch ein Hochseefischer, der es gewohnt war, alle Arbeit und alles Fischtöten immer weit von sich zu halten. Kevin sagte: »Dann mache ich mal einen Plan, mein Alter!«

Achtzehntes Kapitel,
Siebzehnter Februar Zweitausendsiebzehn.

Zwar nickte Pawel, aber was Kevin gesagt hatte, hatte er nicht verstanden. Er war ins Grübeln gekommen, über das, was DM gemeint hatte. Dieser kleine Nebensatz, Ute habe Richard stets bevorzugt, sie habe mit ihm über ihre Probleme geredet … Aber war das möglich? Der alte Richard, weltfremd und altmodisch, ausgerechnet er sollte Utes Vertrauensperson gewesen sein? Pawel hatte davon jedenfalls nichts mitbekommen. Und wer war Richard denn schon groß gewesen?

Ja, für alle die sich mit Romanen auskannten, war Richard R. Roesch auch vor etwa zwanzig Jahren schon eine ziemlich große unbekannte Nummer gewesen, das war sogar Pawel klar, der damals noch auf See gelebt und Fisch verarbeitet hatte. Aber das war schon lange her. Ute war da noch gar nicht geboren worden und Rostock war da noch lange nicht die Großstadt mit den meisten Knochenbrüchen gewesen. Es muss eine friedliche und schöne Zeit für Rostock gewesen sein, damals um die Jahrtausendwende herum. Pawel hatte die Stammkunden oft von jener Zeit sinnieren hören, in der so vieles möglich war, in der noch Vertrauen in der Stadt herrschte, weit vor dem Desaster mit der Internationalen Gartenbauausstellung, deren Realisierung Rostock an den Rand des Bankrotts geführt hatte. Um diesen wirtschaftlichen Zusammenbruch zu verhindern, hatte die Stadt in den Folgejahren hart sparen müssen, so hart, dass nun eine Schattenwirtschaft entstanden war, die für das Finanzamt kaum noch Erträge brachte. Jeder Freiberufler versuchte, offiziell unter der Freigrenze von achttausend Euro zu bleiben. Und jeder Rostocker, der nicht bei AIDA, bei der Stadt oder bei Nordex arbeitete, versuchte, Freiberufler zu sein. Trotzdem schossen die Immobilienpreise durch die Decke, die Mietpreise zogen an und nicht eine einzige Wohnung stand in Rostock noch leer. Die Rechnungsprüfer vom Landeshauptdorf Schwerin hatten schon lange aufgegeben, sich einen Überblick zu verschaffen, und das ewige Theater um das Theater war auch nur dazu da, von anderen Sachen abzulenken, denn bekanntlich galt der Oberbürgermeister an jedem Rostocker Stammtisch als verlängerter Arm der Immobilienbranche, die die Mieten und Kaufpreise unauffällig, aber beständig noch oben korrigierte. Ihr neues Machtinstrument nannte sich *Mietpreisspiegel*, der Mal um Mal undurchsichtiger wurde.

Es war eine Entwicklung, die Richard R. Roesch hautnah miterlebt hatte und die er in seinen weltweit unbeachteten Romanen thematisiert hatte. Seine *Geschichten aus Jerichow Stadt* waren antiquarisch sehr wertvoll, was doch tief blicken ließ, wie Pawel meinte. Er fragte sich, wieso solle sich ein so lebensfrohes und launisches Weib wie Ute ausgerechnet so einen Zausel zum Ratgeber machen? Pawel schüttelte den Kopf, wenn er sich ausmalte, wie die beiden zusammenhockten. Und warum hatte er sie nie zusammenhocken sehen, wenn DM das doch behauptete? Und er hatte es behauptet, weil es ihn rasend gemacht hatte, und weil es ihn rasend gemacht hatte, musste an seiner Beobachtung etwas dran sein. Aber unmöglich, dass Ute und Richard zusammen ins Schallmauer-Separee gingen, das war einfach unvorstellbar. Pawel war klar, dass DM in dieser konkreten Sache dann doch log. Lügen musste.

Mit einem Mal wurde Richard für Pawel ein einziges Rätsel. Was wusste er eigentlich wirklich von ihm? Während Pawel so überlegte und sinnierte, hielt er es mittlerweile sogar für möglich, dass es stimmte, wenn Richard am Donnerstagsstammtisch, wenn mal wieder die Rede auf einen der berühmten Schriftsteller gekommen war, erklärte, dass er mit dem auch schon getrunken habe. Zuletzt hatte er das behauptet, als eine Herta Müller groß in den Medien gewesen war, eine Million Euro, Nobelpreis. Als sie das in den Nachrichten gehört hatten, hatte Richard vor sich hin gelacht und in Gedanken versunken gesagt: »Glaubt mal nicht … so eine zarte Person. Aber was die an Schnaps verträgt! Die ist aus Rumänien! Die hat uns unter den Tisch getrunken, da war ich noch Student in Leipzig. Sie war Dozentin. Na ja, lange her. Aber die hat immer große Stücke auf mich gehalten! Immer! Wie eigentlich alle meine Dozenten: Thomas Hürlimann, Katja Lange-Müller, Burckhard Spinnen, Josef Haslinger, Jens Sparschuh, Klaus Modick, Jochen Schimmang, Hans-Ulrich Treichel; na ja, die werden schon wissen, warum … Eines Tages, ich sag es euch, eines Tages sitzen wir hier und der im Radio sagt meinen Namen! *Vorerst für immer*, so soll mein Erfolgsbuch heißen. Ich muss es nur noch schreiben.«

Dann war Richard wieder dem Schweigen verfallen und bald darauf hatten alle vergessen, was er gesagt hatte. Ein anderes Mal hatte er erzählt, was er alles versucht hatte, um sich schon bei Lebzeiten einen Namen zu machen, aber ihm muss wohl da schon klar gewesen sein, dass er einer von denen wird, die erst nach dem Tod berühmt werden. Schon während des Studiums sei er als einer der Ersten bei der damals einflussreichsten Literaturagentur unter Vertrag gekommen, die Dame habe seine zwanzig Seiten gelesen und ihm einen Vertrag angeboten, dabei sei das Manuskript noch gar nicht fertig gewesen. Er habe sich dann den Verlag aussuchen können. Drei haben zur Auswahl gestanden: einer aus Stuttgart, einer aus Köln, einer aus Hamburg. Er habe den Kölner genommen, weil der den höchsten Vorschuss geboten habe, was sich, später betrachtet, als großer Fehler erwiesen habe. Richard hatte gewarnt: »Man darf nie nur nach dem Geld gehen, nicht im Geschäftsleben, nicht bei Verlobungen und schon gar nicht bei Nutten.«

Mit seinem Debütbuch sei er dann auf allen wichtigen Veranstaltungen und Messen gewesen, er sei bei jeder Diskussionsrunde dabei gewesen, in allen literarischen Zentren habe er ein paar Sätze gesagt, aber das verdammte zweite Buch, das habe ihm das Genick gebrochen. Sein damals junger Lektor, er sei wie er selbst Berufsanfänger gewesen, habe zu seinem jungen Autor den Satz gesagt, der jeden jungen Autor zerstöre: »Von dir, Richard, erwarte ich als zweites Buch den großen Roman. In deinem Fall den großen, wichtigen, deutschen Wenderoman!«

Natürlich habe der junge Autor genickt, sich an die Arbeit gemacht, während er mit Stipendien aus der Schweiz, aus Österreich und Westdeutschland versorgt wurde, aber Manuskript um Manuskript sei abgelehnt worden, bis Richard dann mitten in Berlin zusammengebrochen sei: Burn-out, Nervenzusammenbrüche, Depressionen, Gefühlsausbrüche, Versagensangst, Existenzangst, Streit mit Agentur und Verlagen, mit Freunden, Kollegen und Familien, völlige Einsamkeit, Rückzug aus dem öffentlichen Leben, Einzug in eine für ihn damals fremde Stadt, Umzug nach Rostock, wo ihn kein Mensch kannte. Erholung in der Fremde, Konzentration aufs Wesentliche, Zusammenarbeit mit einem neuen Verlag, bescheidenes Berufsleben, Vermeidung von allem, was mit seelischem oder emotionalem Stress zu tun habe, Schallmauer, Donnerstagsstammtisch. »Ganz richtig«, hatte Richard bei einem seiner seltenen Ausbrüche geendet, »Ruhe ist die erste Bürgerpflicht, vielleicht sogar die einzige!«

Richard hatte in Rostock nur zwei wöchentliche Termine gehabt: Es waren der Donnerstagsstammtisch in der Schallmauer und das sonntägliche Basketballspiel in der Südstadt, von elf bis ein Uhr. Das war es. Den Rest der Zeit verbrachte dieser Mann, dem einst alle Türen offen gestanden hatten, allein in einem winzigen Büro oder in einer kleinen Zweizimmerwohnung im Hochhaus am Goetheplatz. Pawel hatte einst nicht anders können, als es zu recherchieren. Er wusste, der Autor war nicht verschuldet, wohl aber wie alle einsamen Menschen geizig geworden.

Das Geld, das er unregelmäßig bekam, hortete er so, dass er nur ab und an mal Wohngeld beantragen musste. Aber welcher Künstler tat das nicht? Pawel hatte das schon von so vielen gehört. Er fand das immer noch besser als zu den Arbeitsagenturen zu rennen und sich rundum pämpern zu lassen, wenn die Buchkäufer mal wieder zu sparsam wurden, um zwölf Euro neunundneunzig auszugeben. – Wer konnte gegen so einen Mann etwas haben? Pawel verstand das alles nicht, je mehr er über Richard nachdachte. Richard tat niemandem weh, er ging allen aus dem Weg und sein Lieblingsspruch stammte aus einem amerikanischen Bestseller, den hatte er so lange deklariert, bis ihn wirklich jeder wusste. *Der Schreiber Bartleby sagte immer wieder: Ich möchte lieber nicht.*

Pawel Höchst wollte dafür sorgen, dass wenigstens dieser Satz auf die Grabplatte von Richard kam. Er wusste, das hätte dem alten Mann gefallen: *Ich möchte lieber nicht.*

Kurz bevor er fest nach Rostock zog, hatte Richard sogar etwas gewonnen: Erster Preis des landesweiten Wettbewerbs *Einfach anfangen.*

Es war ein Businessplanwettbewerb des Arbeitsministeriums und der Europäischen Union. Mit diesem harmlosen Sieg hatte Richard ab und an angegeben, immer dann, wenn es um Geschäfte ging, die Geld abwerfen, die ganz sicher Geld abwerfen, die man eben nur durchziehen musste.

Richard hatte die Thematisierung literarisch aufgefasst. Er hatte kurzerhand eine Kurzgeschichte verfasst: *Wie re-*

alisiere ich meine Geschäftsidee. Dann hatte er diese Story mit Fakten und Zahlen aus dem Internet untermauert und so die dreiköpfige Jury überzeugt; immerhin ein Wirtschaftsprüfer, eine leitende Angestellte einer Stadtsparkasse und ein Wirtschaftsjournalist. Sie zeigten sich von der Idee begeistert, hielten die Umsetzung für möglich, erkannten aber nicht, dass Richard allein dastand. Er sagte: »Einzelgründer haben den Nachteil, sich immer selbst motivieren zu müssen und das ist auf Dauer sehr, sehr anstrengend.«

Es ging um eine Literaturschule für Schüler, für Rentner und für Urlauber. Touristen sollten in kurzen Literaturkursen eigene literarische Ansichtskarten verfassen können, Schüler sollten mit der Literatur ihren Stoff besser beherrschen und Rentner sollten in halbjährigen Kursen ihre Biografien aufschreiben können. Dazu sollte der Leiter durchs Land fahren und Kurse in Volkshochschulen, Gymnasien und Hotels anbieten. Später würde er andere Autoren einstellen, die sich ein Zubrot verdienen wollten. Richards Zauberwort hatte *Zuverdient* geheißen; ein Zusatzangebot für die Hoteliers, für die Volkshochschulen, für die Gymnasien, das kaum etwas kostete, aber viel Gewinn abwarf. Systematisch hatte Richard in seiner Bewerbung alles weggeschrieben, was stören könnte, bis auf die eine Kleinigkeit, dass ein Schriftsteller selten ein Unternehmer ist. Das hatte auch die Jury nicht erkannt, aber Richard, der gar kein Unternehmen gründen wollte, war froh über die fünftausend Euro cash gewesen.

Seine Literaturschule war auf dem ersten Platz gelandet, auf dem zweiten ein Businessplan der Universität Greifswald und auf dem dritten ein Zoo für Reptilien in der mecklenburgischen Provinz. Staatssekretär S. hatte noch ein paar Mal angerufen, was denn aus der Idee werde, aber dann hatte auch er bald gemerkt, dass ein Künstler allein eben noch kein Unternehmen mache. Der Businessplanwettbewerb wurde im nächsten Jahr stillschweigend eingestellt und der Autor suchte sich doch lieber einen Verlag.

Richard lebte in Rostock unerkannt und zurückgezogen, aber er wirkte nicht verzweifelt oder deprimiert. Vielmehr schien er froh zu sein, den Rummel des Erfolgs nicht miterlebt zu haben. Sein Schreibprinzip hatte er in der *Schalle* einmal so erläutert: »Das literarische Scheitern als positive Grundhaltung.«

»Wie auch immer«, hatten sie ihm damals geantwortet und sich anderen Themen zugewandt, doch heute interessierte Pawel schon, was Roesch damit gemeint hatte. Wollte er etwa sagen, dass es in seinen Büchern immer ums Scheitern ging? Pawel bekam ein flaues Gefühl im Magen. Er glaubte nicht daran, dass DM Richard ermordet hatte. Aber er glaubte auch nicht daran, dass es Ute gewesen war. Privatdetektiv Pawel Höchst wusste gerade nicht, was er glauben sollte. Er ahnte, dass ein Autor eine Figur scheitern, elendig verrecken lassen konnte. Er entschied sich, ein Rostocker Dunkel zu trinken, denn schaden konnte das jetzt auch nicht mehr. Doch eine dumpfe Ungewissheit, dass er in diesem Fall scheitern könnte, blieb.

Auch Richard war ein Zugereister gewesen, wie so viele. Was aber war sein dunkles Geheimnis gewesen? War das ein Ansatz? Niemand kam freiwillig nach Rostock. Wenn sich hier in der Kneipe unbewusst die Schuldigen versammelten, ohne es recht zu bemerken, dann gehörte auch Richard zu ihnen. Sollte Pawel in dessen Vergangenheit wühlen? Musste er es oder schaffte er es auf eine andere Art, den Mörder zu entlarven?

Pawel war nun auch müde. Er lächelte, als Ute mit einer Kanne Kaffee kam und sich kurz zu ihm setzte. Eigentlich hatte er sich für Bier entschieden. Und eigentlich auch Ute verhören wollen. Er nahm die Tasse und fragte salomonisch: »Ute, was wissen wir überhaupt von Roesch?«

»Nicht viel, fürchte ich.«

»Fürchte ich auch.«

Eine Weile schwiegen sie zusammen, tranken vom starken Kaffee, dann sagte Ute: »Keine Ahnung, ob es stimmt, aber er erzählte mal, dass sein Spitzname in diesem Literaturbetrieb *Der ewig Nominierte* war. Angeblich wäre er so gut wie für jeden wichtigen Preis mal nominiert worden, für manche sogar mehrmals, aber so gut wie nie hatte er sich durchsetzen können. Seine Arbeit hätte es wohl immer in die Endrunden geschafft, aber dann, wenn das Autorenporträt in den Fokus kam, dann hätte man wohl immer dankend abgewunken. Finde ich bitter. Rassistisch. *Deine Nase gefällt mir nicht, auch wenn du gute Arbeit leistest. Also verpiss dich, keiner vermisst dich.* Find ich irgendwie sehr, sehr bitter und sehr, sehr armselig. Echt.«

»Ich auch. Da musst du ja denken, du hast einen Vogel. – Sag mal, Ute, du hast dich besser mit ihm verstanden als wir alle zusammen, oder?«

»Wer sagt das?«

»Das tut nichts zur Sache! Immer diese verdächtigen Gegenfragen, um Zeit zu gewinnen. Na, hast du eine Antwort, oder soll ich noch warten?«, fragte Pawel nun plötzlich energischer.

»Warte noch, Pawel! – Fahrrad ist er gern gefahren, im-

mer die fast dreißig Kilometer an der Warnow entlang nach Markgrafenheide. Zwei Stunden hin, zwei zurück. Eigentlich hatte er es doch gut getroffen. Er sagte, er bringe jedes Jahr ein Buch raus. Entweder in so einem Berliner Verlag oder in unserem guten alten. Und dafür brauche er in der Regel vier Monate, wenn die Idee stimme. Also vier Monate Arbeit, acht Monate Arbeitspause. Ist doch nicht schlecht, oder? Okay, das Geld, was er damit verdiente, war sehr knapp, aber die Frage ist doch immer: Will man Geld oder will man Zeit? Beides bekommt man jedenfalls nie zusammen. – Ja, ich mochte ihn. Wir haben oft miteinander geredet. Ja, das stimmt.«

»War er ein gesunder Mensch, Ute? Ich meine, ich kenne kaputte Menschen, Roesch war nicht so einer. Das ist mal sicher. Wollte er vielleicht sein, war es aber nicht. Er war doch gesund, oder? Keine Krankheiten?«

»Nein, alles gut bei ihm. Er war nur krankhaft stolz auf sein winziges Büro.«

»Wo ist das eigentlich?«

»Dierkower Damm.«

»Da ist doch meins.«

»Ja, in dem Bürogebäude, da ist auch sein Büro«, antwortete Ute.

»Wirklich? Ich hab ihn da nie gesehen. Ist ja verrückt.«

»Er aber dich, Pawel Höchst, Privatdetektiv. Hinter deinem Rücken hat er uns immer erzählt, was du so treibst. Er hat dich nämlich beobachtet.«

»Mich beobachtet? Warum?«

»Warum nicht? Wie gesagt: acht Monate Arbeitspause. Die muss man auch irgendwie rumkriegen.«

»Ich verstehe. – Mann, Mann, also ein bisschen eigenartig war er also doch.«

»Wer ist das nicht?«

»Zum Glück gibt's nicht so viele Schriftsteller. Beobachtet mich einfach und ich kriege davon gar nichts mit. Ein guter Detektiv bin ich, oder?«

»*Man ist so gut, wie man sich fühlt.* – Schon komisch, Richard saß immer bei mir an der Theke und sagte, dann und dann war der und der hier, um sein neues Buch in der Stadt vorzustellen. Mittlerweile auch ein Bestsellerautor, alter Freund von ihm, mit dem er dies und das zusammen versoffen hatte, aber er ist nie zu einer der Veranstaltungen gegangen. Ich glaube, er hatte viele Freunde da draußen, die hätten ihn alle unterstützt.«

»Oh Mann, die müssen wir alle benachrichtigen und zur Trauerfeier einladen. Falls du dich an Namen erinnern kannst, so schreibe sie schon mal auf. Ich kann es aber verstehen, dass er nicht zu deren Veranstaltungen ging, wenn die so berühmt wurden. Irgendwo heißt es ja, man solle von dem Kakao, durch den man gezogen werde, nicht auch noch trinken.«

»Erich Kästner. Meine Mutter hatte seine Gedichte drauf. Und es stimmt ja auch wiederum. – So, ich muss wieder an die Theke«, sagte Ute, blieb aber sitzen.

Pawel nickte und erhob sich mühsam. Fast wäre er trotz des Kaffees eingeschlafen – oder deswegen? War es nicht so, dass Kaffee nur die jeweilige Stimmung verstärkte? War man ausgeschlafen, ließ einen der Kaffee noch munterer werden; war man hundemüde, ließ er einen in den Schlaf sinken. Ob Ute so raffiniert war? Oder hatte sie ihm Schlafmittel verabreicht? Pawel fühlte sich fast so. Schlafen! Nur noch schlafen! Pawel sah Ute mit müden Augen an, aber sie schüttelte den Kopf, als hätte sie seine Gedanken erraten. Er sagte: »Es tut mir so leid, aber ich muss dich nun auch ausquetschen! DM hat da was gesagt, was mir keine Ruhe lässt!«

»DM, der Spinner? Glaub dem bloß kein Wort!«

Pawel stand neben Ute und konnte sich einen Moment lang nicht von ihren großen und jungen Brüsten losreißen, auch wenn sie nur gemacht waren. Ute bekam es mit, sagte aber nichts. Ohne den Blick zu heben, fragte er sie, ob Richard ein Geheimnis gehabt habe.

»Was für ein Geheimnis?«

»Keine Ahnung. Deswegen frage ich ja.«

»Ist mir nichts bekannt. – Könntest du bitte woanders hinsehen?«

»Oh klar. Sorry. – Dann geh mal nach vorne und sag deiner Mutter, dass du ins Verhörzimmer musst. Ich warte da auf dich, Ute. Und keine Bange, der hübsche Kevin wird auch dabei sein.«

»Du Spinner!«

Und während Pawel im Klubraum blieb, abwartend ein paar Pfeile warf, immer noch die Konturen von Utes Brüsten im Kopf, da fiel ihm ein, dass Richard R. Roesch sogar mal als Oberbürgermeister kandidiert hatte; parteilos und ohne Geldgeber.

Doch trotzdem hatte er vier Prozent der Stimmen erhalten. Bei einer Wahlbeteiligung von achtundzwanzig Prozent war das nicht so schlecht gewesen. Die Schallmauer war seine Wahlkampfzentrale gewesen. Pawel hatte die ganze Zeit gedacht, dass es nur ein Gag wäre. Sie alle hatten das nur als Spaß verstanden, aber, so durchfuhr Pawel es, vielleicht hatte der Schriftsteller das genauso ernst gemeint wie seinen Businessplanwettbewerbssieg? Vielleicht steckte auch dahinter mehr? Wer weiß, der weiß! Was wohl passiert wäre, wenn ein abgehalfterter Schriftsteller Rostocks Oberbürgermeister geworden wäre? Schlechter hätte es jedenfalls nicht kommen können. Richards Slogan war gewesen, falls Pawel sich richtig erinnern konnte: *Mit mir wird es besser!*

›Mit mir auch‹, dachte Privatdetektiv Pawel Höchst, fragte sich dann aber plötzlich und ziemlich zusammenhanglos, wer überhaupt sein Honorar begleichen würde? Er musste da gleich mal ein sehr ernstes Wort mit Molle und Robert reden. So ging das ja nicht! Es war doch unglaublich: Da hatte Richard R. Roesch ihn beobachtet und er hatte überhaupt nichts mitbekommen. Das wäre ihm doch aber aufgefallen, wenn der wirklich ein Schreibbüro im Gebäude hätte. Aber warum sollte sich Ute das ausdenken? Um ihn durcheinanderzubringen? Richtig, er verstand nicht viel von weiblicher Denkweise, er musste darüber dringend mit Kevin reden, sehr dringend, denn der kannte sich da gut aus.

Als er Schritte hörte, drehte Pawel sich um. Er glaubte, Ute käme herein. Aber wen er kommen sah, das war ein schuldbewusst grinsender Norbert, der ihm schon von Weitem zurief: »Witzige Sache, muss ich dir erzählen! Aber hau mir nicht gleich die Kartoffel vom Hals.«

Neunzehntes Kapitel,
Siebzehnter Februar Zweitausendsiebzehn.

»Norbert, das ist jetzt gerade schlecht«, sagte Pawel. »Wir müssen jetzt unerfreuliche Sachen tun.«

»Ja, ja, na klar, immer arbeiten, immer arbeiten, ich verstehe schon. Aber ich war gerade noch mal unten, um zu pinkeln, und du wirst mir nicht glauben, was mir da passiert ist. – Also, ich hab nichts Böses im Sinn, weißt du, Pawel, und ich greif in meine linke Jackentasche, und weißt du, was ich da finde? Ich finde noch mehr Papier von Richard, das er mir gegeben hat, als er aufs Klo wollte, als er nämlich noch lebendig war. Ich hab dir nur gegeben, was in der rechten Innentasche war, jetzt merke ich: In der linken hatte ich ja auch noch was. Und genau das fällt mir wieder ein, als ich das Papier in der Hand habe. – Also hier, das ist auch noch von Richard. Ich hab nicht draufgeguckt, weil das gehört sich ja nicht, wenn man Papiere von einem Toten durchwühlt und gar kein Recht dazu hat. Das ist ja auch schon wieder eine Straftat. Ich weiß, ich weiß, mittlerweile ist alles in Deutschland eine schwere Straftat, man darf gar nichts mehr machen, gar nichts mehr. Aber was willste machen, schießen darfst ja nicht, wie das immer so heißt. – Hier, nimm es, Pawel, nimm, ich will damit gar nichts zu tun haben.«

Ungläubig sah Pawel den Mann an, der sonst keine drei Worte am Abend herausbekam. Er war so durcheinander, dass er sogar das Meckern vergaß und nur sagte: »Bring es zu Kevin, der ist schneller im Lesen. Ich hab gerade was anderes zu tun.«

»Wird gemacht«, sagte Norbert, ließ Pawel am Darts-Automaten stehen und ging ins Verhörkabuff hinter der kleinen Theke. Erst wollte ihn der wachhabende Soldat nicht durch die Tür lassen, aber Norbert sagte den Satz, der jeden Soldaten zum Einlenken brachte: »Befehl von oben!«

Friedrich nickte und gab ihm zu verstehen, dass er warten solle. Er holte Kevin in den Klubraum, der die Papiere schweigend von Norbert übernahm, nachdem dieser seinen Lex noch einmal heruntergespult hatte. Pawel hörte es, als er eine Zwei zu treffen versuchte, eine Doppel-Zwei, mal wieder, und er war erstaunt darüber, dass Norbert fast die gleichen Worte verwendete. Er dachte sich, vielleicht habe er auch nicht so viele Worte zur Auswahl, der gute, alte Norbert.

Pawel traf die einfache Zwei, zu wenig zum Ausmachen, Kevin blätterte die fünf Seiten durch. Er runzelte die Stirn, und ohne Norbert, Pawel oder Friedrich noch zu beachten, las er die Geschichte, die Richard aufgeschrieben hatte:

Prolog

Die Polizei lernt stets nur die dritte und zweite Garde der Verbrecher kennen, die erste nie. Woran das liegt, darüber habe ich lange nachgedacht, ehe mir der Sachse dann einen diskreten Hinweis gab: Es liege am Schweizer, einzig und allein am Schweizer; ich solle den Schweizer aufsuchen. Ich bin eine Frau, die einen guten von einem schlechten Rat unterscheiden kann, und dieser Rat vom Schweizer, das war ganz sicher ein guter Rat.

Natürlich will man zu den Besten gehören, sobald man sich einer Herausforderung stellt. Das Problem dabei: Wer will schon mit Anfängern zusammenarbeiten, wenn er in den Top-Zwei zu Hause ist?

Der Schweizer sicher nicht. Ohne den Schweizer zu kennen, wusste ich, dass der Schweizer mich verhöhnen würde, käme ich nackt wie eine Anfängerin daher.

Was ich brauchte, das war eine Mappe, eine Mappe mit ein paar imposanten Erledigungen. Ich sah mich im Spiegel bei diesem Wort lächeln, drehte den Wasserhahn zu, verzichtete auf das elektronische Handtuch und ging zurück in die Hotelbar.

Der Sachse hatte mir einen Zettel mit einer Handynummer dagelassen. Er war auf einem Ohr taub, und trotz dieses Nobelhotels, in dem wir uns getroffen hatten, hatte er die Hemdsärmel hochgerollt getragen, sodass man die bunten Tätowierungen auf seinen Unterarmen gut hatte sehen können; ich hielt das für eine Nachlässigkeit, denn nichts war für einen Barkeeper in einem Nobelhotel doch interessanter. Der Sachse würde im Fall des Falles also wiedererkannt werden. Keine Frage. Eigentlich hätte ich mich mit einem guten Rat revanchieren können, aber ich gehöre nicht zu den Frauen, die Spuren hinterlassen. Heute weiß niemand etwas von der Geschichte, die ich nun erzähle:

Ich lebe in einer der norddeutschen Städte. Was ich den ganzen lieben langen Tag, der bei mir eine Nacht ist, tue: Männern ihr Feierabendbier zapfen und mich um ihre Belange kümmern. Mehr mache ich eigentlich nicht. Wir fragen uns nicht, was wir in unseren früheren Leben getan haben, wir wollen auch nicht antworten, da ist der eine, wie der andere. Und ich bin mittendrin.

Obwohl ich den Sachsen schon lange kannte – zusammen hatten wir ein paar Semester absolviert –, musste ich ihn nun wohl oder übel über die Klinge springen lassen.

Es war sein Fehler gewesen, nicht meiner; ich aber bin ein Mensch, der schon immer von den Fehlern der anderen profitiert hat. Das war meine Stärke. Mit dieser Stärke wollte ich meine Mappe für den Schweizer füllen.

Ich stellte mir den Beamten der Bullerei vor, wie er den Barkeeper mit Fragen löcherte. Der Junge würde die Tätowierungen originalgetreu beschreiben, so sehr hatte er sie fixiert, und bei der letzten Frage würde er mit den Schultern zucken: War der Tätowierte in Begleitung? Ich lächelte, zahlte mit ein paar Scheinen, die ich zuvor abgewischt hatte, und verschwand im Nebel von Leipzig.

Erste Erledigung

Clemens Meyer wurde vier Tage nach unserem Treffen vorläufig festgenommen. Wegen seines kaputten Kreuzes konnte er sich nicht wehren, obwohl er – wie immer bei solchen Gelegenheiten – wütend schrie. Sie holten ihn aus dem Wettbüro Ecke Zweinaundorfer / Breite Straße, das von einem Jugoslawen geführt wurde, der aber kein Jugoslawe mehr war; die Welt war in Bewegung geraten, nichts für Stubenhocker.

Der gute Clemens war so aus der Fassung, dass er auch bei den Verhören nicht einmal darauf kam, dass ich etwas mit der Erledigung zu tun haben könnte. Zwei Tage nach unserem Whisky an der Bar hatte ich zugeschlagen, während er sich mit einer Nutte im Täubchenweg vergnügt hatte, auf Höhe der Kneipe Substanz, in der die Band Die Prinzen immer abhing. Ich war in seinem Nobelhotelzimmer gewesen, in das er gezogen war, weil ihm zu Hause die Decke auf den Kopf fiel, was ich gut verstehen konnte, denn in seinem Zuhause war ich ja auch gewesen, ohne das er es wusste.

Er sollte seinen nächsten Bestseller verfassen und hatte geglaubt, er könne das außerhalb seiner vier Wände am besten. Ich lächelte, als mir einfiel, dass ich ihm diesen Gefallen getan hatte. Ob sie im Knast Schreibmaschinen hatten? Ich stellte mir das Getöse von mechanischen Maschinen vor, vervielfältigt vom Echo kilometerlanger Gänge; schmale Gänge, die ich niemals kennenlernen werde: Hunderte Kriminelle, die Thriller tippten.

Als ich die Suite Nummer Sieben A wieder verließ, lag das Klebeband in seinem Rollkoffer; doppelt genäht, das hält nun einmal besser.

Die Erledigung selbst hatte sich fast von selbst erledigt; klingt komisch, war aber so. Ich war mit dem Mädchen in Meyers Wohnung gegangen, hatte die Kleine an die Heizung des Badezimmers gefesselt. Knebel, aktuelle Ausgabe einer Zeitung, Foto mit ihrem eigenen Handy, speichern, senden an Mami und Daddy – und ab dafür: zehntausend Euro in vier Stunden. Routine; dutzende Male im Fernsehen gesehen.

Weil ich die MMS an beide Elternteile verschickt hatte, kamen sie doch tatsächlich mit der doppelten Summe zu Cle-

mens Wohnung. Das ließ ich ihnen gern durchgehen. Wir trafen uns unten im Park an der Eilenburger Straße, den es damals noch nicht gegeben hatte, als ich hier in Anger-Crottendorf gelebt hatte, um zu studieren. Ich sagte, ich wäre nur die Kurierin.

Ich hatte immer Autorin werden wollen, doch leider hatte ich dafür den falschen Mann geheiratet.

Die Eltern waren zufrieden, der Kleinen fehlte nichts, zum Abschied gab ich ihnen noch ein Taschenbuchexemplar von

Meyers ›Gewalten – Ein Tagebuch‹ mit.

Die erste Akte für meine Mappe, die ich dem Schweizer unter die Nase halten wollte, war somit geschlossen, doch weil ich kein Kameradenschwein bin, nie eines war, schickte ich den Beamten der Bullerei zwei Tage nach der Inhaftierung ein paar ausgedruckte Fotos von der gefesselten Kleinen, die Clemens unmöglich von der U-Haft aus hatte absenden können. Somit hatte er seinen Bestseller. Keine Ursache. Wozu sind Freunde da?

Zweite Erledigung

Man darf in so eine Mappe keinesfalls zu viel packen, drei Erledigungen waren gut, zwei waren besser. Sowieso war die Mappe nur dazu gedacht, dass der Schweizer etwas gegen mich in die Hand bekam, sozusagen als Rückversicherung, oder eben etwas, von dem er dachte, dass er es im Fall des Falles gegen mich verwenden könnte.

Ich hielt mich nun schon den dritten Tag in der alten Messestadt auf, in der ich vor zehn Jahren studiert hatte, und obwohl es heiß war, schlürften die Sachsen trotzdem ihren Kaffee.

Ich lief durch den August, die Brühe sammelte sich in der Arschritze. Ich marschierte durch die Stadt, die mich ständig mit ihrer Mischung aus Energie und Gemütlichkeit durcheinanderbrachte. Was ich suchte, das war die Möglichkeit für eine zweite Erledigung, als mir die Sache mit dem Studium wieder einfiel. Was hatten die mich damals nicht gedemütigt! Besonders dieser festangestellte Professor, der sein Arbeitszimmer in der ersten Etage der Gründerzeitvilla hatte, in der das Institut untergebracht war. Neben dem Literaturinstitut befand sich die Zweigstelle der amerikanischen Botschaft, bewacht wie ein Terroristengefängnis in der Schweinebucht. Um da eine Erledigung zu erledigen, brauchte man schon Stahlseile als Nerven. Ganz sicher würde das den Schweizer beruhigen.

Auch so ein Bestsellerautor, dieser Herr Professor; eigentlich war die Suche schon beendet, als ich unauffällig an den beiden Villen vorbeischlenderte und so tat, als würde ich in die gegenüberliegende Hochschule für Grafik und Buchkunst gehen. Ich blieb aber oben auf der Eingangstreppe stehen, hielt die hohe Holztür auf und musterte das Villengebäude, das sich kaum verändert hatte. Früher hatten dort DDR-Spitzel ihre Hauptzentrale gehabt, im Keller gab es noch immer die Sauna, gleich neben dem schalldichten Verhörzimmer, das heute ein Ablageraum für Diplomarbeiten war.

Die Möglichkeit, die sich daraus ergab, war so gut wie zwangsläufig: Grundlage für den verfilmten Supersupersuperroman des Herrn Professor war ein Computerspiel, in dem ein Sohn seinen verhassten Vater Tag für Tag umlegen konnte. Alles was ich brauchte, war so ein Vatertyp. Fingerabdrücke gab es im Arbeitszimmer sicher genug; auf Gläsern, Akten und Stühlen. Die ganze Palette.

Obwohl gerade Sommerferien waren, wartete ich den nächsten Tag ab. An diesem Samstag hatte das Bundesverwaltungsgericht seinen ›Tag der offenen Tür‹. Da hatten sie sich wohl für den falschen Tag entschieden; ein Fehler, von dem ich zu profitieren gedachte. Obwohl, sie wussten ja nicht, dass ich schon in der Stadt war.

Der Simsonplatz, die Wächterstraße, das ganze Musikerviertel war voll von Menschen und Menschengruppen. Auf einem der Betonklötze saß ein schrumpeliger Kerl, mager und schlapp, um die sechzig Jahre. Böser Blick. Stellte man sich einen tyrannischen Vater nicht genauso vor?

Ich hatte die Nacht genutzt, um mich ein wenig in den Herrn Professor zu verwandeln, setzte mich nun wie zufällig neben den Alten und stöhnte in bestem Wienerisch auf, dass es aber so etwas von verdammt heiß wäre.

Der Alte nickte, wenig später hatte er eine Taschenflasche Schnaps in der Hand, noch ein bisschen später waren wir auf dem Weg ins Protzendorf, einer Kneipe, in der ich früher viel gelästert hatte, die es heute aber nicht mehr gibt; egal, denn wie zufällig bogen wir auf das Grundstück der Villa ein. Zehn Minuten hatte ich geredet, dass ich unbedingt pinkeln müsse, sodass der Alte nun ebenfalls pissen musste. Arglos kam er mit mir zum seitlichen Kellereingang, den ich mit ein paar Griffen geöffnet hatte.

Jetzt kam der unschöne Teil der zweiten Erledigung, den ich mir ja nicht ausgesucht hatte. Ich musste mich ans Drehbuch des Romans halten. Ich musste dem Gefesselten ein wenig das Gesicht verwüsten, gerne tat ich das beileibe nicht. Ich schlug das dicke Buch an der Stelle auf, in der das Vaterspiel seinem Höhepunkt entgegenstrebt, und hinterließ den Alten wie darin beschrieben. Das offene Buch lag neben ihm, er saß auf einem der Stühle, die die Fingerabdrücke des Professors trugen. Für die Mappe machte ich ein paar Fotos mit dem Handy des Alten, das ich mitnahm. Den Rest der Erledigung würden die Beamten der Bullerei erledigen. Klingt komisch, wird aber doch so sein.

Die Verkleidung entsorgte ich. Den Anruf machte ich von der gelben Telefonzelle aus, die sich an der Ecke der Hochschule für Grafik und Buchkunst befand und deren Tür immer offenstand. Danach ging ich in den Clara-Park, um noch ein wenig die Mittagssonne zu genießen. Mein Zug nach Norden ging erst um siebzehn Uhr zweiundfünfzig, Gleis elf.

Erstkontakt

Der Schweizer schien beeindruckt. Er vertiefte sich in meine Mappe und schloss sie schließlich in seinen Safe ein. »Alles ist nur immer eine Frage des Alibis«, sagte er. »Das ist mein Berufsmotto.«

»Darum bin ich hier.«

»Sicherlich, sicherlich. Also, gehen wir den Fragebogen gemeinsam durch: Wofür brauchen Sie ein Alibi?«

»Mord.«

»Verwandte?«

»Ja.«

»Ehemann?«

»Genau.«

»Private Gründe oder gewerbliche?«

»Lebensversicherung.«

»Wann?«

»Zehnter September. Von siebzehn Uhr bis siebzehn Uhr vierzig.«

»Sie führen die Aktion allein durch?«

»Ja.«

»Wie viele Zeugen brauchen Sie?«

»Nicht mehr als drei, aber keinesfalls nur einen.«

»Ich denke, zwei sind gut.«

»Das denke ich auch«, sagte ich nach kurzer Überlegung, ehe ich fragte, ob die Alibiagentur mit Festhonoraren oder mit Beteiligungen arbeitete.

»Zum Finanziellen kommen wir gleich. – Welche Art des Alibis schwebt Ihnen vor?«

»Ein wasserdichtes. Die Einzelheiten möchte ich gern Ihnen überlassen. Ich habe nur Gutes von Ihrer Agentur gehört.«

»Das zaubert mir ein Lächeln aufs Gesicht. Wie wäre es mit einem Ehepaar, das Sie hier in Berlin nach dem Weg fragt? Touristen aus Bayern, eigenes Geschäft in München, absolut zuverlässig, noch nicht von der Agentur gebucht. Bester Leumund. Sie trinken mit ihnen einen Espresso.«

»Das gefällt mir. Ich liebe Espresso. Meine Aktion findet in Hamburg statt. – Doch, das würde gut passen.«

»Dann machen wir das so«, sagte der Schweizer, legte den Fragebogen zur Seite, nahm aus einer der Schubladen des Schreibtisches nun ebenfalls eine dünne Mappe heraus und übergab sie mir mit den Worten, dass es sich hierbei um meine Zeugen handelte. Ich solle die Gesichter genauestens betrachten, die Zeugenaussage genauestens studieren und am besten auswendig lernen: »Sie haben eine Stunde Zeit, sich Gesichter und Aussagen einzuprägen, es liegt an Ihnen, diese Aussagen bei den Verhören genauestens wiederzugeben. Die Klarnamen bekommen Sie natürlich nicht, forschen Sie auch nicht nach dem Ehepaar. Sie werden die Namen erst von den Beamten erfahren. Ziehen Sie sich bitte dort in die Sitzecke zurück, ich behalte Sie die ganze Zeit im Auge. Sie dürfen von hier nichts mitnehmen, außer Ihrer Erinnerung. Ich mache derweil die Rechnung fertig. Haben Sie den ermäßigten Steuersatz für Großverdiener?«

»Nein, leider nicht.«

»Ich werde eine Ihrer Geldkarten brauchen, um vor der Tatzeit mit ihr an einer der Tankstellen zwischen Hamburg und Berlin zu bezahlen. Sie wird Ihnen danach samt Quittung per Privatkurier umgehend zugestellt werden. – Ihre Bewerbungsmappe ist wirklich gut! Solide Arbeit. Eine gute Rückversicherung, Madame.«

»Danke, es freut mich immer, wenn auch der Geschäftspartner zufrieden ist.«

Ich sah mir die beiden Gesichter an. Ihre Aussagen klangen plausibel, ich hatte dieses Kribbeln auf den Schultern, das ich immer bekam, wenn ich einen guten Abschluss gemacht hatte.

Bevor wir zum Automaten gingen, um dem Schweizer sein Geld in bar zu übergeben, fügte er noch an, dass eine Nachzahlung in dem Falle fällig werde, wenn die Zeugen vereidigt werden müssten, was aber in all den Jahren seines erfolgreichen Geschäftslebens noch nie vorgekommen wäre.

Ich nickte und war froh, diese Bestie von Gatten nun bald los zu sein. Ich freute mich richtig darauf, diesen Horrorfilm durchzuspielen, den Hass in die Tat einer Verrückten zu packen, angestaut in vierzehn Jahren Ehe, und alles mit Zins

und Zinseszins zurückzuzahlen. Man sollte eben Frauen, die sich um ein Kind zu kümmern haben, nicht unnötig reizen! Oder überhaupt reizen!

In Blankenese hätte ich fast einen furchtbaren Fehler gemacht; fast hätte ich damit begonnen, die verbliebenen Tage am Küchenkalender zu markieren, doch dann schützte mich mein Instinkt. Denn schließlich bin ich es, die von den Fehlern anderer profitiert.

Am Abend unterschrieb ich den Kaufvertrag für die Firma, sollten die Chinesen mit ihr glücklich werden. Ich brauchte die Summe als Überbrückungsgeld, denn so schnell zahlt eine Lebensversicherung nicht, das war mir auch klar, und auch in Rostock würde das Leben nicht billig sein.

Kevin Hilbig las die Story zu Ende und ließ die Hände sinken. Was war das? Eine Kurzgeschichte, nichts weiter. Was sollte sie hier? Reine Zeitverschwendung, sie zu lesen. Kevin sah um sich, aber nirgends blieb sein Blick hängen. Niemand warf ihm ein Nicken oder Ähnliches zu.

»Eigentlich nur Schrott«, rief Kevin zu Pawel herüber, der endlich seine doppelte Zwei getroffen hatte. Der Automat jaulte so laut auf, dass Pawel ein zweites Mal nachfragen musste.

»Nur Schrott«, sagte Kevin, »eine Kriminalgeschichte von Richard. Keine Ahnung, wen er damit beglücken wollte.«

Pawel nickte und antwortete, dass er selbst dann ja jede Menge Glück gehabt hatte, denn bekanntlich gehörte das Lesen nicht zu seinen Stärken und Freuden. Er schloss: »Man muss auch mal Glück haben!«

Zwanzigstes Kapitel, Siebzehnter Februar Zweitausendsiebzehn.

DM ließen die beiden Ermittler im Verhörkabuff, bewacht von zwei Soldaten. Ute hatten sie nach hinten bringen lassen. Sie saß auf der Empore links neben dem Darts-Automaten, die von einer Balustrade umgeben war. Der einzige Zugang wurde von zwei anderen Soldaten gesichert. Man hatte darauf verzichtet, Ute zu fesseln. Sie saß ein wenig apathisch an einem der drei Tische und trank Cuba Libre ohne Libre. Bevor Pawel und Kevin sie befragten, mussten sie sich noch einmal das Separee ansehen, denn nach dem Verhör von DM war ihnen klar geworden, dass das der wirkliche Tatort war. Was sie finden wollten? Die Frage auf die jeder Ermittler genervt reagierte – denn schließlich konnte kein Mensch voraussagen, was in einer Stunde passieren würde –, wurde ihnen zum Glück nicht gestellt. In der angespannten Situation hätten sie vielleicht ihre Haltung verloren, Kevin war sich da nicht ganz sicher. Vielleicht hätte er herumgebrüllt, herumgeschrien, aber vielleicht hätte er auch nur einen müden Witz gemacht. Er biss sich sicherheitshalber auf die Unterlippe, als sie den schmalen Korridor entlang zum Hauptraum gingen, wo mittlerweile alles auf halb acht hing. Weisungsgemäß hielt sich der fünfte Soldat in der Nähe des Fremden auf. Er musste seine Aufgabe jedoch nicht richtig verstanden haben: Anstatt den Fremden daran zu hindern, sich mit anderen Menschen zu unterhalten, sah Pawel ihn in ein heftiges Gespräch mit Uta vertieft, Utes Mutter.

Der Ermittler schüttelte den Kopf und rief den Soldaten zur Pflicht, der sofort zusammenzuckte und den Fremden von der Theke wegzog. Er setzte ihn auf die Empore, links vom Haupteingang, aber Pawel sah in Utas Augen, dass diese Aktion zu spät gekommen war. Egal was der Fremde ihr gesagt hatte, es hatte gewirkt. Der sonst so souveränen Uta, die mit allen Kerlen hier umgehen konnte, stand die Angst in den Augen. Pawel kannte den Anblick dieser geweiteten Pupillen, wenn auch bisher nur in Männeraugen, in Hochseefischeraugen: Es war die Angst über die Leere der Netze, denn keine Arbeit bedeutete kein Geld, und kein Geld bedeutete kein Essen für die Familie; und welcher Hochseefischer hielt schon den Anblick des Hungers im Antlitz von Frau und Kindern aus? Nicht einer, kein einziger.

Anstatt Kevin nach unten zu folgen, ging Pawel kurz zu ihr, schlug ihr wie einem Hochseefischer kollegial auf die Schulter und sagte den Satz, der an Bord immer geholfen hatte: »Uta, gib alles!«

Sie nickte, lächelte, dann wurde sie plötzlich ernst und sagte leise: »Pawel, ich muss mit dir reden! Es geht um Ute!«

»Gleich«, sagte er. »Ich muss nur schnell runter, etwas überprüfen. Dann will ich sehen, ob sie von selbst auspackt. Und dann reden wir. – Uta, ich bin kein Polizist, ich bin dein Freund. Ich will nicht, dass du etwas für sie Belastendes sagst, darum will ich erst mit ihr sprechen. Ich will ihr eine Chance geben.«

»Ein Gentleman! Danke«, sagte Uta. »Es ist doch meine Tochter. Danke!«

Pawel nickte, dann ging er zur Tür, drückte den Lichtknopf und stieg die Treppe hinunter. Am Tatort stand Kevin und meinte, man müsste Schwarzlicht haben.

Pawel schüttelte den Kopf: »Besser nicht.«

»Wenn DM recht hat, wenn, dann hat sie ihn hier ermordet«, sagte Kevin. »Was für Indizien könnte sie hinterlassen haben?«

»Richard war alt und nicht kräftig, sie könnte ihn schon aufs Bett gedrückt haben. Ich sehe aber überhaupt keine

Kampfspuren. Rein gar nichts ist umgestoßen.«

»Sie haben keinen Strich auf der Liste gemacht, dass sie hier waren. Es sind auch nur Maiks fünfzig Euro fürs Reinigungspersonal in der Schachtel«, sagte Kevin.

»Zum Glück ist das noch da«, sagte Pawel, der eines der beiden Kopfkissen aufhob und es sich genau ansah. Kevin tat es ihm mit dem anderen Kissen gleich. Beide schüttelten den Kopf: keine Flecken, nichts, keine Unreinheiten, sauber wie ein Dorsch nach dem Filetieren.

Mit der Bettdecke war es das gleiche. Auch mit dem Laken. Kevin sagte: »Wenn sie ihn erstickt, aber nicht erwürgt hat, dann jedenfalls nicht mit diesem Bettzeug.«

Aus dem Korb zogen sie auch das abgezogene, befleckte Laken samt Bezügen, auf dem sich Maik mit seiner Lady vergnügt hatte. Sie sahen es sich an, aber mehr konnten sie auch nicht tun. Beweise ließen sich so nicht finden, und dass sich der Mörder vorher das Zeug hier zurechtgelegt hatte, das glaubten die beiden Ermittler nicht. Kevin sagte: »Wir müssen Maik trotzdem fragen, wo er das

Bettzeug hingelegt hat. Und ob er es überhaupt gewechselt hat.«

»Das machen wir«, sagte Pawel, »das machen wir ganz sicher. Bin auf seine Antwort gespannt.«

Die beiden Ermittler sahen sich um, aber weiter war nichts im Raum, das als Werkzeug hätte dienen können.

»Vielleicht hat sie es noch bei sich«, sagte Pawel.

Kevin lachte: »Du willst sie doch nur untersuchen, alter Schwerenöter.«

»Ich weiß nicht«, sagte Pawel, »möglich wäre es doch.«

»Möglich ist alles«, sagte Kevin. »Es kommt darauf an, was unmöglich ist.«

»Mach das Licht aus, wir verhören sie jetzt. Dann muss sie es uns eben selbst sagen. Ich hatte gehofft, wir können es ihr erleichtern und einfach die Fakten präsentieren, sodass sie nur noch zu nicken braucht.«

»Alter Mann, sie ist wahrscheinlich eine Mörderin!«

»Ja, aber wer weiß, welchen Grund sie hatte. Ich wette, sie hatte einen wirklich triftigen Grund.«

Sie waren schon wieder auf der Treppe nach oben, als Kevin meinte, Pawel wünsche sich doch nur, dass Ute einen Grund habe, der die Sache leichter machen würde. Er sagte: »Hoffnung gehört nicht in unser Fach.«

Er wusste nicht, dass er damit seinen Mentor in der Polizeifachhochschule zitiert hatte, der so viel von ihm, dem suspendierten Schüler, gehalten hatte. Kevin wusste nur, dass er diesen Satz schon mal irgendwo gehört hatte. Ohne Rücksicht auf das laue Gelaber zu nehmen, gingen sie an den Männern, an Stephanie und an Uta vorbei und bedeuteten den Soldaten wenig später, sie mit Ute allein zu lassen. Friedrich und Felix gingen mit DM nach vorne. Pawel schloss die Tür zum Verhörzimmer, sodass sie zu dritt blieben. Er sah Ute an und versuchte es väterlich: »Kleines, wir kennen uns doch nun schon so lange!«

»Nenn mich bloß nicht *Kleines*, niemand nennt mich so«, maulte Ute. »Ich weiß gar nicht, warum ihr euch so anstellt!«

»Was ist passiert«, fragte Kevin und schüttelte leicht den Kopf, als Pawel schon aggressiv ansetzen wollte, dass hier nichts passiert sei, weil *passiert* bedeuten würde … Das hatte bei DM gut funktioniert, aber ohne sich abstimmen zu müssen, war beiden klar, dass jetzt Kevin Hilbig das Verhör leitete.

Ute nahm den Hinweis auf und ging in die Falle: »Was passiert ist? – Ein Unfall ist passiert. Das ist passiert.«

»Warum warst du denn mit so einem alten Mann im Zimmer unten? Wolltet ihr tatsächlich …?«

»Quatsch. – Donnerstags kam Richard immer eine Stunde früher. Er half uns immer beim Aufräumen. Irgendwann hat es sich ergeben, der alte Mann kann ja keinem etwas zu Leide tun, dass ich ihm von meinem Leben erzählte, von meinen Problemen und so.«

Pawel machte große Augen, sagte aber nichts. Kevin fragte: »Deine Vertrauensperson?«

»Genau, jeder braucht doch eine. Und Richard hat nie ein Wort über mich gesagt. Und er wusste ziemlich viel über das, was mich interessierte: Jungs und Mädchen, Männer und Frauen. Und so.«

Kevin nickte: »Versteh ich gut. Also war da unten euer Beichtzimmer, sozusagen. Was andere als Puff nutzen, war für euch die Kirche.«

»Na ja, so war es seit fast einem Jahr«, sagte Ute, sie zögerte, »bis auf gestern.«

Kevin sah sie an: »Gestern?«

»Es hat tatsächlich niemand bemerkt, dass ich kurz nach Richard runtergegangen bin. Ihr ward alle mit dem Fremden beschäftigt. Ich hab so getan, als müsste ich ein neues Fass anstechen. Musste ich aber gar nicht. Ich hatte mich einfach gelangweilt … und dann wurde es ein Unfall! Es war einfach ein Unfall. Das ist passiert, das müsst ihr mir glauben!«

»Was genau ist passiert?«

Ohne noch ein Wort zu sagen, schob Ute das Männermagazin, das die ganze Zeit auf dem Tresen gelegen hatte, zu Kevin. Pawel erinnerte sich, dass sie vorhin darin gelesen hatte.

»Men's Health, aktuelles Heft«, sagte Kevin. »Und?«

»Seite vierundachtzig. – Ich wollte es nur mal ausprobieren, und mir war so verdammt langweilig, und ich konnte doch nicht im Traum wissen, dass das funktionieren würde!«

Kevin schlug das Heft auf; schon wieder musste er lesen! In der Mitte war ein Bild des glatzköpfigen Kriminalbiologen Doktor Mark Benecke, der einen breiten Nasenring und eine rote Schutzbrille trug. Mit ultraviolettem Licht sah er auf einen Tatort: einen roten Teppich, der ein schwarzes Muster hatte. Rechts von dem Mann befand sich eine antike, schwere Metallstatue in Form einer Nixe, die das einzige Standbein eines Glastisches war. Über dem linken Ellenbogen des auf dem Bauch Liegenden stand ein schwarzes Kästchen mit der Kurzvita des Spezialisten. Er war an der New Yorker FBI-Akademie ausgebildet worden. Über der Glatze konnte man lesen: *Was Leichen verraten.*

Kevin sah kurz auf, aber Ute blickte ihn nicht an. Pawel schaute ihm über die Schulter.

Links vom Bild die Wörter: *Gesundheit* und *Männerscanner*. Darunter fand sich die Überschrift als Zitat: *Draufhauen ist tendenziell männlich* und in ganz kleiner Schrift der Name des Mannes, der das Interview geführt hatte. Es war Björn Krause.

Pawel dachte: ›Björn!‹

Als untere Überschrift war zu lesen: *Mark Benecke sieht viele Tote. Und er kann in ihnen lesen. Der Kriminalbiologe erklärt, warum ein Mann anders tötet als eine Frau und wie der perfekte Mord ausschaut.*

»*Der perfekte Mord*«, sagte Kevin, »da bin ich mal gespannt.« Er las den Anfang des Interviews laut vor: »*Herr Benecke, es heißt immer, Mörder sind meist männlich, weil sie körperlich stärker sind. Wie tötet eine clevere Frau ihren Mann?* – Antwort: *Indem sie ihn mit ihren Brüsten erstickt.* – Was?«

Gleichzeitig sahen Kevin und Pawel auf die Brüste der Zwanzigjährigen.

Pawel sagte: »Sag ich doch, sie hat die Mordwaffen bei sich!«

Kevin las weiter laut vor: »*Nachdem ich von einigen Fällen gehört hatte, die auf so eine Art abgelaufen sind, haben wir Experimente gemacht. Das Ergebnis: je größer die Brüste, desto mehr saugen sich Mund und Nase des Mannes fest. Am gefährlichsten ist es, wenn die Frau auf dem Mann sitzt, etwa beim Geschlechtsverkehr, und sie mit ihren Knien seine Arme an seinen Körper presst. Durch den erhöhten Herzschlag in der Erregung geht es dann schnell. Wir haben dieses Experiment jedoch schon nach zwanzig Sekunden abgebrochen, da der Proband in die Sauerstoffunterversorgung gekommen ist, ohne dass er es bemerkt hätte. Der hatte schon alle Anzeichen einer Erstickung: rote Punkte, geplatzte Kapillaren, rote Halskrause und so weiter. Wenn man in dieser Situation auch noch Alkohol getrunken und Herz-Kreislauf-Probleme hat, so geht es vermutlich noch schneller.«*

»Betrunken war er ja meist, wenn er hier war«, sagte Pawel. Er blickte ungläubig um sich. »Das sind die schönsten Tatwaffen der Welt.«

Ex-Polizeianwärter Kevin Hilbig fragte jedoch nur, wie sie die denn sicherstellen sollten?

Ute sagte leise: »Ich dachte doch nicht, dass das wirklich funktioniert! Mir war langweilig, und ich wollte wissen, was ich alles mit meinen neuen Brüsten machen kann. – Es war ein Unfall, das müsst ihr mir glauben! Pawel, Kevin!«

»Es wäre ein Unfall, wenn es bei wirklichem Sex passiert wäre. Aber leider hattest du nie vor, es mit ihm zu machen. Du hast ihn aus purer Mordlust ins Zimmer gelockt«, sagte Kevin hart. Er wirkte in diesem einen Moment fast frauenfeindlich, als er sagte: »So sehe ich das. Wir müssen dich festnehmen.«

»Ute, sei lieber still«, sagte Pawel.

Sie schwiegen alle drei, aber Pawel konnte einfach nicht anders. In großer Anerkennung sagte er: »*Mordstitten! Mörderbrüste! Monstertitten!*«

Dann fragte Pawel sich ein wenig zusammenhanglos – denn er wollte sich schon gern ablenken, so nah ging ihm dieses Geständnis –, wer jetzt sein Honorar zahle. Molle und Uta ja wohl bestimmt nicht. Er hatte überhaupt keine Lust, mit Utes Mutter zu reden, egal was sie ihm sagen wollte. Pawel glaubte, er hatte gehört, was er hören musste, doch erst später wurde ihm klar, dass das nur der erste Teil des Geständnisses war.

Kevin war nicht ganz so leichtgläubig. Er sagte: »Pure Langeweile, das glaub ich nicht. Da steckt mehr dahinter! Ich krieg das schon alles raus, bis alles draußen ist!«

Einundzwanzigstes Kapitel,
Siebzehnter Februar Zweitausendsiebzehn.

Große, das wäre untertrieben gewesen, Pawel hatte riesengroße Sehnsucht, Susanne und seine beiden Söhne jetzt zu sehen. Was hätte er dafür gegeben, sie jetzt alle drei im Arm halten zu können!

Auch er war wie die anderen Männer deutlich aggressiver geworden, auch wenn er es kannte, eingesperrt zu sein. Das Leben an Bord war nichts anderes als ein Leben im Gefängnis, aber auf einem Schiff konnte man doch wenigstens ab und an aufs Oberdeck gehen, um eine zu rauchen, oder auf die Außennock der Brücke, wenn man Wache hatte, oder wenigstens aufs gefährliche Fangdeck.

Doch hier war mittlerweile sogar die Radioverbindung abgebrochen, Blizzard Björn stapelte vermutlich noch immer Schnee übereinander, den er aus der ganzen Umgebung zusammenkarrte.

Ein jetzt unbedacht ausgesprochenes Wort konnte zu einer Kneipenschlägerei führen, der sich dann niemand mehr entziehen konnte, und obwohl Pawel genau das vollkommen klar war, machte er den großen Fehler, das eine Wort zu sagen.

Er hätte wissen müssen, dass seine Enttäuschung auch die Enttäuschung der anderen war, denn schließlich waren sie Männer. Und wenn Männer an eine Sache glaubten, die rein, die vollkommen, die göttlich, die tröstlich und spendend war, dann waren es Frauenbrüste.

Wehe jenem, der den Busen verunglimpfte! Zum Schutz von Brüsten waren schon ganze Kriege geführt worden, seit Jahrtausenden, immer und immer wieder. Pawel aber machte den Fehler und erzählte den Männern, wie Ute getötet hatte.

Erst behaupteten die Männer, sich verhört zu haben, dann standen sie auf und wollten es wiederholt haben, dann brach für viele eine Welt zusammen, denn Utes neu modellierte Brüste waren doch die Lichtblicke in ihrem Alltag. Sie kamen doch nicht nur wegen des Bieres! Es war erschütternd.

Zuerst fielen viele von ihnen auf die Hocker und Stühle zurück, sogar Falk brachte keinen Witz mehr heraus und Stephanie war klug genug, jetzt nichts zu sagen. Sie spürte, es sei jetzt besser, nichts zu sagen.

Uta hatte all das vorausgesehen, auch wenn sie von Utes Tat nichts geahnt hatte. Uta hatte es gewusst, nachdem der Fremde ihr gedroht hatte, dass die schönen Tage der Schallmauer vorbei sein könnten.

Es war Molle, der die Bestürzung und Erschütterung der ganzen männlichen Welt in einen Satz legte: »Mit Brüsten mordet man nicht, das gehört sich einfach nicht!«

Und wo war der Mann, der jetzt nicht betroffen nickte? Wo denn?

Ja, es bleibt diesmal nicht viel zu ordnen, ich kann nun direkt in den Kurzurlaub.

Der Rücklauf des vierten Teils ist noch nicht eingetroffen. Es scheint eine schwierige Frage zu sein, ob darin zu viel Hintergrund der einzelnen Figuren zu finden ist oder nur viel. Ich bleibe gespannt.

Zurzeit überschlagen sich die Ereignisse hier in Rostock, der *Stadt am Wind*. Ich sitze noch an Richards Schreibtisch, arbeite sein Vermächtnis auf und die Stadt explodiert fast, so aufgeladen ist die Stimmung wegen Olympia Zweitausendvierundzwanzig, wegen des Theaterneubaus und wegen des achthundertjährigen Stadtjubiläums im nächsten Jahr.

Auf einmal wollen alle alles besser machen, dabei ist es doch klar, dass sie alle nur alles Geld wollen, was in Strömen nach Rostock fließt. Es fließt aus drei staatlichen Fonds, aus vier europäischen und was weiß ich noch woher. Es fließt aber nur dann, wenn Projektanträge gestellt werden, und nun sitzen alle Rostocker daran und versuchen sich als Projektoren.

Ich halte mich raus, ich bin ja nur die Vertretung von Richard R. Roesch, der leider nicht mehr mitkonzipieren kann.

Erstaunt dürfte man über die Short Story sein, in der es um die Alibiagentur geht und die wichtiger Drehpunkt im Teil Fünf wird. Erstaunt ob der hohen literarischen Qualität, aber ich konnte nicht anders, ich musste sie literarisch aufwerten. *Talent ist ein Segen, aber auch ein Fluch*, meint Adrian Monk.

Ich will mein Bestes für Richards Andenken geben, so habe ich eine konzentrierte Arbeit einfließen lassen, die einiges an Aufmerksamkeit auf sich ziehen wird. Ich bin mir sicher. Und ich tue es gern für Richard, der, bedingt durch seinen Alkoholkonsum, nicht alles so zu Ende denken konnte, wie er es wollte.

Es wird im nächsten Teil einige Eingriffe geben, auf die ich mich freue, denn es ist schwer, sich immer und ständig ganz aus einer Arbeit herauszunehmen, für die man dann doch irgendwie verantwortlich ist.

Jedoch, wie es immer so heißt, Urlaub ist Urlaub! Das Schild hängt schon an Richards Tür, das Handy ist auf lautlos gestellt; man sieht sich im nächsten Monat in alter Frische!

Fünfter Teil
Wer hätte das gedacht

Prolog, Erster Juli Zweitausendsiebzehn.

Gerade erscheint die überarbeitete Machbarkeitsstudie
des neu gegründeten Büros zur erfolgreichen Ausrichtung für Olympia Zweitausendvierundzwanzig an der Seite der Freien und Hansestadt Hamburg, die eindeutig nachweist, dass alles machbar ist, was das Büro sich ausgedacht hat.
Die Rostocker nehmen es noch mit Zurückhaltung auf, denn die Volksbefragung soll erst in den nächsten Wochen ausgewertet werden. Alle sind auf das Ergebnis gespannt und niemand möchte aufs falsche Pferd gesetzt haben: *Ein guter Hut ist eben mehr Wert als das Geld seines Kaufes.*

Diese uralte Weisheit der hanseatischen Kaufleute ist auch im Wesen der Rostocker verwachsen, denn einst war Rostock eine der vier wichtigsten Städte des alten Hansebundes, auch weil es dank des mecklenburgischen Korns und Weizens in dieser Stadt die dichteste Ansiedlung von Brauereien gab! Gut zweihundertfünfzig in einer Stadt! Rostock war eine einzige Bierbrauerei und somit war diese Stadt, in der man aus einer

Bierlaune heraus die erste Universität Nordeuropas gegründet hatte, eine der vier Entscheidungsträgerinnen der Hanse. Nichts ist einem Hanseaten wichtiger als ein gutes Fass Bier! Und das kam aus Rostock: *Erst machen wir sie süchtig, dann bestimmen wir die Preise!*

Man erfand zum Bockbier sogar die Bockwurst, eine der kühnsten Errungenschaften, denn so konnte noch mehr Bockbier getrunken werden, da der Hunger immer der größte Feind des Wirts ist – und bleibt.

In der Schallmauer gibt es zwar keine eigene Küche, aber wenn hier der Hunger aus den Männern herausbricht, sie undankbar und ungnädig macht, dann kann Essen fix aus der gegenüberliegenden Gaststätte Plan B geordert werden. Falls der Weg zu ihr nicht durch Schneestürme à la Björn verweht ist. Dann muss schnell zu Plan A gewechselt werden: mit einem Dampfkocher werden Bockwürste bereitgehalten, mit einer extra großen Schere werden die Tüten von Knabbereien aufgeschnitten, mit einem extra großen Löffel werden Dips und Saucen auf die Teller mit den Chips aufgetragen. Das alles geht schnell, ist unkompliziert und beschwichtigt die Männer, die durch das gute Bier Rostocks Appetit bekommen haben.

Während Pawel und Kevin im Hinterzimmer arbeiten, sieht man Uta dabei zu, wie sie die Snacks bereitet und verteilt. Molle, der raffinierteste Gastwirt aller Zeiten, hebt kurz sein Glas, um zu verkünden, die Snacks gingen heute aufs Haus! Salzstangen, Oliven, Käsestäbe, alles, was das Stammkundenherz erfreut, wird aufgetischt.

Man bedankt sich lautstark, dann wird erneut Bier bestellt, um den kollektiven Schock runterzuspülen, den Utes Brüste ausgelöst hatten.

Und ja, wir wissen schon, was nun kommen wird, da kann man auf die Verlässlichkeit der GEZ-Mediendiktatur vertrauen, die Gleichmacherei als Gleichberechtigung verkaufen will. Ja, wir rechnen damit, dass nun bald die Reflexe einsetzen werden: Da erscheint in Rostock ein Männerkrimi, und was ist die Tatwaffe? Ein Busen! – Als Drehbuchvorlage für einen *Rostock Tatort* wird das wohl nicht infrage kommen, auch wenn die Hauptfigur dort einiges von einem guten alten Pawel Höchst hat.

Aber ich stelle mich tapfer an die Seite von Richard und verteidige seine Konzeption: Es gibt nicht nur Frauen, es gibt auch Männer! Es gibt nicht nur Zuschauerinnen, es gibt auch Zuschauer! Nieder mit der neuen Diskriminierung! Und darf man den Männern nicht mal mehr in ihren Stammkneipen ihre Genügsamkeit lassen?

Na ja, wollen wir sehen, was kommt. Schließlich trauern wir alle um Richard R. Roesch.

Und warum das alles? Ja, warum eigentlich? Ahnen Sie es schon, liebe Leserin, lieber Leser? Da muss doch mehr dahinterstecken als nur Neugierde und Langeweile als Mordmotiv!

Vorblättern wird geahndet!

Zweiundzwanzigstes Kapitel,
Siebzehnter Februar Zweitausendsiebzehn.

Die Atmosphäre in der Schallmauer als friedlich zu bezeichnen, nur weil niemand herumstritt, das wäre eine schamlose Lüge gewesen. Es wäre das gewesen, was Alkohol mit dem Gehirn macht: Wahrnehmungsverschiebung. Kevin hatte in seinen Psychologiekursen ganze Bücher zu diesem Thema lesen müssen, Schulbücher mit nur wenigen Grafiken und Bildern, aber randvoll mit Fußnoten. Er blickte sich vorsichtig um.

Man brauche sich die Männer nur einmal anzusehen, meinte er. Was die letzten Ereignisse mit ihnen angestellt hatten, das hatte Bitternis hinterlassen. Kevin konnte gar nicht hinsehen, so sehr brach sich Mitleid in ihm einen Weg.

Verbissen schwieg man, er hörte es überall. Kevin schien es, als jaule Björn direkt aus den arg gedemütigten Männerherzen heraus. Als wären diese Herzen in Regen und Sturm geprügelte Hunde, denen es draußen zum Pinkeln zu kalt war, die aber drinnen doch eine volle Blase hatten. Es waren arme Hunde.

Diese Männer waren vertrieben, ja, sie konnten nicht mehr an die Reinheit und Sicherheit ihres letzten Zufluchtsortes denken. Alle würden sie von heute an Angst davor haben, ihre gebeutelten Gesichter arglos zwischen den Brüsten der Ehefrau zu versenken: *Gebrannte Kinder scheuen das Feuer.*

Dieses Paradies, diese Aufladestation, dieser Lebenssinn, er war ihnen geraubt worden. So ansatzlos, so heimtückisch, so endgültig, dass sogar Mark die linke Schulter ein ganz klein wenig fallenließ. Er hob sie nicht wieder an, vielmehr legte er den Unterarm auf die Tischfläche. Kevin sah ihm beim Versuch zu, die Sprachlosigkeit zu zermalmen, so lange, bis sie zu so etwas wie einem Satz geworden war, einem kurzen. Mark sagte: »Kevin Hilbig und sein Stamm, die haben es gut!« Dann presste er noch einmal mühsam heraus: »Keine Brüste – eine Wüste!«

Der junge Berliner fragte nicht nach, lieber nicht jetzt, er wollte das hier nicht stören. Er hielt diesen Moment für magisch. Diese Gemeinschaft der Männer, vereint im Schicksal der Niederlage, Kevin hätte beinahe gemeint, dass so auch die Stimmung des letzten Abendmahls gewesen sein musste. Er sagte leise: *»Enttäuschung ist die Mutter aller Sehnsucht.«*

Immer bleierner wurde die Atmosphäre in der fast sauerstofflosen Kneipe. Immer mehr Kippen ließ man ausgehen, immer schaler wurde das Bier. Maik sagte: »Wozu noch Erdnussflips! Wozu noch Rostocker Schinkenknacker! Wozu noch Myrthe!«

Alle spürten, dass eine tiefere Wahrheit in diesen Sätzen lag, die keine Fragen waren, die nichts waren, rein gar nichts. Es war wohl immer das Nichts, das einem den Lebensmut zerschellen ließ. Molle hatte da so eine Ahnung, aber viel zu schnell war sie auch schon wieder weg, einfach weg. ›Wie alles, das gut ist, das schön ist, das reicht macht‹, dachte er.

Stephanie, freilich, sie wusste, sie hätte die Stimmung retten können, aber so war es, bitter genug: Richard war nicht mehr. Er war nicht da und Steffi-Pfeffi war eben eine Fließbandarbeiterin, die ihre Kommandos brauchte. Er hatte sich von ihrem lustigen Einstand in die Kneipenrunde blenden lassen, und nun, nun rächte es sich bitter. Auch Stephanie unternahm nichts. Sie spürte zwar den Druck, sie spürte die Erwartung ihres Schöpfers, ganz klar, aber handeln konnte sie deshalb noch lange nicht. Irgendjemand hätte sagen müssen: »Stephanie!«

Irgendjemand, sie sah sich um, aber sich allein aus einem Sumpf zu ziehen, dafür war ihr ihre Frisur doch zu schade. Kevin lächelte matt, als er das dachte, aber er sprach es nicht aus. Es hätte gemein geklungen, er war sich da sicher. Er wusste, dass es auf ihn ankam. Ihm war auch klar, dass dort noch lange nicht Schluss war, wo das Wort *ENDE* stand. Er spürte, hier ging noch was, aber im Moment hatte er einfach nur Angst, dass die Niedergeschlagenheit in Aggressivität umschlug. Denn was hatte man in Deutschland nicht von all diesen Männern gehört, die wohl alle eisenharte Hansa Rostock-Fans waren. Was waren sie nicht schon von ihrer Mannschaft gedemütigt worden, welch kleine Verstimmung hatte nicht schon ausgereicht, um überall in Deutschland Fußballstadien in Brand zu stecken, Polizistenhelme zu spalten; oh nein, jetzt am besten gar kein Wort sagen! Nicht ein einziges! Nicht aus dem äußeren Zirkel heraus.

›Brüste töten, innerhalb von Sekunden‹, Molle dachte an nichts anderes mehr. ›Was hab ich nur bisher für Glück gehabt!‹

Norbert sagte unvermittelt: »Also ich hatte schon immer ein Faible für kleine Brüste!«

Lu sagte: »Ich nicht. Mein Vater auch nicht. Deswegen ist er ja weg aus Vietnam.«

»Meinst du, da sterben weniger Männer?«, fragte Falk. »Dann wandere ich aus.«

Mark blickte wirr um sich: »Ist doch egal, was wir meinen. Ist doch alles egal.«

Auch Hassan fühlte sich gedrängt, sich zu outen: »Es hat schon alles seinen tieferen Sinn! Jetzt weiß ich wenigstens, warum ich meine *Orchidee* niemals nach oben lasse beim …« Nein, in dieser Situation reinster Wahrheit, spürte er, dass jedes Fäkalienwort hier die Stimmung zum Platzen bringen würde, aber leider fiel ihm kein anständiges Wort ein, sodass er mitten im Satz zum Schweigen verdonnert war. Auch er zermalmte weiter. Stur, stiernackenstur.

Es wurde Luft ausgestoßen, es wurde geseufzt, es wurde der Kopf geschüttelt, aber all das half nichts!

Mühsam rutschte Robert von seinem Barhocker nach hinten, stellte sich hin und ging ins Zentrum des Tresens. Er suchte ein wenig unter der Musikanlage, dann hatte er ein großes Glas gefunden, das er aufschraubte. Er stellte es auf die Theke und sagte: »Hier, nehmt euch! Nehmt!«

Es waren bunte Kaugummikugeln, von denen manche Männer, die keine Angst um ihren Zahnschmelz hatten, gleich drei oder vier nahmen. Dankbar griffen sie zu.

Was für ein herzensguter Cowboy der gewesen sein musste, der das Kaugummi erfunden hatte, ging es Kevin durch den Kopf. Immer noch zermalmten sie, aber es war nun kein Selbstzerstörungsakt mehr. Und immer tiefer sank die aufkommende Grundaggressivität wieder in den Bodensatz männlicher Bereitschaft ein. Aus dem Zermalmen wurde ein Kauen, aus dem Kauen werde bald ein Ausspucken werden, aus dem Ausspucken ein Aufatmen. Auch der junge Berliner griff in das große Glas, auch wenn er nicht recht wusste, warum. Er spürte nur, dass das jetzt wichtig sei. Abendmahlwichtig.

Leerer wurde das Glas, bunt wurde es in den Mündern der Stammkunden, doch *so schnell schossen die Preußen eben nicht*. Die Rostocker wussten es als Mecklenburger. Schließlich war es das kleine Mecklenburg gewesen, das als deutsches Herzogtum am längsten seine Selbstständigkeit bewahrt hatte, und so unscheinbar es hier in der Schallmauer auch aussah, hier saßen Männer aus allen Teilen Deutschlands, die Mecklenburger geworden waren. Sie kauten! Oh Schmach, sie kauten deinen Leichenschmaus!

Und schließlich wurde das große Glas erneut herumgegeben. Verächtlich spuckte jeder seinen Kloß Kaugummi aus. Was blieb, das war ein Durchatmen. So, dass sich langsam die Atmosphäre wieder ein wenig entspannte, ein ganz klein wenig, die immer dort heißzulaufen drohte, wo zu viele Männer in zu engen Räumen hockten.

Robert nahm es beruhigt zur Kenntnis. Er kannte seine Klientel. Viele waren Flieger in engen Kisten, Matrosen in U-Booten, Verdächtigte in U-Haft, er wusste, dass sie an die Enge gewöhnt waren. Aber an was sie nicht gewöhnt waren, meinte Robert, das war die Enge in Verbindung mit dem Alkohol und mit diesem unvermittelt erlittenen Dolchstoß, der sie ins Wanken gebracht hatte: Angst vor Brüsten haben zu müssen. Lebensangst.

Dank Björn machten die Inhaber heute das Geschäft ihres Lebens. Es war aber doch Vorsicht geboten, denn ein Streit konnte hier schnell zur völligen Zerstörung der Inneneinrichtung führen. Er musste sie alle bei Laune halten, obwohl sie alle von den Ereignissen überrannt und angefressen worden waren. Molle verstand sich als der Mann, der den Ermittlern den Rücken freihielt. Das wollte er weiterhin tun. Er sicherte ab, er beobachtete und analysierte, er war permanent beansprucht, obwohl das so gut wie niemand bemerkte. *Einmal Offizier, immer Offizier* – wie es auf seinem Unterarm eintätowiert stand.

Er sah auch, wie sich der Fremde zurückhielt, dem er noch immer nicht glaubte, dass er nur wegen der Geschichte mit der in seinen Augen verjährten stillen Teilhaberschaft hergekommen war. Sicher, früher war der Fremde mal ein wichtiger Mann gewesen, ein Mann, der freigiebig geholfen hatte. Aber wenn Molle gewusst hätte, dass der Mann sein Vermögen mit Schmuggel gemacht hatte, dann hätte er sich schon viel früher von ihm abgewandt. Auch seine beiden Geschäftspartner sahen das so. Heute mussten sie den Fremden nicht mehr auszahlen, weil er bekanntlich all seinen Einfluss, all sein Geld und all seinen Charme verloren hatte, mit dem er früher sogar die damals noch minderjährige Ute zu seiner Freundin gemacht hatte. Molle sah dem

Fremden zu, der auf dem Tresen immer mehr in sich zusammensackte. Was wollte er wirklich hier? Molle fragte sich, ob er Pawel und Kevin einen Wink geben sollte, beantwortete sich die Frage aber nicht. Jedenfalls, das wusste er wie jeder andere auch, gab man kein Geld mehr für Farbe aus, wenn das Schiff abgewrackt werden sollte.

Abwarten, zaudern und zögern. Molle wusste, dass damit schon Wallenstein, Herzog von Mecklenburg-Schwerin, erfolgreich gewesen war. Der Schwedenkönig dagegen hatte das halbe Deutschland im Sturm erobert, aber letztlich verebbt ein Sturm so schnell, wie er gekommen ist. Was mehr lähmt und vernichtet, das ist die Windstille. Wallenstein hatte es gewusst, Merkel wusste es und auch Molle wusste es genau: Es waren schon Tausende Windjammer vor den Häfen gescheitert! An der Windstille.

Um erfolgreich abzuwarten, war nur eine große Armee nötig, die man hin und wieder aufmarschieren ließ, drohend und blitzend, und genau das hatten sie hier: Die Schallmauer war mächtig, mit Geld, Einfluss und Stärke gesegnet. Sollte der Fremde nur seinen Sturm entfachen, Molle würde mit einem Lächeln dastehen, um dann zurückzuschlagen, doch vorerst verteilte er beflissen Knabbereien. Höchstpersönlich schob er dem Fremden einen Teller zu und grinste ihn an; sicher, er merkte es selbst, ein wenig von oben herab, aber was blieb dem Fremden übrig, als sich zu bedanken?

»Danke«, sagte der Fremde und sah nicht einmal auf. Er griff zu den Erdnussflips und schob sich eine Handvoll in den Mund. »Jetzt einfach zurück in das Gefängnis gehen, das wäre es. Einfach wieder zur Ruhe kommen und den Rest der Strafe absitzen, das wäre es. Weißt du, Molle, die wahre Strafe sind diese Freigänge. Man sollte einem Gefangenen nicht den Geschmack der Freiheit eingeben, um ihn dann erneut einzusperren. – Ich wünschte, Blizzard Björn ließe mich zurück nach Bützow!«

»Das wünschen wir uns alle«, sagte Molle und ging weiter.

Draußen jaulte Björn ordentlich erneut auf. Zwar waren nun sämtliche Radioverbindungen zusammengebrochen, aber noch hatten sie in der Schallmauer dieses alte Funkgerät, mit dem sie sich mit Rügenradio und Radio Westdeich verbinden konnten, die beiden Funksender Deutschlands, die seit jeher sämtliche Schiffe der Bundesrepublik mit Informationen aus der Heimat und das Wetter versorgten. Pawel hatte ihnen die Frequenzen verraten, die eigentlich nur für die Seefahrt gedacht waren, aber in dieser Ausnahmesituation fragte in den Sendestellen niemand, was für ein Schiff die Schallmauer sei. Sie war eben ein Schiff in Not, dem mit Informationen geholfen werden musste. Björn hatte so gut wie die ganze mecklenburgische Küste in jenes Gemälde von Caspar David Friedrich verwandelt, auf dem vor Hiddensee hohe Stapel von Eisschollen dargestellt sind: Die Verbindung von Land und Wasser war eingefroren und nicht mehr zu benutzen.

Aber die Männer der Schallmauer wehrten sich. Nicht einer schimpfte, jammerte oder fluchte. Man nahm Björn einfach nicht wahr. Man tat, als nähme man ihn nicht wahr.

An Bord der vielen Fischereischiffe, auf denen Pawel gefahren war, hatte er es oft erlebt, dass Männer, wenn sie unter sich waren, das ignorierten, was ihnen zu schaffen machte, einfach um zu überleben. Die fangleere Zeit, die die Fahrenszeit verlängerte, sodass die Verpflegung schon mal knapp werden konnte, die gab es in ihren Augen dann nicht. Es war einfach die Zeit, in der Netze ausgebessert, Fanggeschirr ausgewechselt, Eismaschinen abgetaut und gesäubert, Decks geschrubbt und gestrichen wurden. Es war aber niemals die verdammte leere Zeit, die dem Tod und der Sinnlosigkeit so sehr ähnelte; jedenfalls, Pawel hatte das immer wieder beobachtet, in den Augen von echten und langgefahrenen Hochseefischern.

Neulinge, wie Kevin und die Soldaten, Pawel grinste, die hätten es schnell gelernt, sich an Bord eines Schiffes freiwillig eine Aufgabe zu suchen. Doch wehe, sie nahmen einem anderen Mann die Arbeit weg. Das war ein heiliges Gesetz gewesen: *Man nimmt einem anderen Mann nicht die Arbeit weg. Nicht die Frau und nicht den Schnaps.* In dieser Reihenfolge.

Auf seiner ersten Fahrt als achtzehnjährige Grünsprotte auf dem norwegischen Trawler hatte er gegen diese Regel verstoßen, als er wegen des Heimwehs den Schnaps der Filetierer ausgetrunken hatte, mehr aus Versehen, denn eigentlich hatte er nur ein paar Schlucke nehmen wollen. Aber dann war das Heimweh und das schlechte Gewissen über die Flucht aus der Sowjetunion so stark geworden, dass er sich den Schnaps hatte einfach durch die

Kehle rinnen lassen. Das war ihm eine Lehre gewesen und seitdem er sich diese Regel zu Herzen genommen hatte, seitdem war er gut durch seine Seezeit und auch durch seine Lebenszeit gekommen. Und daher konnte er DM so gut verstehen, der sich beraubt fühlte, weil Ute mit Richard verschwunden war. Verstehen konnte er es, aber er wusste auch, dass es trotzdem falsch und niederträchtig war, denn Ute war nicht DMs feste Freundin. Sie war ein freier Mensch, wenn auch ziemlich jung und dumm. Pawel Höchst verstand, dass es ein schiefes Denken war, das DM an den Tag legte. Er begriff auch, dass es ihm selbst nur logisch erschien, weil er zu sehr in solch Denken verstrickt war. Die Frage war nur, sollte er DM aufklären oder sollte er sich diesen ganzen Psychokram einfach mal sparen? ›Nein‹, sagte sich Pawel, während Björn die Frauenklinik abdeckte, sodass es in der ganzen KTV jetzt nur noch die Schallmauer gab, die seinen Angriffen eisern widerstand, ›nein, ich halte mich da raus! Verstehen heißt noch lange nicht verändern. Tolerieren ist noch lange nicht akzeptieren.‹ Er ging, ohne auf Kevin zu achten, zurück zum Tresen, was aber niemand bemerkte.

Die Männer waren ruhiger geworden, die Teller mit den Snacks waren leer, Uta schnitt die letzte Packung Rostocker Schinkenknacker auf. Sie sagte: »Das sind die letzten! Dann gibt's nur noch Labberwürste aus Eberswalde.«

»Kann man die auch kalt essen?«, fragte Maik. »Wenn ja, dann gib mir zwei und ich leg sie mir schon mal weg. Wenn wir morgen hier immer noch nicht raus sind, verkauf ich sie für ein Fass Bier.« Er lachte über sich selbst, aber das war eine Angewohnheit, die in der Schallmauer nicht gut ankam. Zumal, wenn man der Einzige war, der lachte.

Norbert sagte: »Molle, Robert, jetzt mal im Ernst! Das ist hier eine besondere Situation. Wir sind sozusagen eingeschneit. Eigentlich könnt ihr jetzt kein Geld mehr für Getränke nehmen, das ist unchristlich. Du sollst trinken, okay, elftes Gebot, aber wie sieht es mit dem Gebot aus, nach dem du nicht fremdes Eigentum begehren sollst? Wie sieht es damit aus?«

Robert antwortete: »So was gibt's gar nicht, aber herzlichen Dank für die Anregung, wir denken darüber nach und teilen euch die Entscheidung baldmöglichst mit. Solange bleibt alles beim Alten.«

»Na toll«, sagte Norbert. »Also mecklenburgisch: *Es bleibt alles beim Alten*, sagte der Fürst und ...«

»Egal was der Fürst sagte ...«, fuhr Molle dazwischen, der einerseits um die Stimmung in der Kneipe besorgt war, der sich andererseits aber nicht unchristlich nennen lassen wollte. »Ab jetzt sind alkoholfreie Getränke kostenlos, nicht aber in Verbindung mit alkoholischen.«

»Super«, sagte der Unbekannte, der gut pokern konnte, »und Bier kostet jetzt zwei Euro weniger!«

Robert schüttelte den Kopf: »Einen Euro!«

»Okay«, sagte der Unbekannte, als säße er am Schreibtisch der Sparkassenfiliale, in der er arbeitete, »einverstanden! So machen wir das!«

In diesem Moment, Robert wollte gerade dagegenhalten, gelang es Björn, eines der Fenster, die zur Straße gingen, mit Hilfe seiner ungeheuren Schneemassen einzudrücken. Haufenweise fiel das Weiß auf das Dunkel der Dielen und lief nur wenig später als Farblos in die Raummitte.

Eile, glaubten die Männer, wäre geboten, aber als sie merkten, dass nach dem ersten Haufen kein weiterer Schnee hereinfiel, entspannten sie sich.

Kevin Hilbig, gerade in den Tresenraum kommend, sah, wie die warme Luft gegen den Schnee drückte, ihm aber nichts anhaben konnte. Genauso wenig aber drang auch die eisige Luft durch den Schnee. Er verstand jetzt, warum die Bauern im Süden immer froh waren, wenn es erst schneite und dann gefror: So waren die Weinreben sicher vor dem Erfrieren. Und sie selbst sicher vor dem Ärger.

Zwar drückte Molle die beiden Fensterflügel wieder provisorisch zu, eine Lücke aber blieb, über die sich jedoch nicht einmal Stephanie beschwerte, die immer so leicht an den Füßen fror.

Kevin Hilbig, auf einmal allem überdrüssig, suchte sich eine Ecke, ließ sich schwerfällig auf das ausgeblichene Polster der Sitzbank fallen und legte das Gesicht in die Hände. Er dachte an seinen schönen roten Porsche, der draußen unter der Last aus Schnee und Eis leiden musste. Vielleicht brach das ganze Parkhaus zusammen, in dem er stand? Er erinnerte sich daran, wie er zusammen mit seinem Freund, der Architektur studierte, darauf gekommen war, dass die Grand Dame der Schweriner Oberschicht nicht erpresst, sondern von der minderjährigen Geliebten ermordet worden war. Darauf war sein Partner, der altgediente Hochseefischer Pawel Höchst, nicht gekommen. Darauf war er selbst gekommen, Kevin Hilbig, Polizeianwärter. Na gut, er war darauf gekommen, nachdem ihn sein Freund Björn darauf gebracht hatte. Björn hatte gesagt, wer sich nicht oute, der wird geoutet, die Gesellschaft sei gnadenlos: Tolerieren heiße noch lange nicht akzeptieren.

Der Ehemann, Conrad Freiherr von Zippendorf-Mueß, war so froh gewesen, heil aus der Mordgeschichte um seine Frau herausgekommen zu sein, obwohl er sie aufs Tiefste

verachtet und sie vielfach gedemütigt hatte. Er hatte ihnen beiden dann das Auto geschenkt, Björn und ihm. Ohne um ihr Verhältnis zu wissen, hatte der Schweriner Millionär betont: »Junge Männer ohne ordentliches Auto sind für mich immer ein trauriger Anblick.«

Und Kevin hatte zu Björn gesagt, als sie zum ersten Mal allein in dem Wagen saßen: »Zwei Schwule mit einem roten Porsche! – Wieder fällt eine Männerbastion!«

Kevin vermisste die Nähe Björns, das wurde ihm in dieser ersten kleinen Pause überdeutlich, die er, so gut es ging, außerhalb dieser Stammkundenrunden verbrachte. Er hatte genug von dieser rabiaten Welt aus Witzen, Morden und schlechtem Essen. Es begann ihn anzuwidern. Er hatte eigentlich nur eine Spritzfahrt machen wollen, er hatte eigentlich nur zwei, drei Getränke mit Pawel verköstigen wollen, er hatte eigentlich nur mal sehen wollen, wie die Männer hier am Darts-Automaten standen und Pfeile warfen. Aber er hatte nicht damit gerechnet, eingeschneit zu werden, einen Mordfall ermitteln zu müssen und nicht mal einen Teller argentinischen Schinken mit italienischen Oliven vorgesetzt zu bekommen, geschweige denn Sushi! Oh ja, er lächelte matt, er wollte Sushi. Er wollte jetzt mit Björn im Restaurant Fish-Club in der Kantstraße sitzen, nahe am Savignyplatz, und eine neue Delikatesse probieren, die Albert und Pink auch heute kreiert haben würden. Er wählte Björns Nummer, war er doch mit Pawel der Einzige, der sein Handy dabei haben durfte. Mit geschlossenen Augen lauschte er. Nachdem es nicht mehr klingelte, sagte Kevin: »Sehnsucht.« Am anderen Ende wurde ausgiebig gegähnt. Kevin wiederholte das Wort, als wäre es das einzige, das ihm einfiel.

Björn sagte: »Sehnsucht angekommen. – Bringst du Brötchen mit? Ich muss erst um zehn an der Uni sein.«

»Ich bin nicht bei mir zu Hause, ich bin in Rostock, bei Pawel, ich bin gestern …«

»Schon wieder bei Pawel? Was findest du nur an diesem alten Fischer? Hast du einen Vaterkomplex? Muss ich eifersüchtig werden? Warum rufst du mich an …« Es folgte noch ein langer Schwall von Fragen, den Kevin vergeblich zu unterbrechen versuchte. Schließlich kapitulierte er und hörte weiter zu: »Wieso überhaupt Rostock? Etwa mit unserem Auto? Ist draußen nicht mieses Unwetter? Darf ich vielleicht mal wissen, was dir durch deinen hübschen Kopf geht? Muss ich Angst um dich haben? Hattest du einen Unfall? – Na, toll! Jetzt bin ich munter und weiß nicht, was ich die ganze Zeit bis zehn Uhr allein machen soll. Du mit deiner Spontaneität, das ist wieder typisch Mann! Mich aufzuwecken und in Besorgnis zu baden. – Wie geht's dir denn?«

»Schlecht!« Kevin erzählte seinem Lebenspartner die Ereignisse der letzten vierzehn Stunden, und er war so dankbar, jetzt nicht unterbrochen zu werden. Er redete langsam, er machte viele Pausen, er fühlte sich in diesem Moment eher als Mecklenburger, denn als Berliner. Kevin kostete es aus, Sätze langsam zu setzen, es kam ihm erhaben vor, durch und durch männlich, wichtig. Als er bei seinem Verdacht, Ute habe noch ein Mordmotiv hinter dem Mordmotiv, angekommen war und sagte, dass ihm dieser Gedanke vor zwanzig Minuten gekommen sei, endete er. Er lauschte in die Leere hinein.

Dann antwortete Björn: »Mein Gott, wie ich dich liebe! Du bist ein echter Kerl, weißt du das? Ich … Welcher Homo kriegt so eine Geschichte von seinem Freund zum Frühstück serviert? Da bin ich wohl der einzige! – Also gut, dann überführ die Schlampe und sieh zu, dass du nach Hause kommst! Dann reden wir ein ernstes Wörtchen miteinander.«

Kevin lächelte, nach nichts anderem hatte er Sehnsucht gehabt. Ein Kloß steckte ihm im Hals, er schluckte ein paar Mal, ehe er sagte: »Björn, du bist die einzige Krücke, die ich hab. Ohne dich würde ich im Rinnstein liegen.«

»Danke für die Blumen! Jetzt bin ich also nur noch eine Krücke für dich.«

»Ja, weil ich doch ein Krüppel bin.«

»Ist mir noch gar nicht aufgefallen«, sagte Björn, der sich mittlerweile im Bett aufgerichtet und sich das Kissen ins Kreuz geschoben hatte. Er winkelte die Beine an. Er sah durch die Jalousien, aber noch zeigte sich keine Dämmerung am Himmel. Wie immer schien das Licht einer Laterne herein, aber an deren Gelb hatte der Student sich schon gewöhnt. Er machte sich Sorgen um seinen Freund, aber er hoffte, Kevin wäre zu müde, um die Nuancen seiner Stimme zu analysieren. Einerseits mochte er, dass Kevin ihn kontrollierte und immer wissen wollte, was er dachte und fühlte, andererseits verachtete er sich auch für diesen devoten Charakterzug. Er war es gewohnt, dass Kevin zu den unmöglichsten Zeiten bei ihm anrief. Er war trainiert, aus tiefstem Schlaf sofort ein ernsthaftes Gespräch zu führen. Aber er war nicht darauf vorbereitet, seinen Freund so schwach zu hören. Fast demütig kam ihm Kevin jetzt vor. Das kannte er nicht. Während sie sich weiter unterhielten, fragte sich Björn, was zu tun sei. Ihm fiel nicht viel ein. Die beiden Jungs redeten noch eine Weile miteinander, ohne etwas zu sagen. Sie hätten auch noch mehr Zeit totgeschlagen, denn darum ging es ihnen doch in Wahrheit: *Tote Zeit des Einzelnen ist Lebenszeit des Paares.* Aber sie wurden nicht gelassen.

Pawel setzte sich zu Kevin an den Tisch, sah ihn mit Augen an, die über den Tränensäcken kaum noch zu erkennen waren, und sagte: »Na, alles gut bei Björn? Auch Schietwedder in Berlin?«

»Du, wir müssen Schluss machen …« Kevin legte auf und sah Pawel direkt an. Ohne ihm Gelegenheit für einen Witz zu geben, sagte er unvermittelt: »Da steckt mehr dahinter! So naiv, wie sie tut, ist diese Ute nicht. Erinnere dich daran, wie gut ich mit ihr geredet hab. Björn ist auch davon überzeugt. Ich glaube ihr nicht, dass das ihr Motiv gewesen sein soll, das ganze und einzige. Wir müssen sie noch einmal verhören! Ich bin mir da ganz sicher. Mord aus Langeweile und Neugierde, das gab es nur ein einziges Mal in der gesamten Kriminalgeschichte. Das war in den USA, als zwei Abiturienten meinten, schlauer als die ganze Welt zu sein. Sie hatten den perfekten Mord begehen wollen, zu dem es gehörte, dass es kein Motiv gab. Sie wollten lediglich damit durchkommen, einen perfekten Mord zu begehen und wählten sich das Opfer zufällig aus. Aber selbst die kamen nicht damit durch! Sie agierten zwar aus einer Langeweile und einer Neugierde heraus, aber selbst die hatten wenigstens eine Vision oder einen Plan! Den hat Ute ganz sicher auch! Anders kann es gar nicht sein. Weil Ute, die ist kein Nerd! Oder?«

Alle, die ihm zugehört hatten, schüttelten mit dem Kopf, ehe Robert sagte, wenn es perfekte Morde gäbe, dann könnte niemand sie aufklären, dann hätte sie niemand aufgeklärt, denn nur dann seien sie ja perfekt. Woher denn Kevin wisse, dass es keine perfekten Morde gäbe?

»Spitzfindigkeiten bringen uns nicht weiter!«, mahnte der Ex-Polizist den erfolgreichen Anwalt ab, der erstaunt schwieg.

Pawel fragte zusammenhanglos, wo eigentlich Kevins Porsche stehe.

In diesem Moment erhielt der junge Berliner eine MMS. Es war eine Nahaufnahme von Björns dicken, zum Kussmund verzogenen Lippen, die Kevin schnell wegdrückte. Er antwortete, sein Auto stehe im REWE-Parkhaus und fügte an, er wolle eigentlich über Ute reden, als er erneut unterbrochen wurde. Daraufhin war er gezwungen, den Stammkunden von seinem neuen Porsche zu erzählen, in deren Augen er sofort Hunderte von Punkten machte. Sie bekamen Respekt vor diesem Knaben, der das Auto nicht von Papa, sondern durch seine – wie auch immer geartete – Arbeit bekommen hatte. Das lenkte sie ein wenig ab. Aber dann hörten sie, wie die immer noch an den Darts-Automaten gefesselte Ute im Hinterzimmer wütend wurde. Unter anderen Umständen hätte sich diesen Anblick keiner der Stammgäste entgehen lassen; *aber normal ist anders! Es war wie es war!*

Einen Moment lang schwiegen sie noch, lauschten, ehe Pawel den Faden wieder aufnahm, den er selbst fallengelassen hatte: »Also willst du Ute noch einmal befragen? Aber ohne mich! Mir geht das alles an die Nieren. Nur zu, ich bleib hier an der Theke, ich will nichts mehr wissen. Ich hab genug, du bist ja schwul, du hast es ja gut! – Das alles macht dich nicht fertig, Kevin. – Mein junger Freund, ich war noch nie so froh, dich dabei zu haben. Na, los, schnapp sie dir, ehe die Schneeschieber kommen. Ich trink jetzt einen Gin mit Cola, mir ist schon alles egal!«

Kevin nickte, stand auf und ging nach hinten, wo Ute noch immer von Friedrich und Felix bewacht wurde. Er signalisierte ihnen, nach vorne zu gehen. Dann nickte er Ute zu.

»Was passiert nun?«

Er antwortete: »Die sind vorne alle mächtig sauer auf dich.«

»Wieso das? Wegen des Unfalls?«

»Nein, weil es mit den Brüsten geschehen ist.«

»Versteh ich nicht. – Meine Brüste gehören doch mir. Ich kann mit ihnen machen, was ich will.«

»Kerle glauben, die Brüste der Frauen gehören den Männern. Das glauben sie schon seit dreißig Millionen Jahren.«

»Selbst schuld, wenn die so blöd sind«, sagte Ute. »Was passiert nun?«

»Du meinst, wenn du im Gefängnis bist? Tut mir leid.«

»Niemals! Wieso soll ich ins Gefängnis? Ich bin ohne Vorstrafen. Unfälle passieren!«

Kevin schüttelte den Kopf: »Hör auf, mir die Naive zu spielen, das zieht bei mir nicht. Ich steh nicht auf Frauen und Mädchen. Du kannst deinen Kopf jetzt nur noch aus der Schlinge ziehen, wenn du mir die Wahrheit sagst, die Wahrheit hinter der Wahrheit. Dann kann ich für dich noch was tun, aber mit dieser blöden Geschichte kommst du sicher in den Knast. Ganz sicher!«

»Meinst du wirklich?«

»Was war also los? Komm, pack aus, Ute. Ich bin sicher, du bist kein schlechter Mensch. Was war los?«

»Ach Kevin, das hat sich alles so ergeben. Ein Selbstläufer, wie man so sagt.«

Er band Ute vom Automaten los, um selbst ein paar Pfeile zu werfen, sodass sie schnell die Scheu verlor, die einen Menschen doch immer befalle, wenn man ihm frontal zuhöre, meinte Kevin zu wissen. Er behielt sie im Auge und zielte auf die Dreizehn, weil er die Dreizehn mochte. Die Dreizehn und die Vierundachtzig, aber die gab es hier wohl nicht.

Schuld sei der Fremde, hörte Kevin Hilbig. Er war klug genug, keine Zwischenworte zu geben. Er tat, als sei er gar nicht anwesend. Während Ute gestand, atmete er nur ganz leicht ein und aus, um sie nicht zu stören.

»Wenn der Fremde heute nicht aufgetaucht wäre, dann wäre alles gut gegangen und wir hätten noch Zeit gehabt. Was können denn wir dafür, dass der auf einmal Hafturlaub bekommt. Da mussten wir handeln.

Bevor er ins Gefängnis kam, hat er meine Mutter erpresst. Ich musste mit ihm zusammen sein, sonst hätte er ausgepackt und über meine Mutter geplaudert. Ich verstand das. Zum Glück war der Fremde ja auch reich. Er hat auch meine Brüste bezahlt. Dann kam er in den Knast wegen der anderen Sache und wir dachten beide, jetzt ist es gut!

Plötzlich tauchte er hier heute auf. Molle und Robert wollten ihm sein Geld nicht geben, das er hier mal investiert hat, also erpresst er meine Mutter erneut. Sie wollte ihm das Geld geben, damit er dann für immer aus der Schallmauer verschwindet. Sie waren sich einig. Und da mischt sich Richard ein. – Wenn sich Richard bloß nicht eingemischt hätte, dann würde er noch leben. – Aber so … so ging es nicht. Richard glaubte, uns beschützen zu müssen. Er bedrohte den Fremden, aber der ließ sich doch nicht von so einem Schriftsteller einschüchtern. Alles war im Begriff, aufzufliegen. Nun musste nicht nur der Fremde zum Schweigen gebracht werden, sondern auch Richard.

Der Fremde war heute das erste Mal schon vor der Öffnungszeit hier gewesen, um uns zu erpressen. Er wollte dann eigentlich nur schnell wiederkommen, wenn wir das Geld hätten. Und als er dann hier war, ging die Sache mit Björn los und er kam nicht mehr raus. Das Geld hat er noch, das Uta ihm gegeben hat, aber Richard hatte gar kein Geld gewollt! Er war auch wie immer früher gekommen, um uns wie immer mit dem Aufräumen zu helfen, und hörte, wie der Fremde uns bedrohte. Doch er wollte uns doch seine gute Nachricht erzählen! Haha, gut für ihn, aber so schlecht für uns, dass ich ihn nicht mehr leben lassen konnte. – Hätte er

nur Geld gewollt oder meinetwegen auch Sex, egal!

In Wirklichkeit bin ich schuld! Was der Fremde von meiner Mutter weiß, dass sie in Hamburg ihren Ehemann, meinen Vater, umgebracht hat und damit durchgekommen ist, weil sie sich von einer Agentur aus Berlin ein Alibi hatte besorgen lassen, das habe ich in einer schwachen Stunde Richard erzählt. – Und der Idiot? Der hatte nichts Besseres zu tun, als das in einer kleinen Story aufzuschreiben! Die Story schickte er irgendwo hin nach Österreich und las sie dort bei einem Wettbewerb vor. Mein Gott, wie dumm kann man sein! Die Story gewann einen Preis und sollte groß veröffentlicht werden! Richard wollte das nicht zurückziehen. Er meinte, das würde sein großer Durchbruch werden. Es winkte ein Riesenvertrag mit einem Riesenverlag! Er sollte nach dem Buch, bei dem unsere Geschichte die wichtigste ist, noch einen Thriller nachlegen, für den er irgendwie schon gut am Recherchieren war, oder wie das heißt. Er hat sich von einem Moment auf den anderen völlig verändert. *Bei Geld hört die Freundschaft auf*, das kennt man ja, aber auch bei Richard? Wie der in nur wenigen Tagen zu einem geldgeilen Sack geworden ist, der großmäulerisch plapperte, ihm könne nun niemand mehr ans Bein pinkeln – das war nicht mehr feierlich! Heute wollte er die Bombe hier platzen lassen, da musste ich doch reagieren.

Alles nur, weil ich mich also verplappert hatte. Und als er mir das heute erzählte, mit seinem Comeback als Schriftsteller, auf unsere Kosten, da war mir klar, dass ich meine Mutter schützen musste. Ich hab ihn also kurzerhand umgebracht. Wie das geht, das stand ja in dem Heft, das die ganze Zeit auf der Theke lag. Ich wollte es wie einen Sexunfall aussehen lassen. Jeder Mann hätte mir das auch geglaubt, ich bin mir sicher, aber nicht du! – Wer kommt auch auf die Idee, dass ein Schwuler in der Schallmauer ist. Ihr seid doch sonst immer ganz woanders. Ich glaub, in der Schallmauer war noch nie ein Homosexueller! Noch nie! – Und ausgerechnet heute kommst du! Und du siehst auch noch so süß aus. – Na ja, ich hab dann bei Richard diesen Text gesucht, ich wollte ihn verschwinden lassen, aber der hat ihn, als er aufs Klo ging, Norbert gegeben. – Hätte ich das wissen können? Nein! Ich wollte dann immer an Norberts Jacke, aber der blöde Hund gab euch die Papiere von Richard. Tja, so war das.«

»Ich hab die Geschichte von Richard gelesen. Er hat alles so verfremdet, dass man niemals auf Uta gekommen wäre«, sagte Kevin. »Und außerdem: Auch Richard hat auf dem PC geschrieben, da gibt es noch mehr Ausdrucke!«

»Darum wollte ich mich später kümmern. Wenn Björn uns hier nicht eingeschlossen hätte, wäre ich jetzt schon längst in Richards Wohnung und hätte alles zerstört. Aber so! Außerdem: Wenn der Autor tot ist, hätte es keinen Verlagsvertrag gegeben und niemand hätte hier in Rostock etwas von dieser blöden, kleinen Story erfahren! Richard hat selbst immer wieder gesagt, in Rostock würde sich kein Mensch um Literatur kümmern, niemand! Hat er immer wieder gesagt. An allem ist nur dieser blöde Wintersturm schuld, der hat uns alle so verrückt gemacht. Wenn Björn nur nicht gewesen wäre!«

»Also ist deine Mutter auch eine Mörderin. Wie die Tochter so die Mutter«, sagte Kevin. »Und woher wusste der Fremde von der Sache, die deine Mutter damals in Hamburg gemacht hatte?«

»Das Schwein, das! Der hat die Alibiagentur geleitet, aber das Schwein hat dann alle erpresst, für die er Alibis organisiert hat. Er musste untertauchen und hat sich hier versteckt. Das ist bekannt: In Rostock versteckt es sich immer besonders gut! In gewissen Kreisen weiß man das einfach. – Eigentlich hätte ich den umbringen müssen! Eigentlich hätte ich das schon längst tun müssen«, sagte Ute mit ernsten Augen und Kevin war klar, dass sie es tun würde, hätte sie Gelegenheit dazu.

Er sagte: »Ich binde dich hier besser wieder an!«

Nachdem er sie gefesselt hatte, ging er in Richtung Tresen, um mit Pawel zu sprechen. Er war aber erst im Korridor, als er einen Schrei hörte. Er lief nach vorne und sah, dass Uta von zwei Bikern festgehalten wurde. In der Brust des Fremden steckte ein Eispickel. Blut lief aus seinem Mund.

Er wiederholte, doch diesmal ganz für sich allein: »Wie die Tochter so die Mutter. – Was zählt, ist immer die Familie.«

»Was?«, fragte Pawel genervt.

»Wir müssen reden«, sagte Kevin. »Und aufräumen.«

Pawel nickte. Was sollte er sonst tun? Er begriff, dass er die Oberhand über die Ereignisse verloren hatte: hinten verhörte Kevin allein, vorne wurde schon wieder gemordet, unten war schon gemordet worden und von oben fiel immer mehr Schnee herab, der sie nun wohl bald begrub. Pawel Höchst straffte sich und sagte sehr deutlich und sehr laut: »Ich hab die Schnauze jetzt voll! Jetzt reicht es!« Dann sackte er aber wieder zusammen, ließ sich auf die Sitzbank fallen, die jener gegenüberstand, auf der Kevin Hilbig saß, und registrierte, dass er keine Antwort erhalten hatte. Keine Zustimmung, keine Gegenstimmen, es war trotz der vielen Menschen gerade leiser als bei ihm zu Hause zur Frühstückszeit.

Die Zwillinge mussten nun bald geweckt werden, Susanne war wohl schon aus den Federn. Vermutlich stand sie unter der Dusche. Mit nassen Haaren würde sie frühstücken, denn heute war Freitag, und freitags musste sie erst spät zur Schicht. Sie würde sitzen bleiben, wenn die Jungs aufstehen und zum Schulbus gingen. Er selbst würde sie bis zum Gartentor begleiten, dann auf der Stelle umkehren, um wieder bei Susanne zu sein. Seiner neuen, alten Ehefrau.

Der Freitag, das war nun schon seit einem Jahr ihr Morgen. Obwohl er schon vor vier Jahren die Berufung zum Hochseefischer an den Nagel gehängt hatte, um Susanne nicht zu verlieren. Die hatte ihm die Wahl gelassen: Entweder werde er seinen Söhnen ein wirklicher Vater und ihr ein echter Ehemann sein oder er könne als Junggeselle weiterhin zur See fahren.

Obwohl die Entscheidung gefallen war, hatte es in den ersten Jahren keine Harmonie gegeben. Zwar war seine Selbstständigkeit als Privatdetektiv unkompliziert gestartet. Die Lizenz hatte ihm ein alter Freund besorgt, die ersten Fälle hatte er zugespielt bekommen, das Büro im Freihafen hatte

er zuerst mietfrei bewohnen können; aber, und darum war das Wort *bewohnen* auch genau richtig, er hatte in den ersten vierzehn Monaten nur im Auto oder im Büro gehaust. Susanne hatte kurz nach seiner Anlandung nichts Besseres zu tun gehabt, als ihm zu beichten, dass sie jahrelang mit einem anderen Kerl fremdgegangen sei. Sie hatte einen Strich machen wollen unter der ganzen Rechnung, die noch lange nicht beglichen war. Vierzehn Monate hatte Pawel, der alte Seebär und Nordrusse, nicht nach Hause gekonnt, vierzehn lange Monate hatte er seiner Frau nicht verzeihen können, eigentlich hing das Scheidungsschwert schon über ihrer Ehe, aber dann hatte er das Schweigen und Verbittern nicht mehr ausgehalten.

Während sie mit ihren zweiten Fall beschäftigt waren, hatte er Kevin und Björn von seiner privaten Misere erzählt, seinen Nächten im Büro, seinen Pizzen im Auto. Dieses schwule Paar war es gewesen, das ihm die Ehe gerettet hatte.

Sie hatten ihn aussprechen lassen, er hatte sein ganzes Leben ausgebreitet, dann hatten sie erbost gelacht und ihn für wahnsinnig erklärt, als sie zusammengefasst hatten, mit solchen Sätzen, dass er die Sachlage endlich einmal klar vor Augen bekam: Er werfe also seiner Frau vor, einen Liebhaber in der Zeit gehabt zu haben, in der er auf See war. Auf See war er pro Jahr mehr als sechs Monate, fast zwanzig Jahre lang. Und er stehe dazu, dass er während dieser Seezeit in den fremden Häfen zu Huren und Nutten gegangen sei, und dann komme er noch nicht einmal auf die Idee, dass auch das ein Fremdgehen gewesen war? Er mache also einen Unterschied, ob jemand mit unendlich vielen Prostituierten fremdgehe oder ob seine Frau einen festen Lover habe? Das sei also allen Ernstes seine Überzeugung? Er solle sich schämen und sofort zu Susanne fahren, um ihr ebenfalls zu beichten, was sie wahrscheinlich schon lange wusste, denn so etwas wissen Frauen nun mal. Sie müssten sich gegenseitig verzeihen, das müsse Inhalt eines Erneuerungsschwures sein, denn sie führten nun ein neues Leben, ein anderes. Er habe ihr nicht verzeihen können, weil er sich selbst, im Innersten, schuldig vorgekommen sei, auch wenn er es momentan noch nicht so richtig begreife. Es sei so. Er könne ihnen glauben, sie wüssten aus den vielen Seifenopern von diesen Dingen.

Er war dann zu ihr gefahren, zu ihrem gemeinsamen Haus, sie hatte ihm zugehört, die Kinder hatten geschlafen. Gegen sieben Uhr morgens war die Rechnung endlich beglichen und der Schlussstrich aktenkundig. Das war ein Freitag gewesen, und seitdem war der Freitag der wöchentliche Feiertag in der Familie Höchst zu Toitenwinkel-Dorf.

Seine Freunde hatten ihn also auf den Gedanken gebracht, der ihm in seiner heterosexuellen Welt nie gekommen war. Seitdem sagte Pawel Höchst gern, dass man nicht alles wissen könne.

Ihr familiärer Neuanfang lief sich gerade ein, und heute verpasste er zum ersten Mal überhaupt ihren gemeinsamen Feiertag. Pawel, sehnsüchtig, dachte: ›Ab durch die Mitte! Nichts wie nach Hause. Susanne noch beim Aufbruch zum Schichtdienst erwischen, den Zwillingen zuvor noch die Schultaschen bis zum Bus tragen; bekommen sie dieser Tage nicht ihre ersten echten Zeugnisse? Winterferien der dritten Klasse. Wenn sie nicht allzu schlecht ausfallen, dann fahre ich mit den Jungs zur Schneepiste des Vergnügungsparks Wittenburg. – Bloß, was ist für Jungs nicht allzu schlecht?‹

Er konnte Susanne nicht einmal anrufen. Sie hatte ihm vor Stunden gesimst, sie glaube an ihn und sie freue sich, wenn er den Fall gelöst habe. Er solle in der Kneipe bleiben, die Wege durchs Stadtzentrum, durch Dierkow und durch Toitenwinkel seien unpassierbar. Sie habe alles im Griff, den Kindern gehe es gut, auch wenn die Telefonleitungen gekappt seien. Diese SMS hatte er erst jetzt bekommen, vor wenigen Minuten, Björn hatte sie irgendwo im Äther abgelegt. Manchmal fürchtete Pawel schon, er könnte den Anschluss verpassen, allein der Gedanke, dass es gar keine Anrufbeantworter mehr gab, dass die Nachrichten irgendwo im Nichts gespeichert und abgerufen wurden, allein dieser Gedanke bereitete ihm ernsthaft Unbehagen. Und kaum hatte er die Nachricht bekommen, war das Netz schon wieder zusammengebrochen. Vielleicht brauchte er doch mal ein neues Handy, einen neuen Vertrag oder was auch immer. Er sah zu Kevin, borgte sich dessen *Alleskönner* aber nicht aus. Eigentlich wollte er sie gar nicht anrufen. Es lag daran, dass er völlig übermüdet war, übermüdet und melancholisch. Sie hätte sofort aus seiner Stimme herausgehört, dass er genervt war, dass er nicht in Stimmung zum Reden war, und er hätte es nicht verbergen können. Er dachte: ›Wenn man nicht in Stimmung ist, soll man nicht die Stimme heben.‹ Aber Sehnsucht nach ihrer Stimme hatte er. Jedoch sollte sie nicht elektronisch verzerrt sein. Er wusste schon, dass er manchmal recht kompliziert sein konnte, daher hasste er es auch, wenn er nach seinem Befinden befragt wurde, nach seinen Wünschen etwa oder nach seinen Zielen.

Die Ereignisse hatten ihn geschlaucht, die Erkenntnisse hatten ihn gepiesackt, die neue Erfahrung, dass ein Busen eine Mordwaffe sein konnte, die ging auch an ihm nicht spurlos vorüber. Zum Glück hatte er Kevin, der übernommen hatte. Pawel lächelte. Ihm war schon alles egal. Und warum auch nicht? Richard war ja eh tot! Und was wusste er von dessen Stellvertreter schon groß? Eigentlich nichts!

Morgen war das Spiel um die Meisterschaft, Empor Rostock musste gegen die Füchse aus Berlin ran, aber ein Unentschieden würde reichen. Das war wichtig! Nach einem Dreckstag kommt immer ein guter Tag! Das war es, was Pawel Höchst Mut machte. Er straffte seinen Oberkörper, erhob sich vom Tisch und ging zum Tresen.

Widerwillig stellte Molle ein leeres Gurkenglas auf die Theke und angefressen ließen die Stammgäste Geldscheine hineinfallen. Einige falteten sie extra klein, damit Pawel auch ja nicht vergaß, wem er sein Honorar zu verdanken hatte.

Pawel zog das Glas zu sich, nahm sich den Inhalt heraus und stopfte ihn sich unbesehen in die Jackentasche. Es hätte die Stammgäste verärgert, wenn er das Geld vor ihren Augen gezählt hätte. Das hatte er schnell begriffen. Beruhigend nickte er Kevin zu, der vertrauensvoll zurücknickte.

»Warst doch sowieso hier, hättest den Fall doch auch sowieso gelöst«, sagte Robert. »Warst doch sowieso hier. – Und dann so ein vermaledeites Ergebnis abliefern. Besser du lässt dich hier ein paar Wochen nicht sehen.«

»Meine Zwillinge werden es euch danken«, sagte Privatdetektiv Pawel Höchst. »Es ist für einen Vater schön, wenn er seinen Söhnen mal wieder eine warme Mahlzeit verschaffen kann.«

Die Männer und Stephanie winkten ab, sie kannten den nordrussischen Humor schon und irgendwie gefiel er ihnen nicht.

Erste Radioübertragungen begannen unerwartet, noch wurden sie zwar oft unterbrochen, aber sie hörten, dass es nun endlich möglich sei, die Schneefräsen loszuschicken, gefolgt von den Lastkraftwagen, die das harte Weiß abtransportieren sollten. So wollte man die Stadt und besonders die KTV zurückerobern. Es ging auf acht Uhr morgens zu, die Stammkunden hörten die Fräsen donnern, die LKWs jaulen, und dann kam Licht von draußen herein. Die Schneeschicht vor dem Haus sank und verschwand. Die ersten Männer der Schallmauer wagten, einen Fuß vor die Tür zu setzen. Frische Luft! Ihnen wurde schlecht.

Björn war endgültig abgezogen. Er hatte auch seine Ausläufer mitgeschleppt. Es lag eine seltsame Ruhe über der Gegend. Kein einziger Mensch war auf dem Platz, der sonst vor Leben nur so triefte. Alles war unter einer sehr friedlichen Ruhe. Und unter einem friedlichen Weiß. Die Männer gingen runter zum Brink, sahen, wie energisch mit den Schneefräsen gearbeitet wurde. Sie nickten anerkennend.

Ein paar frierende Obdachlose hatten sich in die Filiale der Deutschen Bank gerettet. Die Stammkunden sahen ihnen von außen ein paar Minuten beim Grummeln zu. Kevin fand es in jedem Winter erstaunlich, dass Obdachlose ausgerechnet in den Bank- und Sparkassenfilialen unbürokratische Überlebenshilfe fanden. Fühlten sich die Bankangestellten den Obdachlosen so sehr verbunden? Was einte sie? Zukunftsangst? Zum ersten Mal nach langen und harten Stunden zeigte Kevin wieder sein unbekümmertes Jungengesicht. Er streckte sich ausgiebig.

Sie blieben noch eine Weile auf dem Brink stehen und Maik sagte: »Wenn man hier vor der Barke nachts eine der extralangen Würste kauft und in eine der scharfen Saucen taucht, dann kommt man sich immer wie in einer echten Großstadt vor.«

Sie nickten, keiner wollte auch nur noch ein Wort sagen oder hören müssen, sie setzten sich alle langsam in Bewegung, die Donnerstagsstammgäste der Schallmauer, während Robert, einer der Kneipenbesitzer und *Rechtsverdreher für alle Fälle*, den verhassten Anruf machte: »Ja, bringen Sie gleich die Kripo mit. – Die Leiche mussten wir in den Schnee packen. – Nein, wir waren von der Außenwelt abgeschnitten. – Ja, wie auch alle anderen in der Kröpeliner-Tor-Vorstadt. – Nein, nein, Gäste waren nicht in der Schallmauer. – Wir haben bisschen Inventur gemacht, als der Autor und der Fremde hereinkamen, Namen gebe ich gleich durch. – Die Mörderinnen haben wir auch da,

sie sind von unserem Personal. – Ja, ja, das klingt nicht nur merkwürdig, ist es auch. – Nein, ich bin Rechtsanwalt und ich weiß, dass sie kein recht haben, in der Schallmauer eine Durchsuchung vorzunehmen. Es ist lediglich ein Tatort, die Privatdetektive Kevin Hilbig und Pawel Höchst werden Ihnen Rede und Antwort stehen. Auch für sie gilt, sie kamen rein zufällig hier herein, ehe wir dann alle eingeschneit wurden. – Sicherlich, die untere Etage steht Ihnen dann zur Verfügung. – Wir können es kaum erwarten. – Bis dann.«

»Noch eine Aussage, dann sind wir durch«, sagte Robert zu Kevin Hilbig und zu Pawel Höchst, die zu Kultermittlern werden sollten, denn in den Rockerkneipen sprach sich schnell herum, wenn man effizient und unaufgeregt gearbeitet hatte, dass *die Schnauze gehalten* und trotzdem *der Job gemacht* wurde.

Es wird wohl tatsächlich so kommen, dass Pawel und Kevin Aufträge von Robert, dem Rechtsanwalt der Bikergangs, übernehmen und noch jede Menge uriger Fälle in lichtschwachen Milieus erledigen werden. – Ja, falls es nicht ganz anders kommen wird.

Darüber gibt es keine Aufzeichnungen Richards. Das Einzige, was heute als gesichert gelten kann, das ist die Tatsache, dass Pawel weder gern liest, noch gern schreibt. Es wird wohl – wieder einmal – alles an Kevin hängenbleiben, der aber ganz gern mal richtig einen wegerzählt. Wollen doch mal hören, wie Pawels heimlicher Bewunderer sich mit einem Erzähler-Ich schlagen wird.

Soeben ist vereinbart worden, dass es eine Leserumfrage geben wird, wer fortan von den Ermittlungen erzählen soll: der spröde Seebär Pawel oder der wortgewandte Berliner Kevin. Alsbald soll die Umfrage im Internet freigeschaltet werden. Es können auf der Verlagshomepage auch weitere Vorschläge abgegeben werden. Ausgeschlossen ist jedoch Blizzard Björn. Meine Rostocker Zeit ist hiermit nun

auch überstanden, ich hoffe sehr, nicht zu viele Umstände gemacht zu haben.

In der Zwischenzeit kommt es wohl, wie es kommen muss: Was ist die Bundeskanzlerin schon groß ohne ihren Wahlbezirk Rügen und Stralsund? Was ist Rügen und Stralsund schon groß ohne Vorpommern? Was ist Vorpommern schon groß ohne Mecklenburg? Was ist Mecklenburg schon groß ohne Rostock? Was ist Rostock schon groß ohne die KTV? Was ist die KTV schon groß ohne die Schallmauer? – So kommt es dann also recht bald dazu, dass sich der feige Mord in der Schallmauer zu einer Staatsaffäre von europäischem Ausmaß entwickeln und über den sogar die New York Times berichten wird. Die Times wird sich daran erinnern, dass ein mecklenburgischer Autor namens Johnson ihr in seinem Jahrhundertwerk *Jahrestage* die größte, kostenlose Werbung seit ihrem Bestehen beschert hatte.

Und auch die Prawda – nicht nur die treue Wasserprawda – wird berichten, jedoch wird sie die ungeheure Tat des ermittelnden Russlanddeutschen in den Vordergrund rücken. Wieder einmal wird Rostock zum Zentrum des Weltinteresses werden, wie zuletzt durch die Erfindung des Strandkorbs, durch die Erfindung des Düsenflugzeugs und durch die Ausbildung des Fußballers Toni Kroos, der eigentlich ein Greifswalder ist.

Doch von den weltpolitischen Dimensionen dieses Mordfalles und seiner Aufklärung soll hier nicht die Rede sein. Schließlich wird die renommierte Ostsee-Zeitung von August Zweitausendsiebzehn bis Oktober Zweitausendsiebzehn ausführlich und unbestechlich berichten, wie es seit jeher ihre so eigene Art gewesen ist.

Ich weiß nicht, ob es mir gelingt, die Ostsee-Zeitung durch mein Werk genauso berühmt zu machen, wie Johnson es mit der New York Times getan hat, aber wo bliebe die Tat, fehlte der Wille?

Der Kriminalfall ist nun aufgeschrieben, die kollektive Trauer um Richard R. Roesch habe ich bestmöglich mit seinen Worten und in seinem eigenen Sinne aufgefangen. Am Ende geht alles doch immer ein wenig schneller.

Es ist in diesem Jahre siebzehn nach der zweiten Jahrtausendwende nun schon Juli geworden, ich werde mich wieder meinen eigenen Werken zuwenden, aber vergessen werden wir unseren Richard niemals.

Schon gleich gar nicht, weil das Volksbegehren vom siebzehnten Juni Siebzehn Erfolg gehabt hat: Es gibt nicht eine Gegenstimme, in keiner Institution, die sich einer Umbenennung der KTV in Roesch-Viertel entgegengestellt hat. Das ist schön!

Bald wird die Ehrung vom Roesch-Denkmal des Roesch-Kais über den Stadthafen und dem Zentrum bis zum Roesch-Viertel reichen. Ein schmaler, silberner Streif an Rostocks Himmel, den während der Olympiade Zweitausendvierundzwanzig die ganze Welt sehen wird: das ganze Roesch-Viertel ein einziges, lebendiges Museum!

Sicherlich kennen Sie das Londoner Museum in der Bakerstreet 221 B, in dem einst der Detektiv Sherlock Holmes gewohnt hat und in das man heute eintreten kann, von einer Haushälterin empfangen, die bedeutet, man möge sich ruhig umsehen, Herr Holmes komme sogleich. (Nur fünf Pfund Eintritt diskret in ein Glas gelegt, das jenem ähnelt, aus dem Pawel Höchst jüngst sein Honorar gestochert hat.)

So wird es auch hier sein, überall wird es Spuren der Kriminalfälle geben, die Pawel und Kevin aufklären mussten – und müssen!

Nun ja, ich habe meinen kleinen Teil dazu beigetragen, diesem Reigen über die so schwere Zeit zu helfen, denn andere Literaturprojekte sind schon daran gescheitert, dass der Autor plötzlich starb. Nicht so beim Rostocker!

Mein Platz aber ist der Schreibtisch, mein eigener, der in Leipzig steht, sodass ich mich nun von Richards Tisch erhebe, denn die Möbelpacker warten schon. Sie haben die ganze Wohnung leer geräumt, um alles in ein Archiv zu bringen, dessen Standort noch geheim ist. Ihnen fehlt nur noch der Schreibtisch, auf dem ich nun die letzten Worte schreibe.

Ich bleibe gespannt, was die Leserschaft beschließt. Wer soll zum Autor aufsteigen: Kevin oder Pawel, Pawel oder Kevin? Oder doch eine ganz neue Konstellation?

Hauptsache jedoch, dass es weitergeht, man darf doch vor dem Tod nicht kapitulieren! Der Tod trifft ja immer nur den Einzelnen, aber wie viele sind wir doch!

Es sind Worte der Trauer, mit denen ich ende, es sind Worte des Anstands, es sind Worte der Hoffnung, und es sind Worte des Seemannsgarns, das Richard immer das liebste Garn gewesen war. Er mochte es, wenn seine Hauptfigur Pawel sich zu ihm gesetzt und ihm von den vielen seeliterarischen Abenteuern erzählt hat, die er als Hochseefischer erlebt hatte.

Sie finden sich alle im Hochseeepos *Letzte Fischer* kurzweilig verwoben; und was Richard noch mochte, das war, wenn seine Hauptfigur ihm zustimmte.

Das wird es nun alles nicht mehr geben, nun müssen Pawel und Kevin allein die nächsten Fälle lösen. Emanzipiert und modern müssen sie sich der veränderten Konstellation stellen, denn *nichts ist beständiger als der Wechsel*, wie jeder Seemann weiß.

Wollen wir sehen, wie ihnen das gelingt. In sieben Jahren werden hier erst einmal viele Olympiaveranstaltungen stattfinden, dafür werden alle Rostocker zusammen die Stadt nun richtig umkrempeln.

Sie haben sich schon freudig mit stolzen drei Milliarden Euro verschuldet, sie haben fünf Milliarden Euro aus dem Deutschlandfonds für den Wiederaufbau nach Naturkatastrophen und zehn Milliarden Euro vom Bund und vom Land für die olympiagerechte Ausrichtung der alten Hanse- und Universitätsstadt Rostock erhalten.

Es sind achtzehn Milliarden Euro, die nun erst einmal

verplant, verbaut und veruntreut werden müssen, was seit der Trockenlegung der Steueroasen nun auch nicht mehr so leicht ist, aber Mecklenburgs und Vorpommerns wichtigster Wirtschaftspartner ist ja – Gott sei dank – mittlerweile Russland, und die Russen, die wissen, wie man so was ordnungsgemäß macht.

In zwei Monaten kommt die erste Tranche und dann baut man für eine Milliarde Euro die erste von vielen Seilbahnen. Sie wird vom Dobi über den Stadthafen und Gehlsdorf bis nach Toitenwinkel reichen, wo Pawel mit Susanne und den beiden Söhnen unbehelligt lebt.

Falk wird nicht nur das Catering für Olympia machen, das DM ihm noch zugeschanzt hatte, mittlerweile ist seine Internetfirma comX börsennotiert. Mit ihr soll Falk die passende Internetseite entwerfen, wofür er erst einmal dreihunderttausend Euro veranschlagt hat, wobei er von Pawel gelernt hat: *Anfragen verpflichten zur Zahlung eines Vorschusses!*, heißt es bei ihm im Kleingedruckten.

Es kommen turbulente Zeiten auf Rostock zu, aber mittlerweile haben auch die Rostocker verstanden, wie soziale Marktwirtschaft funktioniert, sodass ihnen so ein Missgeschick wie mit der IGA nicht noch einmal passieren wird: Sie haben sich den reichsten Schirmherrn und Bürgen der Welt gesichert. Es ist der Rostocker Gauck, der auf Lebenszeit Bundespräsident des drittreichsten Landes der Welt ist, sodass diese Stadt gar nicht pleitegehen kann, egal was sie anstellt, so lange sie ihren Richard R. Roesch nicht vergisst!

»Können wir jetzt? Es ist nur noch dieser Schreibtisch ins Auto zu bringen, Herr Schriftsteller. – Wir haben in der Zwischenzeit sogar schon neu tapeziert.«

»Ja, ich bin durch. – So: speichern, schließen, beenden, ab zum Verlag, weggeschickt, runterfahren, zusammenklappen, Stromkabel hab ich, Laptop verstauen; so, sehen Sie, meine Herren Möbelpacker, den Rücklauf mach ich von Leipzig aus, das war es! Guten Feierabend! – *Das war das und nun kommt jenes!*«

»Ihnen auch einen guten Feierabend! – Oh, zwei Euro Trinkgeld, das wäre doch nun wirklich nicht nötig gewesen, Herr Schriftsteller. – So viel Geld! Wir sind doch nur fünf Männer!«

Quellen

Martin Edwards: Motive to murder. London: Quintet Publishing Limited 2009.

Sebastian Hermann: Lob der schlechten Laune. In: Süddeutsche Zeitung – Wissen, 1. Juli 2013, S. 16.

Ute Eisenhardt: Am Dienstag habe ich meinen Vater zersägt – Die härtesten Fälle einer Gerichtsreporterin. Berlin: S. Fischer 2012.

Cordelia Borchardt: Eine Frage des Alibis – Die besten Einsendungen zum Agatha Christie Krimipreis. Berlin: S. Fischer 2013. (Mit einem nominierten Text von Volker H. Altwasser.)

Walter Dietz: Leben gegen Leben – Authentische Kriminalfälle. Leipzig: Militzke 2006.

Jim Thompson: Zwölfhundertachtzig schwarze Seelen. Zürich: Diogenes 1992.

Men's Health: Heft 02/14.

Der Städtebund Die Hanse: www.hanse.org